LE SEMEUR D'ALPHABETS

DU MÊME AUTEUR
CHEZ POCKET

LES PERMISSIONS DE MAI
UNE POMME OUBLIÉE
LE PARRAIN DE CENDRE
LA SOUPE À LA FOURCHETTE
LA MAÎTRESSE AU PIQUET
LE GRILLON VERT
LA FILLE AUX ORAGES
LES PUYSATIERS
DANS LE SECRET DES ROSEAUX
LA ROSE ET LE LILAS
AVEC LE TEMPS…
L'ÉCUREUIL DES VIGNES
UNE ÉTRANGE ENTREPRISE
LE TEMPS ET LA PAILLE
LE SEMEUR D'ALPHABETS
UN CŒUR ÉTRANGER
DES CHIENS VIVANTS
LES DÉLICES D'ALEXANDRINE
LES DOIGTS BLEUS DE LA PLUIE
LE FAUCHEUR D'OMBRES

JEAN ANGLADE

LE SEMEUR D'ALPHABETS

PRESSES DE LA CITÉ

MIXTE
Papier issu de sources responsables
FSC® C003309
FSC www.fsc.org

Pocket, une marque d'Univers Poche, est un éditeur qui s'engage pour la préservation de son environnement et qui utilise du papier fabriqué à partir de bois provenant de forêts gérées de manière responsable.

ISBN 978-2-266-18121-1

« On ne peut parler avec plaisir que de ce qu'on n'a jamais vu. L'intérêt est dans le mystère. »

Alexandre Vialatte

À Louis-Joseph Chérasse,
mon proche de cœur et de domicile,
qui m'a fourni l'essentiel de cette histoire,
avec ma gratitude.
Qu'il me pardonne si de son lièvre
j'ai fait un civet qui est tout mien.

PREMIÈRE PARTIE

1

J'ai une dent qui me fait mal. Une prémolaire. Elle ne devrait pas : mon dentiste s'est occupé d'elle il y a deux mois. Malgré le plombage, elle reste douloureuse. Alors que ma tête repose sur l'oreiller, j'entends dans la couronne de cette malheureuse le toc-toc que lui communiquent les battements de mon cœur. Elle m'empêche de dormir. Près de moi, ma femme Jocy ronflotte. Nous occupons des lits jumeaux, elle ne s'aperçoit aucunement de mes insomnies. C'est une forte dormeuse. Alors, j'entre en communication avec ma dent :

— Toc-toc, toc-toc ! Et maintenant ?

— Maintenant quoi ?

— Comment vas-tu occuper les années qu'il te reste à vivre ?

— En divers bricolages. Tu le sais, je suis un bricoleur de premier ordre.

— Tu as tout bricolé dans ton appartement. Retapissé les murs. Repeint les plafonds. Restauré une commode du XVIIIe. Tu sculptes la pierre et le bois. Tu ne vas pas bricoler jusqu'à la fin de tes jours !

— J'y réfléchirai. J'y réfléchirai.

Impossible d'attraper le sommeil. À ce vin d'honneur, j'ai bu trop de champagne. Si à notre retour un flic m'avait arrêté, il m'enlevait mon permis. Heureusement, il pleuvait. Les flics ne sortent pas quand il pleut. À cause de la fable express.

— Quelle fable express ?

— *À l'entrée de la rue du Bac / Et de la rue Cherubini, / Un agent debout sous la pluie, / Malgré l'orage et son ennui, / Se tenait un matin de Pâques. / Moralité : Flic, flaque.*

— Très drôle. C'est de La Fontaine ?

— Non. De Vialatte, je crois.

— Tu n'es jamais sûr de rien.

— Je suis sûr d'être depuis ce soir un heureux retraité de l'imprimerie inventée par Gutenberg. À moins que ce soit par monsieur Pi Ching, un Chinois du XIe siècle. Ou par Laurent Coster, un Hollandais de Haarlem. J'hésite. Après quarante années de travaux parmi les alphabets, me voici au douzième étage de la tour des Cheix, qui en compte quatorze, à Royat, commune proche de Chamalières et de Clermont-Ferrand. En droit de me dire : « On ne t'attend plus à *La Montagne* pour corriger les fautes d'orthographe ou de français des rédacteurs. » Demain, sans regarder ma montre, je pourrai contempler le magnifique paysage qui s'offre de ma fenêtre. À gauche, le puy de Chateix sur lequel est construit un restaurant de luxe avec terrasses, arcades, fausses ruines. Il porte le nom de *Paradis*. Ne cherchez pas ailleurs : le paradis est à Royat. L'accueil, la cuisine, les vins, les serveuses y sont paradisiaques. Il doit ce titre au docteur Alexandre Petit qui, pendant un demi-siècle, consacra ses forces à Royat, à ses malades, à la circulation artérielle, au gaz carbonique. C'est lui qui découvrit et dégagea la grotte du Chien. Une curiosité sans pareille. Par une faille du sol, y monte un flux de ce gaz plus lourd que l'air. Il se forme une couche gazeuse qui engendre les mêmes phénomènes qu'une cuve de moût en fermentation après la vendange. Une bougie s'éteint quand on l'y enfonce. Une bulle de savon, gonflée d'air chaud, rebondit dessus comme une balle. Un petit chien y périt asphyxié si son maître ne l'en retire pas très vite. Un banc spécial est mis à la disposition des gendres pervers afin qu'ils y fassent asseoir leur belle-maman. En vérité, aucun accident ne se produit jamais, une notice placardée avertit les visiteurs. Le dernier remonte à l'année 1910 lorsqu'un Auvergnat venu du Cantal voulut ramasser une pièce d'un demi-sou qu'il avait laissée tomber dans le sol de pouzzolane.

Un peu endormi par l'hiver, Royat se réveille au printemps pour le plus grand profit des curistes. Les boutiques, les hôtels, les villas balnéaires rouvrent leurs volets, les narcisses leurs corolles, les poissons rouges leurs ouïes. Le ciel se remplit d'hirondelles, les rues de piétons précautionneux qui ne font jamais un pas plus long que l'autre. À leur approche, les voitures ralentissent, elles savent qu'ils sont cardiaques, peut-être même acrorétinocyanosiques ; qu'ils craignent les émotions. Les pentes de la ville, ni trop faibles, ni trop accentuées, ont été calculées à l'intention de leurs jambes. Les orchestres du casino ne jouent que de la musique douce ; le cinéma ne donne jamais de films violents. Royat est le paradis des émotifs.

Quant aux personnes qui ne croient qu'au paradis des âmes, elles disposent de deux églises pour s'y préparer : l'une consacrée à saint Léger, une église fortifiée aux fenêtres étroites, aux contreforts puissants, couronnée de mâchicoulis et d'une tour octogone, bien armée contre les assauts des hommes et des démons ; l'autre, le Sacré-Cœur, en gothique de 1880, plus lumineuse, plus ouverte, où les malades peuvent compléter les soins de l'établissement thermal par une cure de spiritualité.

En face, l'amphithéâtre de Durtol gravit les pentes de sa colline. On y soigne aussi des cardiaques et des convalescents. Nourris avec de la soupe de raves. À droite, Chamalières est bien loin des chameaux mythiques qui lui ont peut-être fourni son nom. Là tout n'est qu'ordre et beauté, luxe, calme, volupté. Avec une maison de retraite pour vieillards décrépits, où peut-être, dans quelques années, j'irai moi-même terminer mes jours d'imprimeur imprimé de bonnes intentions.

Plus loin, la vue s'élance enfin vers Clermont-Ferrand dont les rues jouent à rondin-picotin autour des deux flèches de sa cathédrale. La ville fut toute noire jadis en vertu de la lave de Volvic. En vertu aussi du jansénisme de Blaise Pascal. En vertu pour finir de son industrie caoutchoutière. Mais depuis longtemps elle s'est débarbouillée. Un Clermont blanc, un Clermont de Plexiglas, s'est construit autour du vieux noyau. Des quartiers neufs se sont installés sur les collines environnantes. Dans toutes les directions, il lance des tentacules qui rattrapent et absorbent les anciennes agglomérations campagnardes. Mais le cœur de l'antique *Clarus Mons* reste inchangé. Ses valeurs les plus sûres sont intactes. Les pigeons roucoulent toujours place de la Victoire et emplâtrent, oiseaux de la paix, de leurs fientes la figure d'Urbain II, pape de la guerre. Place de la Poterne, les moineaux s'abreuvent toujours aux jets de la fontaine d'Amboise, dentelle de pierre et dentelle d'eaux. Les canards rament toujours invisiblement sur le bassin verdâtre du jardin Lecoq, cette providence des Clermontois peu fortunés : ils y trouvent gratuitement la fraîcheur, la chlorophylle, le silence que d'autres vont ailleurs payer très cher. Providence aussi des amoureux avec ses bancs publics dissimulés derrière les roses ; avec l'avertissement d'une nymphe nue au ventre un peu bombé qui cache sa honte en se voilant la face. Les statistiques municipales affirment que 56 % des mariages clermontois se sont noués ici, que 14 % s'y sont dénoués. Et cependant les pelouses sont interdites ! Qu'en serait-il si elles étaient permises comme à Londres ou à Rome !

Si j'avais bu un peu trop de champagne, c'est parce que j'étais le héros de la fête. On ne prend pas sa retraite tous les jours. C'est comme si l'on entrait dans une autre vie, par métempsycose. Dans la grande salle de réception où présidait le portrait d'Alexandre Varenne, fondateur barbu de *La Montagne*, tous mes collègues étaient réunis : clicheurs, typos, linotypistes, metteurs en page, correcteurs, coursiers, rédacteurs, livreurs, hommes de plume, de pinces ou de pensée, autour du P-DG. Discours, félicitations, embrassades. Quarante années d'imprimerie méritaient bien la médaille des vieux serviteurs qui me fut agrafée sur la poitrine.

Soudain, le chœur a éclaté :

À laaa... À laaa... À laaa...
À la santé du confrère
Qui nous régale aujourd'hui !
Ce n'est pas de l'eau de rivière,
Encore moins celle du puits...

J'ai senti mes yeux se mouiller, au souvenir de mon père qui avait merveilleusement dirigé mon enfance à coups de pied dans le derrière jusqu'à mon entrée au royaume des alphabets. Jocy me serra le coude pour me prouver qu'elle était à mes côtés.

Vint le cadeau traditionnel, celui que j'avais souhaité : un kit de bricolage capable de raboter, de scier, de percer, de poncer, de chantourner, de ciseler. Un peu après minuit, tandis que ronronnait toute la machinerie du journal, je pris congé de la maison pour la dernière fois. Nous fîmes quelques pas dans la rue Morel-Ladeuil jusqu'au parking réservé aux « montagnards ». Non sans effort, je m'introduisis dans la bagnole. Jocy prit le volant, enfila le boulevard Pasteur qui devait nous remonter à Royat. Tout le long du parcours, ma prémolaire répéta sa question :

— Et maintenant ?

Elle resta sans réponse.

J'eus à subir le changement d'heure, de même que les Américains qui viennent chez nous changent de fuseau horaire. Précédemment, habitué au travail nocturne, je quittais mon domicile après le repas du soir. En compagnie d'une dizaine d'autres correcteurs, penchés sur les pages d'épreuves, nous corrigions l'orthographe, la ponctuation, les impropriétés, les barbarismes, les redondances des journalistes professionnels. Après huit heures de cette besogne, je refermais mon stylo et regagnais Royat à l'heure où Clermont s'éveillait. En grognant, Jocy se poussait pour m'abandonner sa place chaude, car notre lit n'avait pas encore fait scission. Je n'avais pas besoin d'être bercé. Tel avait été pendant quarante ans mon horaire journalier. Retraité, je devais au contraire me coucher comme les poules, me lever comme les coqs. Il me fallut des semaines pour m'habituer à ce nouveau fuseau. Afin d'occuper les heures diurnes, j'errais dans le Royat endormi hors saison. Dans Chamalières, qui n'offre pas grand-chose à voir si ce n'est son église indéfinissable et, plus bas, un immense édifice en briques rouges où sont imprimés les billets de banque français ou étrangers. On y brûle aussi les billets démonétisés dans des fours crématoires. Les proverbes affirment que l'argent n'a pas d'odeur. Moi qui ai souvent rôdé le long de ces murs, je peux révéler qu'à la crémation il en a une : il sent la punaise.

Je rendais visite à des amis chamaliérois. Par exemple à René Paput, conseiller municipal et animateur à Radio-Clermont. Il avait créé un personnage digne de l'immortalité, le père Jouannet. Un paysan moustachu à l'accent limagnais, plein d'humour et de sagesse, coiffé d'un large chapeau, chaussé de sabots, le nez un peu rouge, s'aidant d'une canne. Il se produisait aussi sur les planches, fort demandé dans les fêtes patronales, les foires, les distributions de prix, les noces et banquets. Seul ou avec un compère :

— Comment allez-vous, père Jouannet ?

— Aussi bien que possible. C'est ma bourgeoise qui ne va pas trop bien.

— Qu'est-ce qu'elle a donc ?

— Allez savoir ! Les femmes, c'est tellement compliqué !

— Plus que les hommes ?

— J'en suis certain. On pourrait croire que nous sommes quasiment pareils, nous les masculins, et elles les féminines. On se trompe.

— Vous avez fait des études là-dessus ?

— Un peu, au cours de ma longue vie. J'en suis arrivé à cette conclusion : elles et nous, c'est du pareil au même à quatre-vingt-dix pour cent ; les dix pour cent qui restent font toute la différence.

— C'est la partie la plus intéressante !

— Mais aussi la plus difficile à comprendre. À croire qu'elles possèdent plus d'organes que les hommes !

— Faudra que je les compte.

— Vous n'y arriverez pas !

René Paput entraînait aussi un groupe folklorique, dansait la bourrée, la montagnarde, le tourniquet, le chibreli, le panliran. C'était un homme plus précieux que l'or et que l'argent.

J'allais voir aussi l'abbé Jean Champomier, un prêtre *in partibus* sans cure et sans église pour des raisons que j'ignore. Il remplaçait les curés malades. Avec lui, j'aimais m'entretenir du ciel et de la terre. Il s'efforçait de me ramener à la foi chrétienne que j'avais un peu perdue depuis ma première communion. Il gardait toujours dans sa poche une petite pomme de terre momifiée, rapportée de Nazareth, à laquelle il attribuait des vertus miraculeuses. Il occupait ses longs loisirs à composer des biographies, par exemple celle de Jean-Baptiste Massillon dont je ne savais rien, sauf qu'il avait été évêque de Clermont et qu'une école privée portait son nom.

J'allais voir l'un, j'allais voir l'autre. Je bricolais avec l'outillage de mon kit. Bref, j'entrais dans ma retraite par la porte de l'ennui. C'est alors que Jocy me tira d'affaire en me présentant une coupure de presse extraite d'un hebdomadaire principalement destiné aux personnes âgées. Il s'agissait d'un appel provenant d'AGIR abcd : Association Générale des Intervenants

Retraités, actions de bénévoles pour la coopération et le développement ; siège à Paris, 8, rue Ambroise-Thomas. *Recherchons un technicien de l'imprimerie pour diverses missions bénévoles à l'étranger.* J'eus tout de suite la certitude que cette annonce m'était destinée. Elle répondait clairement, complètement à la question de ma prémolaire : je devais occuper ma retraite dans le bénévolat.

Ayant téléphoné, j'appris qu'il s'agissait d'aller à N'Kayi, une ville de quarante mille habitants, située dans la République populaire du Congo, ex-Afrique-Équatoriale française, explorée vers 1880 par Savorgnan de Brazza. Capitale Brazzaville. Ma mission consisterait à installer une imprimerie typo-offset, à former sur place du personnel qualifié. Elle durerait trois mois renouvelables. Je ne toucherais aucun salaire, mais tous mes frais seraient couverts. En cas de décès au cours de cette mission, une assurance-vie prendrait en charge ma veuve inconsolable. Jocy me donna son accord sur tous ces points.

— Et que feras-tu pendant mon absence ?

— Je suis grand-mère. Je m'occuperai de nos petits-enfants. Moi aussi je pratiquerai le bénévolat. Les occasions ne me manqueront point.

J'imaginai que, malgré l'existence de quelques écoles, beaucoup d'enfants congolais ne savaient pas lire, pas écrire. Je me conférai dès lors le titre de « semeur d'alphabets ».

2

Comment en suis-je venu à pouvoir pratiquer ces semailles ? Voici une longue histoire à raconter.

Mon commencement eut lieu l'année 1927 à Beurières (Puy-de-Dôme), avec un seul *r*, pas comme le beurre qui en demande deux. Petit village entre Forez et Livradois ; entre Ambert, capitale du chapelet, et Arlanc, capitale de la dentelle. À ma naissance, ma mère perdit tout son sang et me donna la vie au prix de la sienne. Mon père, Théophile Fougères, travaillait à Clermont, il ne pouvait m'élever. Il portait trop dans le cœur l'image de son épouse pour penser en prendre une seconde. Je fus confié à ma grand-mère Léonie, qui exerçait différents métiers : lavandière, repasseuse, tuyauteuse de coiffes. Sa maison, sur un sol de terre battue, composée de planches et de troncs de sapin, ressemblait à une isba. Faiblement éclairée par une lampe à pétrole. Chauffée par une profonde cheminée où cuisaient nos fricots, dans une marmite accrochée à une crémaillère, ou dans une poêle au manche interminable retenu à une poutre par une cordelette. Aux murs, un rosaire acheté à La Chaise-Dieu lors d'un pèlerinage, un petit crucifix paré d'une ramille de buis bénit, et un calendrier des Postes représentant *L'Angélus* de Millet. Dans un coin, sous une fenêtre, encombré d'outils minutieux, un étal d'épinglier. Car le grand-père Germain, que je n'ai pas connu, avait exercé l'étrange profession d'*épicunaïre*. De ses mains, sortaient les épingles de nourrice, les épingles de cravate, les épingles à linge, les épingles à pelotes, mais surtout les épingles de dentellière avec leurs têtes de couleur, en verre ou en résine, indispensables au jeu des fuseaux. C'est un métier qui n'enrichit guère. Le grand-père était tombé à Verdun en laissant pour tout héritage ses pinces, sa cloutière, ses bouterolles et sa Croix de guerre posthume. On l'avait revêtu d'un uniforme neuf. Il était monté au ciel tiré à quatre épingles.

Nous couchions, ma grand-mère et moi, dans un lit-alcôve fermé par un rideau sous lequel restaient les derniers sabots du défunt, pieusement conservés, car on ne doit pas user les sabots d'un mort. En dormant, ma Grande pétait souvent et fort, ce qui me dérangeait beaucoup. Elle lâchait ses *bessines* sans se rendre compte, sans méchanceté ; croyant que cette musique était une spécialité des vieilles personnes, je ne pouvais donc lui faire reproche du bruit ni de l'odeur. Je me contentais de me pincer le nez en faisant « pfou ! ». Le mot *bessine* est l'équivalent patois du français « vesse » qu'on retrouve dans la « vesse de loup », un champignon bulbeux, non comestible, qui lâche une poudre jaune lorsqu'il est très mûr. (La ville bourbonnaise de Vesse a jugé bon en 1903 de changer son nom en celui de Bellerive-sur-Allier.) Je donne ces détails pour souligner que grand-mère Léonie n'usait que du patois ambertois pour me parler. J'appris le français avec mon père et plus tard à l'école.

L'occasion est bonne pour que je dise tout le bien que je pense de ce langage tant décrié, tant moqué par ceux qui l'ignorent. Et même interdit jadis par les instituteurs. Comme son vocabulaire, pour l'essentiel, n'est rien d'autre que du latin mal prononcé, je dirai que le patois est le latin des pauvres, de ceux qui n'ont fréquenté ni le collège, ni le lycée. Beaucoup de ses vocables ont conservé une ressemblance latine que le français correspondant a perdue et qu'on retrouve parfois dans les autres langues romanes. Un seul exemple. Prenez le verbe « cracher » qui vient on ne sait d'où. Le latin dit *expectorare*, qui a donné l'auvergnat *escupi*, l'italien *sputare*, l'espagnol *escupir*, l'anglais *spit*. Qu'on se rappelle les Spitfire qui crachaient le feu.

Le patois nous aide même à mieux comprendre l'ancien français. Écoutez François Villon :

Je plains le temps de ma jeunesse
Auquel j'ai plus qu'autre galé
Jusques à l'entrée de vieillesse
Qui son partemens m'a celé...

Plaindre vaut « regretter » comme notre patois *planhi*. *Se galer* en patois vaut « s'amuser ».

Quand grand-mère Léonie m'envoyait une gifle, elle criait :

— *Rapo co !... L'as bien méritado ! Te pensi ma de te galà !* (Attrape ça !... Tu l'as bien mérité ! Tu ne songes qu'à t'amuser !)

Quand elle avait pitié d'elle-même, elle gémissait :

— *Sei ma no treine malhur !* (Je ne suis qu'une traîne-malheur !)

Elle gagnait principalement notre pain quotidien à laver le linge des institutrices environnantes qui n'hésitaient pas à marcher longtemps pour le lui apporter. Elle le faisait bouillir dans une grande lessiveuse d'où émergeait une sorte de champignon muni de douze trous. La cuisson avait lieu en plein air devant notre porte. Ayant ajouté dans l'eau une poudre sodique qu'elle appelait le *cristau*, elle allumait dessous le feu de bois. Le linge entrait en ébullition, la lessive montait dans le champignon, sortait par les douze trous, arrosait les draps et les serviettes. L'odeur s'en répandait au loin comme celle du boulanger, moins appétissante. Il fallait ensuite transférer le linge brûlant dans une corbeille, le transporter à la brouette jusqu'au ruisseau, secouer chaque pièce dans le courant, voire la battre au *batadou* sur une pierre plate inclinée. Il arrivait à grand-mère Léonie, condamnée à blanchir le linge sale des bourgeoises, de chantonner dans sa fureur, sur l'air d'*Aux armes citoyens* :

Pan, pan, moun batadou !
O flaco lou pelhou
Pissou, merdou è pejassou !
Pan, pan, moun batadou[1] *!*

Retour dans la corbeille du linge mouillé. Par temps propice, elle l'étendait sur un espace herbeux où le soleil achevait de le blanchir. Je l'aidais selon mes forces dans ces travaux. Tout le long du sentier qui revenait du ruisseau, j'entendais la roue de la brouette gémir : « *N'en tènhe prou ! N'en tènhe prou ! N'en tènhe prou*[2] *!* » Car elle s'exprimait aussi en patois. De même, je comprenais le tireli des

1. Pan, pan, mon battoir ! / Il bat les guenilles / Pisseuses, merdeuses et poisseuses…

2. J'en ai assez !

alouettes : « *Rapronobi ! Rapronobi ! Rapronobi*[1] *!* » Et je comprenais l'appel affectueux du vent dans les arbres : « *Moun belou ! Moun belou ! Moun belou*[2] *!* » Excepté que je commettais une erreur : je croyais que les arbres produisaient ce vent en remuant leurs branches, alors qu'aujourd'hui je pense que c'est le contraire. J'ajoute que le monde était pour moi rempli de merveilles inexplicables. Ainsi l'arc-en-ciel qui montait de l'horizon à l'opposé du soleil, les jours de pluie. Léonie l'appelait « la jarretière de la Sainte Vierge ». Et elle obtenait le même prodige en arrosant ses semis, la jarretière se formait sous la pomme de l'arrosoir. Chose encore plus mirifique : il m'arrivait parfois de vider ma vessie contre une haie et de pisser un arc-en-ciel teinté de jaune. Jamais je n'avouai ce miracle à ma grand-mère, elle ne m'aurait pas cru et m'aurait souffleté.

C'était en effet une femme redoutable, originaire de Chassaignes, un hameau composé de quatre maisons et d'une croix sans tête. Toutes les Chassaignasses étaient des femmes redoutables comme le prouve l'histoire suivante, advenue en des temps très anciens. Le curé de la plus proche église, nommé Marius, un saint homme, avait le don de voyance. Il apprit par ce biais que les tricoteuses menaient une vie de pécheresses et il osa, dans un sermon, leur en faire le reproche. Elles baissèrent la tête, mais jurèrent de se venger. S'étant réunies une douzaine, elles attendirent Marius sur le chemin d'Arlanc. Quand il parut – sa voyance ne l'avait pas informé de ce guet-apens –, elles se jetèrent

1. *Ora pro nobis.*
2. Mon mignon !

sur lui et l'assommèrent à coups de quenouilles. Les paroissiens ramassèrent son corps, lui firent de belles obsèques et l'appelèrent saint Mary. Ma Grande ne courait pas le risque d'être dénoncée car elle menait une vie vertueuse ; la preuve : le curé de Beurières, l'abbé Tournebize, lui avait confié la fonction de sacristine. Mais, munie d'une quenouille, elle eût été capable de tenir en respect une armée de malfaisants. Elle me nourrissait des produits de son jardin et de son clapier, de pommes cuites et de champignons. Dans les bois environnants poussaient des bolets qu'elle appelait des *champotes*, des lépiotes (*chevaliers*), des lactaires (*bachasses*), ou simplement des bleus, des roses, des violets.

Quand mon père arrivait de Clermont, il faisait mine d'avoir oublié son parler natal, s'exprimait uniquement en langue clermontoise et recommandait à sa mère de faire comme lui.

— *O l'oprendrò can nirò a l'icolo*, protestait-elle. (Il l'apprendra quand il ira à l'école.)

En attendant, j'étais le sacristain de la sacristine. Lorsqu'elle avait balayé l'église Saint-Eutrope, elle me donnait un chiffon et je devais épousseter les bancs, les chaises, le socle des statues, le cadre des tableaux. Pas l'autel, trop sacré pour mes mains profanes ; elle se le réservait. Ce n'était pas la bonne manière de me faire aimer la religion.

— Quand tu auras dix ans, me promettait-elle, tu seras enfant de chœur.

La pensée d'exercer une telle fonction ne me déplaisait pas, de revêtir une robe rouge, d'agiter une sonnette, de promener le plateau des quêtes sous le nez des paroissiens. Cela me donnerait de l'importance et rendrait la messe moins ennuyeuse. Les femmes et les enfants prenaient place en bas, les hommes en haut, dans la tribune. De temps en temps, une sorte de rugissement en descendait ; c'était le cantonnier Joselou qui, sur le point de s'endormir, bâillait comme un fauve. Aussitôt, pour obéir au proverbe *oun brave badalhou nen fai badalhà trentodou* (un bon bâilleur en fait bâiller trente-deux), trente-deux autres suivaient son exemple. Le curé, scandalisé, se retournait, les mains ouvertes ; il restait un moment muet, espérant que son silence allait réveiller les somnolents ; il lâchait enfin un furieux *Dominus vobiscum*. Ce qui obligeait l'assistance à répondre *Et cum spiritu tuo*.

Au moment de la quête, ma Grande avait le choix de laisser tomber dans le plateau un sou (cinq centimes) ou une *soune* (dix centimes). Elle offrait déjà gratuitement son travail à l'église. Estimant que c'était assez, elle remuait du bout des doigts les pièces dans le plateau pour laisser croire qu'elle donnait quelque chose.

Un jour que nous sortions de Saint-Eutrope, messe dite, nous nous trouvâmes devant l'étal d'une citoyenne qui proposait toutes sortes d'objets utiles ou superflus : couteaux, ciseaux, assiettes, mouchoirs, pipes, cahiers. Et même des livres ! Des lunettes ! Des jouets ! La foule ne manquait pas devant cette exposition, paysans, paysannes, habitants des villes reconnaissables à leur vêture. Je me sentis moi-même attiré et voulus y conduire Léonie. Elle résista d'abord ; puis, me voyant parmi d'autres gamins, elle consentit à m'y laisser :

— Tu rentreras tout seul, tu connais le chemin, ne reste pas trop. Pendant ce temps, je préparerai l'*espartchi* (notre repas de midi).

D'avance, j'en connaissais le menu : du boudin aux pommes de terre ; ou des patates cuites à l'eau, écrasées, assaisonnées d'un filet de vinaigre. Dans notre isba, la viande était aussi rare que les rayons du soleil. Lorsqu'elle paraissait, il s'agissait le plus souvent de mou de bœuf que les bouchers donnent gratis pour les chats, nous faisions semblant d'en avoir deux. Léonie le préparait en civet, j'avais l'impression de manger de l'éponge. Le soir, nous nous contentions de soupe borgne, qui n'avait qu'un seul œil de graissure. On comprendra que je n'étais pas pressé de rentrer. J'observais les marchandises de la colporteuse, j'osais même les toucher. Faire tourner la manivelle d'un moulin à musique. Tirer la queue d'un ouistiti de velours. Caresser les nounours. Puis je reposais ces merveilles en soupirant. Le temps passait, puisque tout passe. L'horloge de l'église sonna douze coups. L'un après l'autre, les curieux disparurent. Je restai seul face à la citoyenne. Elle me considérait apitoyée. Elle me dit soudain :

— Tu aimerais bien un de ces jouets ?

— Oui, madame.

— Tiens, je te donne celui-ci.

Il s'agissait d'un crocodile en bois, formé de vertèbres jointoyées par un fil. Entre mes mains, je le considérais d'un air abasourdi.

— Garde-le, je te le donne. Fais-moi une bise, ce sera mon paiement.

Elle se pencha. Elle sentait la violette.

— Attache-lui au cou une ficelle, tu pourras le traîner.

Je m'en allai sans dire merci, ne pouvant croire à une telle munificence. Je rentrai à petits pas, le serrant contre mon cœur. Sur le seuil de sa porte, Léonie me regardait venir.

— Tu en as mis du temps pour te ramasser !

Quand je fus près d'elle, elle tendit son index tordu vers mon croco.

— Qu'est-ce que c'est que ça ?

— Un crocodile. La marchande me l'a donné.

— Donné ?

— Oui. Contre une bise.

— Une bise ? À ton âge ?

Elle me l'arracha des mains, le brisa sur son genou, jeta les morceaux dans le feu, où ils s'enflammèrent tout de suite.

— Et ne *gnorle* pas ! Sinon, je t'en tourne une que l'oreille te chantera jusqu'à demain ! Je te défends sans rémission d'accepter quelque chose d'une personne que tu ne connais pas. À présent, mange ton *espartchi*.

Elle me saisit par le collet, me mit de force sur ma chaise, devant mon boudin.

Non rétribuée dans ses fonctions de sacristine, elle s'était contentée de cette promesse du curé Tournebize :

— Je n'ai pas les moyens de vous verser un salaire. En revanche, je m'engage, le moment venu, à assurer votre enterrement et celui de tous vos proches *gratis pro Deo*.

— Merci beaucoup. Mais si vous partez avant moi ?

— J'aurai passé par écrit mon engagement à mon successeur.

Léonie mesura l'avantage qu'elle aurait à enterrer tous les membres de sa famille sans débourser un centime. Elle s'en remit à Dieu pour les échéances.

Elle était aussi, comme j'ai dit, tuyauteuse. Les paysannes des années trente portaient encore des coiffes à double ou triple ruche appelées « bonnets bergère ». C'était une merveille de voir ma Grande traiter minutieusement ces tuyaux, après les avoir empesés, avec un long fer pareil à celui dont les jeunes filles se servaient pour friser leurs couettes. L'ouvrage terminé, elle le posait sur ma tête afin de juger du résultat. Elle éclatait de rire de me voir ainsi coiffé. Plutôt que de se moquer de moi, elle aurait mieux fait de rire d'elle-même en regardant les plis que formaient ses bas, qu'elle appelait des « crapauds ».

Tournebize avait l'habitude de rendre visite à ses paroissiens, choisissant l'heure la plus favorable. Aux environs de midi, il savait qu'on se pousserait à table pour lui faire une place. Vers quatre heures, il arrivait juste à temps pour avoir le café. À tout autre moment, il acceptait un verre de vin. L'ayant vidé par petites clappées, il posait la main dessus lorsqu'on lui en proposait un second. Expliquant :

— Voyez-vous, j'ai beaucoup de monde à voir aujourd'hui.

Effectivement, en fin de tournée, il lui arrivait de tituber un peu lorsqu'il revenait au presbytère. Ses paroissiens souriaient avec indulgence en murmurant :

— Je crois bien qu'il a son pompon.

Un jour qu'il était venu saluer Léonie, elle lui servit ce qu'il espérait : une goutte de prunelle. Liqueur obtenue par distillation des prunelles sauvages qu'elle avait cueillies à la saison froide. Comme l'attestait l'étiquette *Prunelle 1934*. L'ayant lue, l'abbé retira ses lunettes, les déposa sur le coussin d'une chaise. Or, tandis qu'il savourait cet esprit ardent, ma Grande s'assit par mégarde sur le même coussin. Avant de repartir, il les chercha, les retrouva un peu tordues. Léonie s'excusa :

— Pardonnez-moi, monsieur le Curé. Sans m'en rendre compte, j'avais posé mes fesses dessus.

— Ce n'est rien. Allez, elles en ont vu bien d'autres !

Je me demande encore ce qu'il voulait dire par là.

Chaque dimanche, mon père arrivait de Clermont par le train. Après cinq kilomètres de marche, depuis Arlanc, il sentait la fumée de la locomotive, jointe à celle de sa pipe. Il me prenait sous les aisselles, m'élevait, m'embrassait sur les deux joues en m'appelant « mon petiot ». Sa moustache était blonde, ses yeux bleus, une fossette lui creusait le menton ; mais son sourire était ébréché, il lui manquait une canine. Quelquefois, tous les deux nous faisions la balançoire : il me prenait par les mains et me faisait passer sous ses jambes écartées. À grands éclats de rire. Il m'advenait de pratiquer cet exercice les pieds déchaux, pour plus d'aise. Il pointait l'index vers le plus gros de mes orteils en s'écriant :

— Tu es bien mon fils !

Car lui aussi possédait ce signe particulier, je pus le constater maintes fois, d'avoir les deux pouces de ses pieds d'un volume excessif. Ça ne nous gênait aucunement, ni lui ni moi.

Il avait coutume d'apporter un gâteau clermontois qui était un délice, mais si compliqué qu'on ne comprenait pas ce qu'il y avait dedans. L'après-dîner, il ne restait guère en notre compagnie, rendait visite à ses copains, jouait aux cartes ou aux quilles avec eux, vidant maintes chopines. Il rentrait le soir branlibranlan, les bras écartés en deux parenthèses pour garder l'équilibre. Léonie, sur le pas de la porte, guettait ses retours. Quand elle le voyait dans cet état, elle s'écriait avec désespoir :

— *O z'ou te ! O z'ou te !* (Il tient sa cuite !)

Comme pour me prendre à témoin, elle ajoutait :

— Voilà ce que tu devras jamais faire quand tu seras grand ! Le vin est l'ennemi de l'homme.

En grommelant ses reproches, elle aidait mon père à se coucher. Puis elle le laissait cuver. Elle et moi, nous mangions tristement notre soupe borgne. Malgré son nom, celle-ci avait quelques yeux, j'essayais de les compter, car je savais les nombres jusqu'à dix, autant que j'avais de doigts. Le lendemain matin, mon père se levait honteux, laissait sur la table deux billets de la Banque de France pour payer mes frais de pension, nous embrassait, coiffait sa casquette et s'en allait reprendre le train qui devait le ramener à Clermont. Il travaillait aux imprimeries Mont-Louis. De là sortait *Le Moniteur du Puy-de-Dôme*, quotidien appartenant au sénateur Pierre Laval, maire d'Aubervilliers.

Privé de crocodile, je jouais avec des bouts de ficelle, des bobines sans fil, des bâtons, des billes, des toupies. Naturellement, je préférais (comme mon père) avoir la compagnie de mes voisins, car s'amuser seul donne envie de pleurer. On jouait ensemble à la *calhe* (la truie), une variante auvergnate de la pétanque provençale. Chez nous, le cochonnet était un morceau de bois arrondi, les boules étaient des galets. Le *tsatimpuo* (j'achète un porc), variante de la mourre italienne, consistait à faire deviner le nombre de petits objets (fèves, glands, cailloux) qu'on tenait serrés dans son poing. Le *bikilhou* (bâtonnet) ressemblait plutôt au cricket, jeu d'adresse assez dangereux : un joueur lançait un morceau de bois court contre un partenaire qui, armé d'un bâton, devait le repousser.

Bien que la chose me fût déconseillée par Léonie, il m'arrivait de jouer avec des garçons plus grands que moi. Le plaisir des aînés a toujours été de tourmenter les cadets. Ainsi, Pierrot Jalenque, dix ans, me demandait :

— Veux-tu voir le diable ?… Mets tes deux mains sur la tête, les doigts en l'air.

Pendant que je m'appliquais à cette posture, il me mordait les doigts :

— L'as-tu senti, le diable, avec ses grandes dents ?

Et cette autre attrape :

— Je parie que tu ne sais pas compter.

— Si, je compte jusqu'à dix.

— En patois ou en français ?

— Les deux.

— On va voir. Je te dis les nombres en français, et toi, tu les répètes en patois.

— D'accord.

— Un liard de plus… Deux liards de plus… Trois liards de plus…

— *Oun lià mé… Dou lià mé… Tri lià mé…*

— Continue tout seul.

— *Catre lià mé… Chin lià mé…*

— Répète un peu : cinq liards de plus.

— *Chin lià mé.*

— Encore une fois !

— *Chin lià mé.*

Il se trouve que *chinlià-mé* veut dire aussi : « Cingle-moi ! » Jalenque me cinglait donc les mollets avec des verges.

— C'est toi qui l'as voulu ! Je te cingle !

Et moi de cabrioler pour éviter les coups. Ce qui faisait bien rire. Ensuite, je me revanchais de cette attrape en l'appliquant ailleurs à de plus jeunes que moi.

3

Ce fut à peu près le temps où je découvris le monde comme il est, non comme il devrait être. Et cela en deux occasions. La première, quand je vis au milieu de la route un hérisson qui avait commis l'imprudence de se faire écraser par la roue d'une voiture. Ses entrailles lui sortaient du ventre, ce qui déjà amenait à réfléchir. Plus encore : deux corbeaux étaient en train de le dévorer, se disputant ses membres saigneux. De loin, j'observais cette horreur, me demandant pourquoi les oiseaux noirs arrachaient les morceaux du pauvre hérisson sans défense. Mais comment aurait-il pu se défendre puisqu'il était écrasé, c'est-à-dire mort ? Non pas mort pour faire semblant comme je jouais aux mousquetaires avec mes copains :

— Tu es mort ! Tu dois plus bouger !

Mais mort pour de bon, incapable de retenir ses boyaux. Ayant longuement réfléchi là-dessus, je me promis, je me jurai de ne jamais mourir.

La seconde occasion me permit d'assister à une peignée entre deux hommes. Deux cousins, Francisque et Henri Doupeux, qui, un dimanche de fête, pour un motif futile, tombèrent l'un sur l'autre à bras raccourcis. Et que je te bourre la gueule, et que je te réduise les oreilles en bouillie, et que je t'estrangouille. Autour d'eux, garçons et filles formaient cercle, intéressés par le spectacle, sans intervenir, les encourageant même à se détruire :

— Vas-y donc ! Mouche-le comme il faut ! Pète-lui les naseaux !

J'avais bien vu des empoignades entre gamins, j'avais même déjà participé à d'amusantes batailles ; mais je n'imaginais pas que ce divertissement pût se produire entre deux personnes adultes. Les coups de poing tombaient en faisant boum. À la fin, l'un des cousins demanda à l'autre :

— En as-tu assez ? En veux-tu encore ? Dis-le franchement.

— Oui, oui… j'en ai assez. Ça me suffit. Merci beaucoup.

Ils se séparèrent. La foule applaudit. Je venais de découvrir ce qu'à Beurières on appelait la *méchantise*.

En 1932, âgé de cinq ans et demi, j'entrai à l'école de Beurières sous la férule de monsieur Eragne. Celui-ci, un homme de haute taille, avec une barbe noire rectangulaire, bien plus effrayant que grand-mère Léonie, me parut gigantesque. Je le pris pour un ogre et je me dis : « Je suis foutu ! » Il avait d'ailleurs la réputation d'avoir la main leste. Pas de battre, mais de cogner. Dans certains cas même, d'assommer. Les parents autant que ses élèves le respectaient et le redoutaient. À l'usage des petits, il employait une baguette avec quoi il leur bleuissait les fesses. Les grands avaient droit à des gifles, assénées avec tant de force que j'en vis quelques-uns tomber sur le plancher. Ayant vérifié d'un regard que ceux-ci ne s'étaient pas trop abîmés, il leur laissait le temps de se relever, de regagner leur place, de pleurer dans un mouchoir. Jamais cependant ils ne se plaignaient à leurs parents, qui auraient répondu :

— S'il t'a battu, c'est que tu le méritais.

En ce temps-là, tout le monde battait les enfants : pères, mères, grand-mères, instituteurs, curés, religieuses, gardes champêtres. En compensation, tous les élèves de monsieur Eragne obtenaient le certificat d'études. Quelques-uns complétaient même leur instruction au collège Blaise-Pascal d'Ambert. Un de mes condisciples est devenu grâce à ce parcours député ; un autre, gendarme ; un autre, professeur ; un quatrième, chirurgien, il opère à Paris les appendicites, les goitres, les cancers. Quant à moi, je reçus plusieurs fois une gifle méritée ; de saisissement j'en mouillais ma culotte. Dans notre classe, il n'y avait que deux filles ; les autres fréquentaient l'école des religieuses. Cela me convenait parce que je n'aimais pas les filles, elles pleurent tout le temps. De loin en loin, venaient aussi de petites bohémiennes ; elles se montraient fort désireuses d'apprendre et auraient sans doute pris la tête de la classe si elles étaient restées assez longtemps. Échevelées, elles avaient la peau café au lait, les yeux sombres comme le charbon.

À propos de charbon, notre poêle n'en consommait guère, il préférait le bois que les bûcherons nous livraient, scié et fendu aux bonnes dimensions. Sur nos têtes, un tuyau immense traversait toute la classe ; il en pleuvait des gouttes noires, recueillies par d'anciennes boîtes de conserve suspendues aux points d'écoulement. Deux ou trois fois chaque hiver, il fallait le ramoner. Toute la classe s'y employait ; elle répandait les cendres dans le jardin de l'instituteur, derrière l'école. Une chanson à la mode encourageait ce ramonage :

Ramona, j'ai fait un rêve merveilleux.
Ramona, nous étions partis tous les deux...

Nous prononcions « j'ai fait-z-un rêve », parce que c'était plus doux-t-à l'oreille.

C'est aussi nous qui servions de jardiniers à monsieur Eragne. Les plus grands bêchaient ou piochaient, les moyens ensemençaient, les petits cueillaient les doryphores et les écrasaient de leurs sabots. Sans être institutrice, savante tout de même, madame Eragne nous donnait des leçons de botanique, nous apprenait les vertus des herbes, les noms des fleurs. De ses préférées, elle composait de petits bouquets dont elle parait le bureau de son mari. Il s'agissait de fleurettes bleues, aux calices velus, munies de longs pétioles ; elle les appelait des « yeux du cœur », mais nous révéla que leur vrai nom était *Omphalodes verna*, ce qui se traduit en langue ordinaire « ombilic du printemps ». Grâce à elle, nous apprîmes que le printemps possède une multitude de nombrils, alors que nous n'en avions qu'un.

Le mobilier de l'école était des plus simples. Un bureau haut perché pour le maître et sa chaise ; cinq tables de chêne à six places qui recevaient les enfants, chacune creusée d'un trou pour l'encrier et d'une rainure pour le crayon ; un tableau noir ; une armoire-bibliothèque remplie des objets les plus divers, notamment de flacons de verre contenant qui une couleuvre, qui une vipère aspic, qui un orvet, conservés dans l'alcool. Quelques livres aussi, prêtables aux grands élèves qui en faisaient la demande, peu nombreux, car les Beuriérois n'étaient guère portés sur la lecture : *Michaël, chien de cirque, Maroussia, Peau-de-Pêche, Au service de la Reine, Poupah l'éléphant.* Au-dessus de l'armoire, un globe représentait la Terre grâce auquel monsieur Éragne nous expliquait le jour et la nuit, les éclipses, les quatre saisons. J'y découvris des pays lointains, notamment le Congo où je devais un jour aller traîner mes grègues. J'en reparlerai.

La religion m'entrait dans la tête par l'entremise de ma grand-mère sacristine qui me faisait épousseter les meubles de l'église au moyen d'un martinet qu'elle tenait en réserve dans notre cuisine, suspendu à un clou. J'en fouettais les agenouilloirs, les bancs, la porte du confessionnal. À la fin de ma corvée, toute la poussière avait changé de place, celle du bas était montée, celle du haut était descendue, laissant sur les meubles une illusion de netteté. Le mercredi des Cendres, l'abbé Tournebize nous rappelait que nous ne sommes nous-mêmes que poussière : *Memento homo quia pulvis es…* Il nous en mettait une pincée sur le front, précisant qu'il s'agissait de cendre de bois. La nôtre, un jour, irait dans la terre et nourrirait les taupes.

— Mais notre âme, elle, est immortelle. Elle montera au paradis si nous le méritons.

Notre église était sous la protection d'un étrange parrain : saint Eutrope.

— Grande, qui c'était, ce monsieur Eutrope ?

— Je ne sais pas. On demandera à monsieur le Curé.

Il nous répondit à l'occasion d'une homélie :

— Chers frères et chères sœurs, on me demande qui était saint Eutrope. Voici le peu que je sais de lui. Il fut le premier évêque de la paroisse de Saintes en Charente-Maritime, dont une église porte son nom comme la nôtre. Il fut martyrisé, et il protège les estropiés.

J'en étais un. Lorsque je commettais une bêtise, la Grande me traitait d'*istropià d'eyme*, estropié d'esprit. Ce qui ne fait pas boiter. Pour en finir avec cet interrogatoire, ayant appris que les Arvernes s'étaient battus contre les Romains, je demandai à mon père pourquoi il m'avait donné le nom d'un ennemi. Y ayant réfléchi, il me fournit cette réponse peu convaincante :

— C'est parce que, à ta naissance, je t'ai pesé avec la balance romaine qui nous servait à peser les chevreaux.

Il fut seul à rire de son explication.

Comme saint Eutrope, j'étais fréquemment martyrisé. Léonie me fouaillait les mollets avec le martinet à poussière. Furieux de ces injustes châtiments, je décidai un jour de disparaître. De m'en aller très loin, de trouver un pays sans grand-mères, sans martinets. Une sapinière s'étendait au nord de notre village, gravissait la pente, s'étendait de l'autre côté, chez les Foréziens. Avant de me lancer dans cette aventure, j'eus toutefois une hésitation parce que Léonie avait préparé pour notre repas du soir une salade de pommes de terre. J'en étais friand. Ma rancœur triompha quand même de ma gourmandise. Je partis en sabots, en chaussettes de coton, en culottes courtes, en chemise à carreaux, me fiant à la belle saison pour me nourrir, aux myrtilles, aux framboises que je pourrais trouver dans les bois.

Après m'être longtemps promené à l'orée de la forêt, avoir grignoté des prunelles très âpres et des fraisettes très douces, je m'enfonçai parmi les arbres. Ils devinrent bientôt si épais que je me crus au milieu de la nuit. Soudain, j'entendis des voix :

— Romain ! Romain, où es-tu ? Finis de jouer aux cachettes ! Réponds !

Je reconnus parmi d'autres celle de la Grande. Je me gardai bien de répondre, je m'enfonçai davantage. Tout à coup, le sol se déroba sous mes pieds. Je venais de fouler ces herbes *défortunées* qu'à la vue on ne reconnaît pas des autres et je tombai au fond d'un trou. Un gîte de renard sans doute, boueux, plein de racines pareilles à des serpents. Ce n'était plus le moment de jouer aux cachettes. Je me relevai comme je pus, je réussis à sortir la tête. Et que vis-je ? Des lumières qui se promenaient dans la vraie nuit, des lanternes qui me cherchaient. Je criai :

— Je suis là.

— Où, là ?

— Dans le trou.

On m'en tira sans ménagement, par les cheveux. On me ramena à Beurières.

— Remercie ton ange gardien, me dit Léonie, de t'avoir gardé du renard qui aurait pu te plumer comme une poule, pauvre estropié d'esprit !

Monsieur Eragne nous inculquait le goût des lettres bien faites. Notre plume Sergent Major permettait de dessiner les pleins en descendant, les déliés en remontant. Une lettre sans pleins était comme un membre squelettique. Tous les soirs, après la classe, ayant ramassé les cahiers des petits, le maître traçait à l'encre rouge le modèle d'écriture : une ligne que nous devions, au-dessous, imiter cinq fois à la perfection. *Le lièvre et le lapin ont de longues oreilles*. Le lendemain, l'épreuve accomplie, il déposait dans la marge une appréciation abrégée dont nous connaissions le sens : *b, tb, ab, à ref*, bien, très bien, assez bien, à refaire. Pour la lecture, la méthode syllabique était seule appliquée : *Toto a tâté la tomate de tantine… Le chat Pipo a fait pipi sur le canapé*. En calcul, je savais d'entrée, comme j'ai dit, le nombre de mes doigts et de mes orteils. Dès leur naissance, tous les Auvergnats savent compter, ils sucent les chiffres avec le lait de leur mère.

Afin de moderniser leur pédagogie et de combattre sans doute la concurrence des religieuses, les Eragne apportèrent deux innovations. La dame consentit à donner gratuitement des leçons de couture, de broderie, de dentelle aux fillettes. De son côté, le maître inaugura une méthode d'enseignement inouïe : celle de Célestin Freinet. Elle consistait primo à ouvrir l'école par toutes ses fenêtres au monde extérieur, aux travailleurs de la campagne et de la ville, aux merveilles du ciel et de la terre, à se rendre sur place, si possible, pour les observer, en prendre note, les décrire. Secundo, à ne pas se contenter de la parole orale qui ne peut atteindre qu'un nombre réduit de personnes ; à l'imprimer sur papier blanc ; à réunir ces feuilles en brochures ; à les expédier vers d'autres écoles qui, en échange, vous adressent leurs propres travaux. Ainsi, des liens s'établissent avec d'autres communes, françaises ou étrangères. Célestin Freinet, inventeur de cette méthode dès 1925, soutenue par des revues syndicales, *L'École émancipée, L'École libératrice*, commençait à intéresser la France entière et les pays voisins. Une coopérative fournissait le matériel nécessaire à des conditions avantageuses. Mais le succès de l'entreprise, son originalité suscitèrent des cabales, une coterie d'inspecteurs opposés. Freinet fut obligé d'abandonner l'enseignement public. Aidé de sa femme Élise, il fonda une école privée laïque soutenue par des milliers de partisans.

Pour la première fois de ma vie, j'entrai donc, âgé de dix ans, en contact avec l'invention de Gutenberg. J'appris son vocabulaire innombrable : la *casse*, boîte divisée en compartiments dans lesquels sont disposés les caractères, minuscules dans le bas de casse, majuscules dans le haut ; le *corps*, l'*œil*, l'*haste* d'un caractère ; le *cicéro*, longueur typographique égale à douze points ; le *point*, qui mesure 0,3459 mm ; la *graisse*, qui désigne l'épaisseur des hastes, traits verticaux correspondant aux pleins dans l'écriture manuscrite, de sorte qu'il existe des caractères gras, demi-gras, maigres ; l'*empattement* (ne pas confondre avec l'empâtement des oies) qui est le soulier de l'haste, il la termine par le pied ; mais s'il la termine par le sommet, il devient *apex* ; le *cadratin*, qui est l'espace laissé au commencement d'un alinéa… Si je devais présenter et expliquer tous les termes qu'emploie l'imprimerie, j'en remplirais un dictionnaire.

La méthode Freinet imposait aussi la composition d'un fichier alphabétique traitant de tous les sujets possibles, enrichi de coupures de presse, de cartes postales illustrées, d'images, de timbres-poste. Monsieur Eragne nous engageait à fouiller dans nos greniers, à lui apporter des documents anciens, avec la permission des parents.

— Ce n'est qu'un commencement, nous avertissait-il. Il faudra des années pour que le fichier corresponde à nos besoins.

À tour de rôle, il nous confiait le soin d'étudier un sujet historique, géographique, scientifique, en interrogeant autour de nous les vieilles personnes riches de souvenirs, en puisant dans le fichier, en le complétant.

Bientôt ce trésor fut plein d'étoiles et de planètes, de pays où nous n'irions jamais. Charlemagne, Colbert, Napoléon y avaient leur place. Notre recherche était ensuite imprimée, cousue en brochures tirées à des dizaines d'exemplaires que nous expédiions à nos correspondants sous le titre général de *Petites Fleurs du Livradois-Forez*. Comme chaque ouvrage était signé de son rédacteur principal, les parents de ce jeune écrivain avaient à cœur d'acheter la brochure. Les droits d'auteur tombaient dans la caisse commune. Le tirage atteignit en juillet 1938 le nombre fabuleux de deux cent soixante exemplaires.

Un père de famille, charcutier beuriérois, nous fit cette proposition :

— Vous pourriez introduire dans vos petits bouquins…

— Nous les appelons des brochures.

— … dans vos brochures une page où vous présenteriez mes produits, saucissons, jambons, pâtés, pieds de cochon, cervelas. Les meilleurs de la région. Je vous payerais cette publicité.

Nous avons unanimement refusé. Nos *Petites Fleurs* ne voulaient pas sentir le boudin.

Plusieurs fois, j'eus l'honneur d'y être publié. Exemple ce paragraphe intitulé *Ma famille*. *Ma famille est composée d'un père, d'une grand-mère, d'un oncle, d'une tante, de trois cousins et d'un chat appelé Rasibus. On aurait pu l'appeler autrement ; mais mon père lui a donné ce nom parce qu'il a une queue à peu près dépourvue de poil. C'est une infirmité de chat, de même que certains hommes ont l'infirmité de n'avoir plus de cheveux. Exemple mon oncle Jasmin. Il a l'habitude de dire : « Je suis sinistré de la toiture. » Ce qui est très comique. J'ai perdu ma maman quand j'étais tout petit, elle s'appelait Albertine, je ne me souviens pas d'elle, ce qui est bien triste. Mes cousins et cousines habitent aux environs, ils sont plus âgés que moi, ma grand-mère n'aime pas les recevoir parce qu'elle dit qu'ils font le bazar. La meilleure personne de ma famille est tante Marcelle parce qu'elle nous apporte de la tarte à la bouillie. Romain Fougères.*

Inversement, nous recevions des brochures imprimées hors de l'Auvergne. Nous y apprenions comment vivent les Bretons, les Normands et même les Corses. Exemple le texte suivant envoyé de la Balagne. *L'enfant, l'âne et le saint. Il était une fois un enfant qui voulait monter sur le dos d'un âne pour revenir à la ferme de ses parents après la récolte des olives. Il s'accroche à la crinière de l'animal, il tire et il retombe par terre. Deuxième essai : il s'accroche cette fois au bât de l'âne, il tire encore, réussit à se hisser un peu, mais ne parvient pas à monter jusqu'en haut. Avant d'essayer une troisième fois, il prononce une courte prière adressée à saint Antoine, patron des animaux : « Saint Antoine, faites que je réussisse à grimper sur cette carne de bourrique ! » Il s'éloigne de dix pas, court, saute si bien qu'emporté par l'élan il retombe de l'autre côté. Il se relève tout endolori et murmure : « Je n'en demandais pas tant. C'est trop de faveur, saint Antoine*. Troppa grazia, sant'Antuniu ! »

En 1938, monsieur Eragne, selon la formule officielle, fit valoir ses droits à la retraite. En guise de cadeau-souvenir, on lui foutit la décoration des Palmes académiques, ce qui ne coûtait pas un centime à l'État puisqu'il ne lui fournissait pas même le ruban violet qui va avec. S'il désirait en orner sa boutonnière, il devait se l'acheter lui-même. Ce qu'il ne fit pas. Il s'en alla et fut remplacé par un couple d'instituteurs, monsieur Amédée Bellat et son épouse Lydie. La méthode Freinet, les *Petites Fleurs du Livradois-Forez* avaient amené beaucoup de filles de l'école religieuse à l'école laïque. Les nouveaux maîtres eurent deux classes géminées, c'est-à-dire une pour le cours préparatoire et le cours élémentaire des deux sexes confiés à Lydie, l'autre composée des deux cours moyens à la charge d'Amédée. Celui-ci exerçait en outre la fonction de secrétaire de mairie, ce qui le mettait en contact avec la population à toute heure du jour et de la nuit, même le jeudi et le dimanche. Au nom des Beuriérois, il se faisait écrivain public, adressait au sous-préfet d'Ambert, au député, au conseiller général des lettres de réclamation, de remboursement, de protestation. Si le résultat était positif, les paysans le remerciaient en lui offrant à la saison froide les prémices du cochon : un morceau de filet, deux saucisses, un empan de boudin, le tout dans une assiette sous le voile d'une crépine ; à la saison chaude, un potiron, un sac de pommes ou de ces poires dites d'étrangles ou poires de curé que l'on mange blettes en décembre, une bouteille d'eau-de-vie, bonne pour conserver les cerises.

Le jeudi matin, avec d'autres, je passais sous l'autorité de l'abbé Tournebize pour préparer notre première communion. Se faisant libraire, il vendait à chaque catéchumène un *Catéchisme du diocèse de Clermont*. Pendant trois ans, je suivis les cours qu'il impartissait dans une chapelle de son église. Après la soupe du soir, ma grand-mère sacristine me faisait réciter les questions-réponses auxquelles je n'avais pas le droit de changer une syllabe :

— Qu'est-ce que les anges ?

— Les anges sont de purs esprits que Dieu a créés pour sa gloire et son service.

— Dieu a-t-il donné à chaque homme un ange chargé de veiller sur lui ?

— Oui, Dieu a donné à chaque homme un ange chargé de veiller sur lui, nous l'appelons l'ange gardien…

Or il m'arriva un grand malheur : je ne sais comment, je perdis mon livre de catéchisme. Ou bien quelqu'un – pourquoi pas un envoyé du diable ? – me le déroba. Impossible de le retrouver malgré mes recherches dans la chapelle. Lorsque je m'en plaignis au curé, il haussa les épaules :

— En jouant dans les rues avec tes copains, tu l'auras abandonné je ne sais où. Accuse ta seule étourderie. Apporte-moi six francs, et je t'en fournirai un autre.

J'expliquai à Léonie que le diable avait volé mon livre. Elle se montra aussi négative que le curé :

— Dis plutôt que tu l'as perdu, estropié d'esprit que tu es !

— Le curé peut m'en fournir un autre pour six francs.

— Pas question. Crois-tu que six francs se trouvent sous le sabot d'un âne ? Débrouille-toi avec tes copains. Fais-toi prêter le leur. Apprenez ensemble.

Ma religion prit donc un autre cours. Lorsque venait le moment de la récitation, j'écoutais attentivement les réponses que fournissaient les interrogés. Ce qui me permettait, mon tour venu, de les répéter *verbatim*. Mais un jour je fus attaqué le premier :

— Qu'est-ce que l'eucharistie ?

— …

— Je répète : qu'est-ce que l'eucharistie ?

— Heu…

— Non, y a pas d'œufs là-dedans, seulement du pain et du vin. À genoux devant l'autel ! Sur la marche ! Les bras en croix !

Que faisait là cette marche de pierre nue ? Prévue pour la seule torture de l'agenouillement ? Son arête m'entrait dans les rotules comme une lame. Les bras écartés ajoutaient au supplice. Certains punis ne résistaient pas plus de cinq minutes et s'affaissaient en larmes. Pour moi, je me raidis de fierté, je serrai les dents, j'écoutai attentivement les réponses de mes condisciples et j'attendis que Tournebize mît fin à ma crucifixion.

Quand j'eus regagné ma place, je me frottai les genoux et je levai l'index :

— Mon père, je peux dire l'eucharistie.

— Vraiment ? Je t'écoute.

— L'eucharistie est un sacrement qui contient réellement le corps, le sang, l'âme et la divinité de Jésus-Christ…

— De Notre-Seigneur Jésus-Christ.

— … de Notre-Seigneur Jésus-Christ sous les espèces ou apparences du pain et du vin.

Éberlués de ma réponse, tous les catéchumènes en restaient comme deux ronds de flan. L'abbé lui-même se tira la barbe.

— Tu es un drôle de citoyen, me concéda-t-il. Attends.

Il fouilla dans un placard, en tira un petit bouquin fort démis, me le remit à la place du mien qui était presque neuf.

— Voici un vieux catéchisme qu'un autre étourdi de ton espèce a abandonné avant toi. Il y manque quelques pages. Essaye de t'en servir.

Je fis de mon mieux en recopiant ces fragments à l'encre violette de l'école laïque. Hors sa présence, mes camarades et moi tirions vengeance de la sévérité de Tournebize en composant notre propre doctrine :

— Qu'est-ce que Dieu ?

— Dieu est un petit homme bleu qui fume sa pipe au coin du feu.

— Qu'est-ce que l'enfer ?

— L'enfer est un chemin de fer qui transporte des pommes de terre en Angleterre.

— Qu'est-ce que la Sainte Vierge ?

— La Sainte Vierge est une marchande de cierges qui se nourrit d'asperges.

Cahin-caha, je me préparai à la première communion. Annoncée par une « retraite » qui m'autorisait à manquer l'école une semaine, dans un « esprit de tolérance, de bonne entente et de paix, sans toutefois se prêter à des abus », comme soulignait monsieur Bellat. L'abbé Tournebize nous précisa par le menu les mots qu'il faudrait dire, les gestes qu'il faudrait faire. Notamment la manœuvre du cierge que chaque communiant devrait porter, maigre ou somptueux suivant la richesse des familles. C'est lui qui, concurrençant notre Sainte Vierge nourrie d'asperges, les vendait. Après la cérémonie, il les récupérait sans rien rembourser, les restaurait, les enveloppait de papier neuf, pour les revendre l'année suivante.

— Prenez bien garde, nous recommandait-il, de ne pas les cogner, vous risqueriez de les casser.

La retraite comportait aussi des amusements, des charades, de saintes lectures. Elle se terminait par une distribution de boisson sucrée, obtenue en versant un peu de sirop de framboise dans un arrosoir d'eau. Chacun de nous avait droit à un gobelet.

Ma Grande avait coutume de coudre les nippes que je portais en temps ordinaire, prises dans les anciens vêtements de mon père, ajustés à ma taille. Pendant quinze jours, multipliant les essayages, elle prépara ce qui m'habillerait en cette solennelle occasion. Ayant terminé cet ouvrage, un dimanche – jour de Pâques fleuries – elle me fit enfiler veste, gilet, culottes. Elle constata avec plaisir que tout m'allait bien. Je me rendis à Saint-Eutrope, portant un rameau de buis auquel étaient accrochées, suivant la tradition, une douzaine de croustilles. Petits gâteaux très secs et très durs, à s'y casser les dents, cuits dans l'eau, puis passés au four, que le curé devait bénir en fin de messe. Tout se passa normalement, nous chantâmes *Hosanna au plus haut des cieux*, nos rameaux furent bénits, la foule se dispersa. Pâques fleuries était la répétition générale de la communion solennelle, prévue pour le premier dimanche de mai.

— Passe devant, me dit ma Grande, j'ai à faire dans la sacristie. Je te rejoindrai à la maison.

La marmaille commença de grignoter les croustilles. Or voici que le grand Pierre Jalenque, qui depuis longtemps en avait passé l'âge, prétendit manger une des miennes. Il allongea sa patte dans ma ramescence, en arracha brutalement une touffe et s'enfuit en courant. Aveuglé d'indignation, je me lançai à ses trousses. Ses longues jambes lui permettaient d'aller plus vite que les miennes. De loin, il me défiait en me faisant les cornes. Or voici que, passant trop près de sa ferme, je trébuchai et je plongeai avec mon bouquet dans la purinière. Je m'y serais noyé, sans le secours du père

Jalenque qui me permit d'en sortir en me tendant le manche d'un râteau. En criant au secours, j'avais avalé une gorgée de purin. Je puis attester qu'il n'avait pas le même goût que les croustilles. Soixante-cinq ans après, j'en ai encore dans le gosier le souvenir infect.

Il me fallut rentrer chez moi dans cet état immonde. Expliquer à Léonie ce qui m'était arrivé par la faute de Pierre Jalenque. Elle n'en crut pas un mot, me traita encore d'estropié d'esprit. Ensuite, elle me jeta tout habillé dans un premier baquet d'eau, puis tout nu dans un second. Mon père dut m'acheter un vrai costume neuf à Arlanc chez Conchon-Quinette, plus un canotier pour ma tête, plus un brassard blanc pour mon bras gauche.

Au cours de la retraite, le curé nous avait recommandé de nous présenter à l'autel l'estomac vide avant d'y recevoir le corps du Christ, qui n'aime pas se trouver mélangé au fromage ni à la soupe aux choux. Je suivis rigoureusement cette prescription. Jusqu'au moment où ma cousine Georgette, invitée à notre fête avec une douzaine d'autres personnes, me présenta une boîte de pastilles de Vichy. Comment refuser, alors qu'elle était élève à l'école religieuse de Beurières ? Je suçai donc la pastille. Par voie de conséquence, je fis ma première communion assaisonnée au bicarbonate de soude, en estropié d'esprit que j'étais.

Le moment le plus important de la fête était le repas familial auquel participaient mon père, ma grand-mère, mon oncle Jasmin, ma tante Marcelle, plusieurs cousines et cousins. En Auvergne, les parents vivent éparpillés, selon leur travail ; mais ils ne manquent pas de se réunir aux baptêmes, communions, mariages, enterrements. Les cimetières sont spécialement des occasions d'embrassades, de bisous dans l'Allier et le Puy-de-

Dôme, de poutous dans le Cantal et la Haute-Loire. À raison de trois par échange, en référence sans doute au signe de croix. Quand on a fait le tour de toute la parentèle, on en a les joues enflammées. On s'embrasse même entre hommes, ce qui donne souvent l'impression d'embrassades de hérissons. Certaines femmes, d'ailleurs, les vieilles, notamment ma Grande, ne sont pas loin de produire le même effet. Outre ce bisoutage, je reçus des cadeaux pieux : un missel de tante Marcelle, un bénitier de Léonie ; de mon père, une médaille en bronze reproduisant un statère de Vercingétorix : à l'avers, le profil du jeune chef arverne, au revers, un cheval à la queue flamboyante.

— Tu le suspendras à ton cou. Il te protégera.

J'avais déjà la protection de mon ange gardien, elle ne m'avait pas sauvé du purin des Jalenque.

4

L'année suivante – j'avais douze ans –, des affiches blanches furent placardées sur tous les murs de France. Ainsi commença une nouvelle guerre qui n'était, en vérité, que le prolongement des deux précédentes. Monsieur Bellat abandonna sa classe à une institutrice retraitée et s'en alla rejoindre un bataillon de chasseurs alpins. En 1940, on eut besoin de lui pour prendre le port de Narvik en Norvège afin d'arrêter l'exportation du fer suédois vers l'Allemagne nazie. « La route du fer est et restera coupée ! » proclama Paul Reynaud, notre ministre des Affaires étrangères. Il n'en fut rien. Les chasseurs alpins, abandonnant Narvik, durent se replier vers l'Angleterre.

Du court séjour qu'il fit chez les Rosbifs, Amédée rapporta un souvenir inoubliable. Les dames anglaises lui proposaient des tartines de beurre, qu'il n'aimait point. Fouillant dans le peu d'anglais qui lui restait de ses études, il répondit :

— *For me, no butter*.

O merveille ! Elles le comprirent. S'étonnant seulement :

— *No butter* ? Du pain sec ? Ils sont fous, ces Français !

Il fut rapatrié pour reprendre le combat. Trop tard : le combat était fini. Il trouva une France nouvelle, partagée en deux zones, l'une occupée par les troupes allemandes, l'autre prétendument libre, gouvernée par Philippe Pétain. Un million et demi de nos soldats capturés à Dunkerque ou sur d'autres fronts étaient prisonniers en Allemagne. La plupart des Français considéraient qu'Adolf Hitler avait gagné la guerre, même si l'Angleterre continuait de lui résister. Ils sont fous, ces Anglais ! En face de cette situation tragique, le vieux maréchal représentait tous les espoirs d'une France mutilée, mais préservée.

Monsieur Bellat revint à Beurières. Pendant son absence, l'institutrice en retraite qui l'avait remplacé n'avait pas osé s'engager dans la méthode Freinet. La nouvelle devise de l'État français, *Travail, Famille, Patrie*, n'offusquait personne. Les discours prêchant le retour à la terre (« Je hais les mensonges qui nous ont fait tant de mal… La terre, elle, ne ment pas… ») convenaient bien à nos populations paysannes. Dieu régnait dans les cieux et Pétain régnait à Vichy. On vit partout le visage de l'illustre vieillard, avec son beau regard bleu, sa moustache blanche finement taillée, ses sept étoiles d'or sur le képi, sous forme de cendriers, de pipes, de médailles, de presse-papiers, de timbres-poste. Des milliers d'adorateurs se pressaient autour de lui à chacun de ses déplacements, baisaient ses vêtements et la trace de ses pas. Chaque catégorie sociale apprenait et récitait le nouveau catéchisme, même les syndicalistes, responsables pourtant de « l'esprit de jouissance qui l'avait emporté sur l'esprit de sacrifice ». La CGT supprima de ses statuts les articles sur la grève et sur la lutte des classes, affirma que « l'action syndicale ne doit jamais s'exercer au détriment de l'intérêt général et doit aussi protéger la famille ».

Philippe Pétain entreprit d'assurer lui-même la propagation de son culte. Au début d'octobre, une nouvelle sensationnelle se répandit dans la région ambertoise : le maréchal allait lui rendre visite ! Tout fut préparé pour bien le recevoir. Une médaille fut gravée à son profil. Une plaque de rue fut émaillée à son nom. Il vint le 14 octobre, malgré la pluie. Une foule modeste l'attendait : anciens combattants de 14-18, enfants des écoles, une charretée de Beuriérois, parmi lesquels mon oncle Jasmin, fervent pétainiste, et moi-même, content de manquer l'école. Léonie m'avait recommandé :

— Tu me raconteras ce que tu as vu, ce que tu as entendu.

Les voitures vichystes s'arrêtèrent autour de la mairie. Il ne faut pas dire « devant la mairie » parce qu'elle est ronde comme un tambour. Ce qui ne l'empêche pas d'avoir deux étages et une coupole. Bravant l'averse, la foule patientait les pieds humides, les bras chargés de fleurs. On pouvait y reconnaître le maire, Raymond Lachal, et son conseil municipal, le sous-préfet et son képi, l'écrivain Henri Pourrat et son feutre noir. Accompagné de deux ministres et de son médecin personnel, le maréchal allait d'un pas ferme malgré la canne qu'il portait au bras, pour la parade plus que pour son utilité. Sous la coupole, des discours furent prononcés, reproduits le lendemain par la presse. Celui du vainqueur de Verdun contenait des propos surprenants :

— L'ordre nouveau que je représente entend se libérer de ses amitiés et de ses inimitiés traditionnelles. Il est prêt à se dépasser pour atteindre une collaboration internationale. La France sait que, quelle que soit la carte politique de l'Europe, le problème des relations franco-allemandes, si criminellement traité par le passé, déterminera son avenir. Si l'Allemagne choisit une paix nouvelle de collaboration, la France saura digérer son humiliation. En présence d'un vainqueur qui dominera sa victoire, elle dominera sa défaite.

Le public crut comprendre que les Allemands, nos ennemis héréditaires, pouvaient devenir nos amis. Il applaudit poliment. L'illustre visiteur posa des questions sur le ravitaillement, le pain, le prix du bétail. Henri Pourrat lui offrit quelques-unes de ses œuvres sur papier d'Ambert.

Après l'hôtel de ville, on se rendit à la Caisse d'épargne, le monument le plus important de la ville, le plus respecté après l'église Saint-Jean. Alexandre Vialatte devait s'en inspirer plus tard pour décrire son Temple à l'Économie : « Tous les chemins y mènent du plus haut des collines. Ils sont constamment parcourus par des vieillards aux membres desséchés, semblables au lapin écorché, qui vont et viennent entre lui et leur maison lointaine. Des hommes silencieux et capables, disposés derrière des guichets, prennent leur argent et l'inscrivent dans des livres. Ils le mettent dans de grands sacs de toile et le descendent dans des sous-sols climatisés où il fermente à la température convenable à l'intérêt composé. » Vialatte n'assista pas à cette mémorable visite, il était prisonnier de guerre. À l'hôpital Saint-Ylie, près de Dole, il avait essayé de se suicider en s'ouvrant les veines.

On se dirigea vers l'église que les Ambertois appellent leur cathédrale. En passant devant le monument aux morts, le groupe se recueillit devant les noms des trois cents soldats tombés pour la patrie. Le maréchal s'inclina et déposa les fleurs qu'on lui avait offertes à son arrivée. Les cloches sonnèrent à toute volée. Leur carillon fut si fort que les nuages se déchirèrent, que la pluie cessa, qu'un rayon de soleil parut.

À pied, on traversa les vieux quartiers d'Ambert aux curieuses maisons à pignons de bois ouvragé. On rendit visite à la scierie alsacienne repliée d'Altkirch où deux cents ouvriers tronçonnaient, rabotaient, assemblaient les madriers et les planches. À l'usine Béraudy et Vaure, le maréchal reçut, destiné à madame Pétain, un chapelet en grains d'améthyste montés sur chaîne d'argent. Pour finir, notre troupe prit la route qui grimpe au col des Pradeaux, suit le ruisseau de Lagat bordé jadis de moulins à papier. Un seul subsistait, appartenant à Auguste Favier, qui ne savait ni lire ni écrire. Cet analphabète fabriquait les plus belles feuilles du monde, blanches, grenues, destinées aux notaires, aux ventes immobilières, à la rigueur aux imprimeurs. Autrefois, La Fontaine, Florian, Jacques Delille n'en voulaient pas d'autres. Dans les années 1790, Paris en fit une consommation énorme. Elles servaient à fabriquer une monnaie nouvelle, dite la monnaie carrée : les assignats. Les papeteries ambertoises auraient dû prospérer ; en fait, elles furent ruinées, car elles aussi on les payait en papier volatil. Quand les assignats furent supprimés, il ne restait plus qu'à faire de ces billets sans valeur des feux de chagrin.

Assez loin du moulin, nous entendions déjà le tic-tac-toc des maillets mis en marche par une roue à aubes. Auguste Favier reçut en tablier de cuir, tête nue, le maréchal et son escorte. D'étape en étape, il nous montra la naissance et la croissance du papier. Sa matière première : le chiffon de lin ou de coton, vieux linges, vieux draps que le parler local désignait sous le nom de *peilles*. Ses fournisseurs : les peillereaux. Ils allaient à la chine dans les villes et les campagnes, on les entendait appeler :

— Peillereau !… Peillereau !… Peaux de lapin !… Vieilles guenilles !

Beaucoup à pied. Quelques-uns en voiture. Je raconterai peut-être l'histoire du peillereau et de son parapluie. Une vieille chanson se moquait d'eux :

Ils traînent les puces du département,
Ces grands ramasseurs de peilles,
D'un chant bien plaisant
Charment les oreilles,
En roulant partout, criant la ferraille,
Achètent chiffons, traînent les guenilles…

Il y eut autrefois des villages dont tous les habitants étaient des peillereaux. Le curé de Bertignat se présentait à son évêque en ces termes : « Monseigneur, je suis le pasteur de cinq cents mendiants à cheval. » Ces bougres-là n'aimaient guère payer en argent : ils offraient plutôt de petites choses utiles, aiguilles, dés, fils, épingles, ciseaux. En 1940, il en restait quelques-uns, malgré la quasi-disparition des moulins à papier.

Chez Auguste Favier, les peilles étaient triées par des femmes enveloppées de sarraus pour se protéger des bestioles. Elles les classaient en trois catégories : les grossières, destinées au papier commun ; les moyennes, au papier moyen ; les fines, au papier fin. Après quoi, prenant bien garde de ne pas se blesser les doigts, ce qui arrivait tout de même de loin en loin, elles les découpaient sur de grandes lames, anciennes faux désaffectées, mais encore coupantes comme des rasoirs. Tous ces débris étaient mis à fermenter dans le pourrissoir, énorme cuve de granit hors du moulin. Ils y séjournaient plusieurs semaines, s'amollissaient, s'échauffaient, laissaient monter une vapeur malodorante. Ces besognes viles étaient réservées aux femmes qui, depuis le commencement du monde, conviennent mieux que les hommes aux tâches inférieures.

Aux hommes donc les travaux nobles. Favier nous en présente tous les points. Le *chalabre*, l'arbre de couche, est, sous la voûte basse et suintante où se lit une date, *1576*, l'organe vital du moulin. Tiré d'un beau sapin de la forêt voisine, étendu de tout son long, animé par la roue à aubes, il est hérissé de robustes ergots de chêne qui, dans sa rotation, soulèvent les bras des maillets. Ils ont été placés aux distances convenables afin que les maillets ne tombent pas tous en même temps, mais produisent par leur cadence le tic-tac-toc qu'on entend de loin, qui est le pouls de la fabrique et que l'on peut comprendre pa-pe-tier, pa-pe-tier, pa-pe-tier. Les têtes de ces marteaux, chargées de clous aigus, tombent dans le creux des piles et réduisent en une bouillie blanchâtre le contenu du pourrissoir.

Ladite bouillie est alors transportée dans une cuve cerclée de fer. Par-dessous, un fourneau de cuivre appelé *pistolet* la réchauffe un peu. On remue le mélange avec un long bâton.

— À moi de jouer, monsieur le Maréchal, avertit Favier.

Il saisit une forme. Une sorte de tamis : un cadre de bois autour d'un fond composé de lignes de laiton. Au milieu de ce rectangle, en relief, la figure d'un sabot, le filigrane de la maison. À cet endroit, la pâte sera moins épaisse, le sabot paraîtra en transparence, de même que le profil de la République visible sur nos billets de banque.

Favier plonge la forme dans la cuve, la retire chargée de pâte fluide. Pour qu'elle devienne une feuille unie, de la même épaisseur en tous points, il la répand uniformément, par une série de petites secousses. Toutes ses molécules se trouvent ainsi soudées. L'eau en excès s'écoule à travers le fond. En apparence, ces gestes sont simples ; mais ils sont le secret de l'*ouvreur*. Ce dernier pousse alors la forme vers le *coucheur* qui la renverse sur un feutre comme une crêpe qu'on retourne. Séparées par les feutres, les crêpes forment une pile. Lorsque celle-ci atteint une centaine, elle prend place sous la presse. Vient alors le moment le plus pittoresque de la fabrication. Ladite presse est faite de lourds madriers, les *moutons*, serrés par une énorme vis en bois d'orme. Tout près, un cabestan où s'enroule un câble. La pile des feutres est coincée sous les moutons. On les fait descendre d'abord à la main, l'eau s'écoule ; mais bientôt, l'on doit se servir du cabestan. Tous les ouvriers s'y attellent. Ils poussent les bras du treuil à pleine échine, en surveillant de l'œil le cliquet, leur seule sécurité : s'il venait à sauter, eux, fouettés par les bras, seraient réduits en marmelade. La machine craque et gémit de toutes ses jointures. Les hommes poussent même de la tête, tels des bœufs au joug, avec des *han !* qui leur sortent de la poitrine.

— *N'y o prou !* commande enfin Auguste. C'est assez !

On dégage la pile bien aplatie. Il faut maintenant séparer des feutres le papier encore humide et bien fragile. C'est le *leveur* qui s'en charge, avec d'extrêmes précautions. Une goutte d'eau qui tomberait de la voûte et la feuille nouveau-née se trouverait percée comme par de l'acide.

Elles changent de domicile, passent une seconde fois aux mains des femmes. Celles-ci les étendent, se servant d'un té en bois, sur les cordes d'aloès du séchoir : vaste construction à l'arrière du moulin, tout en planches et en courants d'air précautionneux que l'on règle en fonction du temps, du vent, de la température extérieure. Le séchoir est alors rempli de festons blancs, pareils à une grande lessive de mouchoirs. Une fois bien sèches, les feuilles subissent une dernière toilette : le *lissage*. Afin d'enlever les aspérités minuscules, une ouvrière les gratte avec un galet bien poli.

Elles sont bonnes alors pour l'imprimerie. S'il s'agit de papier à écrire, elles reçoivent une couche de colle. Le *saleran* l'a préparée en faisant bouillir des rognures de peau, de cartilages ; il en résulte une gélatine à laquelle il ajoute un peu d'alun. Il prend alors une poignée de feuilles, les plonge dans le liquide en les écartant bien. Un nouveau séjour sera nécessaire dans le séchoir où les quatre vents jouent aux gendarmes et aux voleurs, tandis que le soleil n'y glisse jamais un seul rayon.

Seul coiffé au milieu des papetiers tête nue, de même que le Roi-Soleil dans son église, le maréchal posa beaucoup d'autres questions :

— Combien d'ouvriers êtes-vous ?

— Cinq hommes et quatre femmes.

— Comment avez-vous appris le métier ?

— Je le tiens de mon père, qui le tenait du sien, et ainsi de suite.

— Avez-vous des concurrents ?

— Beaucoup. Chez eux, tout est mécanique. Ils fabriquent du papier avec de la paille ou de la sciure de bois. On en fait des journaux, des emballages et, respect que je vous dois, du papier hygiénique.

Quoique d'un peu loin, j'écoutais ce qui se disait, j'en attrapais beaucoup parce que j'ai l'oreille fine. Le maréchal prononça quelques mots de conclusion :

— Cette visite à Ambert, ce contact cordial avec la population m'encouragent à poursuivre une tournée d'information à travers les villages et les villes de France.

Plusieurs femmes voulurent baiser sa main. Il était deux heures de l'après-midi. Tous les officiels se dirigèrent vers Job où les attendait, à l'hôtel des Voyageurs, un repas préparé par madame Dixmérias. Les Beuriérois rentrèrent chez eux dans leur charrette. Je racontai à ma grand-mère ce que j'avais entendu et retenu.

— Quel grand homme ! s'écria-t-elle. Il va nous sauver !

Le lendemain, reprenant la méthode Freinet, monsieur Bellat nous fit imprimer *Le Loup devenu berger* :

Il s'habille en berger, endosse un hoqueton,
Fait sa houlette d'un bâton,
Sans oublier sa cornemuse.
Pour pousser jusqu'au bout la ruse,
Il aurait volontiers écrit sur son chapeau :
« C'est moi qui suis Guillot,
gardien de ce troupeau »...

Pour moi, peu enclin à la philosophie, conquis par la fabrication du papier, je me mis à rêver que je deviendrais un jour un imprimeur véritable comme mon père.

En attendant que je raconte ma carrière, voici l'histoire du peillereau et de son parapluie que je me suis promise. Je la dois à mon oncle Jasmin qui la tenait pour authentique.

Mon homme, prénommé Sabin, était natif de Bertignat d'où souffle en hiver sur Beurières une bise désagréable, appelée en patois la *bertignasse*. Il vivait donc en ramassant les peilles de lin, de chanvre, de coton, qu'il revendait ensuite aux moulins à papier. À pleins sacs. Il connaissait comme sa poche tout le Livradois, chaque hameau, chaque ferme isolée. Il annonçait son passage en soufflant dans une trompette qu'il avait faite lui-même avec une corne de vache. À l'entendre, les paysannes sortaient de leur maison et lui présentaient leurs chiffes de rebut. Il les pesait de sa balance romaine – comme je le fus à ma naissance – et leur versait les sous que cela valait. Puis il allait plus loin, toujours son sac sur l'épaule. On connaissait bien sa silhouette, son grand chapeau et le parapluie bien ficelé sur lequel il s'appuyait en guise de canne. Il avait un domicile fixe, une pauvre maison avec un jardin, un poulailler, quelques chèvres que gardait sa femme Mariette ; mais il ne rentrait pas tous les soirs, suivant les lieux où ses courses le portaient.

Un matin qu'il traversait le bois de Garnisson, il entendit des cris, des gémissements, des appels. On eût dit ceux d'une fillette. Il se précipite dans cette direction, et que voit-il ? Une biche qu'un loup-cervier se préparait à dévorer. Sabin se jette sur le carnassier et le met en fuite à grands coups de parapluie. Se demandant, comme je fais souvent, pourquoi Dieu a inventé des créatures fragiles et innocentes afin qu'elles servent de pâture à des créatures féroces. Il allait s'éloigner lorsqu'il entendit une petite voix :

— Merci infiniment de m'avoir sauvé la vie.

La bichette lui parlait.

— Je suis, précisa-t-elle, une pauvre fée assez fadasse. Par une méchante sorcière plus puissante que moi, à qui j'avais joué une farce, j'ai été enfermée pour dix ans dans le corps d'une biche. Il m'en reste encore six à tirer. Sans toi, le loup-cervier m'aurait déchiquetée. Je veux te récompenser. Et récompenser ton parapluie sauveur. Voici le pouvoir que je lui donne. Non seulement il te protégera de la pluie et du soleil comme tout parapluie d'Aurillac, mais il te gardera, sitôt que tu l'ouvriras, des mensonges qui pourraient te tomber dessus et te faire du tort. As-tu bien compris ? Tu es en commerce avec quelqu'un ou quelqu'une, tu l'ouvres, et cette personne ne pourra faire autrement que de te dire des vérités. Qu'en penses-tu ?

— Cela peut m'être bien utile en effet. C'est à mon tour, madame, de vous remercier.

Ils se séparèrent, chacun partit de son côté. À quelques pas de là, Sabin entra dans une auberge car il avait soif.

— Apportez-moi chopine, commanda-t-il à la cabaretière. De votre meilleur vin.

— Ça sera dix sous, le prévint-elle.

— D'accord.

Il s'était mis sous son parapluie pour se parer du soleil. Il sortit de son gousset et mit sur la table les dix sous demandés. Comme la femme revenait avec la chopine et un verre, par inadvertance elle passa sous le riflard.

— Ça ne fait que cinq sous, corrigea-t-elle en lui rendant la moitié de la somme.

— Vous êtes sûre ?

— Certaine. Mon vin ne vaut pas plus.

Il n'eut garde de protester et le but quand même. Puis il alla plus loin. À Granval, il souffla dans son olifant. Une cliente se présenta avec un sac de chiffons qu'elle avait préparé et pesé elle-même.

— Il y en a quatre livres et demie, dit-elle, vous pouvez vérifier.

La balance romaine confirma. Mais il eut l'idée d'ouvrir son pépin. En passant dessous, la citoyenne devint toute rouge, comme par un coup de chaleur, et révéla qu'elle avait glissé des pierres au fond du sac et qu'il valait mieux les enlever pour connaître le juste poids des peilles. Il n'en resta que trois livres, il les paya en conséquence.

Ce parapluie transforma son commerce. En quinze jours, achetant à l'une, revendant à l'autre au poids exact, il fit des affaires d'or. Un jour, il voulut en remercier Dieu et entra dans l'église de Saint-Éloy-la-Glacière. Il prononça comme il fallait ses remerciements et, au sortir, trouva devant la porte le curé qui saluait chacun de ses fidèles. Comme il pleuvait un peu, le peillereau ouvrit son parapluie. Et c'est dans cette situation, tous deux abrités dessous, qu'il s'entretint avec le prêtre.

— Êtes-vous content de vos paroissiens, monsieur le Curé ?

— Aucunement. Par leur avarice, ils méritent bien que le diable les emporte tous dans son enfer.

— Vous croyez donc à l'enfer ?

— Bien sûr que non. Pas davantage au diable. Mais il faut bien faire peur à tous ces imbéciles !

— Et au paradis ?

— Une légende qui m'amuse bien. Le paradis, c'est quand ma bourse est pleine. Et cela n'arrive pas souvent, soyez-en sûr.

Sabin fit le signe de croix et s'enfuit, épouvanté. Se demandant en quel monde il vivait, s'il devait croire au soleil ou à la lune, au papier de chiffon ou au papier de paille. Il décida de rentrer chez lui en empruntant le train onze, c'est-à-dire à pied comme d'habitude.

Il marcha longtemps, arriva en vue de sa maison. Devant la porte, il vit sa femme et son fils âgé de dix-neuf ans, occupés tous deux à écharpiller de la laine. Lorsqu'ils le reconnurent, ils s'avancèrent vers lui, les bras ouverts, pour le saluer. Or il eut l'idée singulière, pour recevoir leurs embrassades, d'ouvrir le parapluie.

— Te voilà donc de retour, grand tourmente-chrétien ! s'écria la mère. J'ai toujours espéré que les loups te mangeraient en route et que je pourrais épouser un autre homme, plus jeune et plus plaisant.

— Et moi, ajouta le garçon, je serais content aussi que tu casses ta pipe dans tes voyages. Ainsi, tu ne m'embêterais plus de tes commandements, et je toucherais ton héritage, même s'il n'est pas bien gros, pour aller ailleurs.

Sabin n'avait jamais imaginé que son épouse et son fils nourrissaient pour lui de tels sentiments. Il lâcha son sac de peilles et, emportant le riflard, courut droit devant lui sans bien savoir où il allait. Lorsqu'il atteignit la rive de la Dore, qui descend de Fressange et va se jeter dans l'Allier au Pont-de-Ris, il considéra la rivière avec attention, lui demandant ce qu'il devait faire. Elle emportait au loin des épaves et des écumes. Alors, bien inspiré, il prit le parapluie par les deux bouts, le brisa sur son genou et jeta les morceaux dans la Dore. C'est ainsi qu'il sut que, dans ce monde incompréhensible, on ne peut vivre heureux sans mensonges. Comment feraient les hommes politiques s'ils n'en disaient pas ? Et les médecins ? Et les avocats ? Et les marchands ? Et les romanciers ?

5

Attentif aux mouvements des nuages, au vol des hirondelles, aux cris des alouettes, je grandissais sans m'en apercevoir. Quatre poils de moustache me poussèrent sous le nez. Je commençais à regarder les filles. Je fis connaissance avec l'amour en lisant *Le Cid* de Corneille et *Jocelyn* de Lamartine. Un sentiment dont jamais personne n'avait parlé autour de moi. Une de mes cousines ayant épousé un garçon du Forez, donc un étranger, presque un ennemi, je demandai à ma Grande la raison de cette union.

— C'est parce qu'ils se conviennent, m'expliqua-t-elle simplement.

Les mariages se négociaient, on parlait d'hectares, de bœufs, de moutons, de maisons, de chèvres, jamais de sentiments. L'amour n'existait que dans les livres et les almanachs. Ce qui ne signifie aucunement qu'on ne s'aimait point. On se retenait simplement de le dire.

Âgé de quatorze printemps, je fus admis à l'examen du certificat avec zéro faute en orthographe. Le texte de Pierre Loti contenait pourtant plusieurs pièges que je sus éviter, en commençant par le titre *Le dîner de madame Chrysanthème*. Je n'oubliai pas la majuscule, ni l'accent circonflexe sur dîner, je plaçai aux bons endroits les deux *h* et l'*y* de son nom. Mon père Théophile vint m'enlever, muni de cet important diplôme, aux soins de grand-mère Léonie et me transporta à Clermont où il habitait, rue de Ceyrat, proche la place des Salins. C'était alors une ville triste, pauvre de beaucoup de magasins clos. Les survivants montraient des pancartes : *Plus de café. Plus de pommes de terre. Plus de sucre*. D'autres proposaient de la mayonnaise sans œuf et sans huile, de la confiture au raisiné, du miel de caroubes. Les voitures roulaient au gaz de bois et fumaient comme des locomotives. Un cinéma proposait *Le Juif Süss*. Les femmes portaient sur la tête des chapeaux qui ressemblaient à des souliers et aux pieds des souliers qui ressemblaient à des sabots avec leurs semelles de sapin blanc. Les hommes étaient maigres, pâles, barbus. Ou bien trop gros parce qu'ils pratiquaient le marché noir et s'en mettaient plein la panse. Des photos du maréchal s'exhibaient un peu partout.

Mon paternel bossait à l'imprimerie Mont-Louis, 57, rue Blatin. Pour s'y rendre, il fallait marcher vingt minutes ou emprunter le tramway, changer à Jaude, sauter dans celui de Royat. Selon le temps, selon son humeur, il choisissait la première façon ou la seconde. Il avait à son service une aide ménagère portugaise, Aurora, deux heures par jour. Elle le nourrissait alternativement et autant que possible à l'auvergnate ou à la lusitanienne, de soupe aux choux, de *bacalhau com batatas* (de morue aux pommes de terre). Mon père avait quarante ans, elle cinquante. C'était une jolie femme, avec un beau sourire où apparaissaient les deux incisives d'en haut séparées, ce qui est, dit-on, une promesse de bonheur. Je n'ai jamais su, jamais cherché à savoir si un lien sentimental pouvait les unir. Toujours est-il, primo, que je les ai toujours entendus se dire vous sans jamais par lapsus un tutoiement ; secundo, qu'Aurora refusait le mariage car elle devait subvenir aux soins de son père et de sa mère domiciliés à Chamalières.

Ma venue rue de Ceyrat parut la combler. Me sachant orphelin, elle me gâtait en sourires, en paroles, en pâtisseries, en coings au four, *marmelos assados* (prononcez *meurmelouch essadouch*). Le portugais est plein de consonnes chuintantes comme les patois d'Auvergne. Elle nous servait, mon père et moi, dans notre petite salle à manger qu'ornait seul un portrait de ma mère et prenait ses repas dans la cuisine, souvent debout, sans assiette ni bol. Je protestai un jour contre cette ségrégation.

— Laisse faire, les femmes portugaises ont l'habitude de ne pas se mêler aux hommes. À Beurières, j'ai vu autrefois des Auvergnates se comporter de même, manger debout au coin de la cheminée, m'expliqua mon père.

Il m'emmena à Mont-Louis, propriété personnelle de Pierre Laval, chef du gouvernement, où s'imprimait son journal *Le Moniteur*, afin que j'y apprenne le métier de Gutenberg. Linotypiste, sur un clavier comparable à celui des machines à écrire, il composait, puis fondait au moyen d'un alliage de plomb et d'antimoine les caractères par lignes complètes. Ligne après ligne, le texte s'établissait.

Avant 1939, trois quotidiens se disputaient la clientèle du Puy-de-Dôme et des départements voisins : *L'Avenir*, fortement marqué à droite et au catholicisme ; *La Montagne*, fondé par Alexandre Varenne, un ami de Jaurès ; *Le Moniteur*, tenu pour l'organe des francs-maçons. En 1941, tous trois fonctionnaient encore, tant bien que mal, d'abord sur quatre pages, puis sur deux. Encore comportaient-ils fréquemment des surfaces blanches imposées par Anastasie, personnification de la censure, laide, maigre, revêche, armée d'une énorme paire de ciseaux. Quoique parfaitement gagné au pétainisme, *Le Moniteur* subissait ses outrages. Chaque soir, une première épreuve des textes proposés était examinée par trois censeurs. Ils noircissaient des mots ou des lignes, sabraient des paragraphes, sans fournir aucune explication. Les pages retournaient à la rédaction. J'ai vu des rédacteurs les rouler en boules et les manger tel du pain bénit. J'en ai entendu d'autres pousser des jurons que ma grand-mère Léonie m'interdirait de répéter. La plupart des journalistes se résignaient à combler les vides au moyen de phrases inoffensives qui, comme le vin de Lanau, ne faisaient « ni bien ni mau ». Même les avis d'obsèques étaient censurés, ils ne devaient préciser ni le lieu ni la cause du décès. Les nouvelles de la guerre avaient la priorité ; elles annonçaient les victoires allemandes en Russie, en Yougoslavie, en Grèce, les bombardements anglais sur nos villes.

De temps en temps, Pierre Laval rendait visite à son journal. C'était un homme petit, coiffé d'un chapeau de feutre qui le grandissait, orné d'une éternelle cravate blanche. Noir de poil, jaunâtre de teint. Ses adversaires lui trouvaient une figure mongolienne. Les résistants de la BBC l'appelaient Bougnaparte. Dans ses rapports familiers, il se montrait simple et cordial, tutoyait ses ouvriers, se mêlait à eux au bar de la rue Rameau. L'un d'eux osa, faisant l'âne pour avoir du foin, lui poser cette question :

— Qu'est-ce que ça veut dire, monsieur le Président, ce nom de Bougnaparte que vous donne la radio anglaise ?

— Tu écoutes donc la radio anglaise ?

— Comme tout le monde.

Et lui d'expliquer en roulant les *r* à la manière des Berrichons et des Bourbonnais :

— On me fait cousin de Bonaparte, ce tyran qui aimait la guerre. Moi, je la déteste. J'ai fait ce que j'ai pu pour l'empêcher. En 1935, j'ai signé un pacte d'alliance avec Staline, contre les ambitions hitlériennes. Voilà pour *Parte*. Quant à *Bougnat*, ce mot souligne que je suis un Auvergnat de la plus basse catégorie, marchand de vin et de charbon. Ce n'est pas entièrement faux, mon père tenait auberge à Châteldon. Quand j'étais gamin, j'allais à la gare de Ris avec une charrette prendre les clients possibles. En réalité, les gens de Châteldon ne sont pas de vrais Auvergnats. Avant la Révolution, ils faisaient partie du Bourbonnais qui a Moulins pour capitale. Mais comme nous sommes plus près de Clermont que de Moulins, on nous a rattachés au Puy-de-Dôme. On voit dans Châteldon une porte ancienne qu'on appelle aujourd'hui tour de l'Horloge. Elle s'appelait autrefois porte d'Auvergne. Cela signifie que pour entrer en Auvergne, il fallait sortir de Châteldon. Je devrais dire : je suis bourbonnais, comme le prouve mon accent. Mais je ne proteste pas. Cela fait tellement plaisir à mes adversaires de me traiter de bougnat !

Il éclatait de rire, sa moustache mongolienne se soulevait, découvrant ses dents larges, jaunies par le tabac. Puis il trinquait, vidait son verre, serrait des mains.

— Au revoir, les amis.

— Cette guerre, monsieur le Président, quand donc qu'elle finira ?

— Elle finira bien, elle finira bien.

Il partait sur cette vague promesse. Aux imprimeries Mont-Louis, les ouvriers le considéraient avec étonnement, ne sachant s'ils devaient l'admirer ou le maudire. Secrètement, ils imprimaient de fausses cartes d'identité, de faux certificats de baptême destinés aux Juifs, aux communistes, aux résistants. Pierre Laval était-il au courant de cette clandestinité ? Il le prétendit plus tard, lors de son jugement ; la chose reste à prouver. Il reçut un jour un fromage, une fourme de quarante kilos provenant de ses partisans cantaliens. Qu'en fit-il ? Il la distribua en place publique à ses compatriotes châteldonnais.

À Mont-Louis, on me confiait de menues besognes, transports, balayages, étiquetages. Mais mon père me cédait parfois sa place devant la linotype. J'étudiais ses différents éléments comme un étudiant en médecine découvre les organes du corps humain : le porte-copie, le clavier, le magasin à matrices, la justification des lignes, le bras preneur, la distribution. J'apprenais l'argot des typos : ne pas laisser de lézardes (de blancs excessifs à l'intérieur d'un texte) ; chasser les veuves et les orphelines (les fins de paragraphe en haut de page ou les débuts de paragraphe en fin de page) ; actionner les bêtes à cornes (les presses à bras) ; pomper (prendre) les caractères – le bon typo devait en pomper mille deux cents à l'heure.

Lorsque nous revenions le soir à notre domicile, Théo faisait réchauffer la soupe à l'ail ou à l'oignon qu'Aurora avait préparée avant de partir, jamais très grasse. Nous consommions notre pain gris tartiné de beurre ou de margarine. Au dessert, une pomme. Après quoi, nous entrions en résistance. La nôtre consistait à écouter sur ondes courtes les émissions de la BBC : *Les Français parlent aux Français.* Comme elles étaient brouillées par les Allemands, nous devions utiliser en guise d'antenne un petit cadre, l'orienter dans la bonne direction. À force de patience, nous parvenions à capter la voix de Pierre Dac ou de Pierre Brossolette. Nous apprenions que les troupes allemandes se faisaient étriller en URSS ; que les Japonais, leurs amis, menaçaient l'Australie ; que les Anglais avaient perdu Singapour, mais qu'ils se rattrapaient en occupant Madagascar. Il nous arrivait aussi d'écouter Radio Paris sur grandes ondes, que Pierre Dac disqualifiait en chantonnant sur l'air de *La Cucaracha* :

Radio Paris ment, Radio Paris ment !
Radio Paris est allemand...

Notre volonté de résistance nous poussait à écouter la voix suisse de Sottens, qui confirmait les nouvelles de la BBC. Et même Radio Stuttgart où sévissait un Français converti au nazisme, nommé Ferdonnet, qui poussait la France à déclarer la guerre à l'Angleterre en nous racontant des balivernes :

— Les Anglaises n'ont pas de poitrine. Les Anglais ont celles des Français[1].

Et ce conte drolatique :

— Un ballon dirigeable portant le nom d'*Europe future* traverse l'Atlantique. Dans sa nacelle, un Allemand, un Italien, un Anglais, un Français. Soudain, le ballon perd de la hauteur. Il faut jeter du lest.

1. Allusion à la retraite des Anglais à la bataille de Dunkerque en mai-juin 1940.

L'Allemand fait le salut hitlérien, proclame : « Je me sacrifie pour l'Europe future ! » Et il saute. Le ballon reprend de la hauteur. Un peu plus tard, il en reperd. L'Italien se lève, fait le salut fasciste : « Je me sacrifie pour l'Europe future ! » Et il saute à son tour. Le ballon remonte ; mais une troisième fois il redescend. L'Anglais se lève et il chante : « Que Dieu sauve notre gracieux roi en même temps que l'Europe future ! » Il porte la main à la casquette, puis empoigne le Français par le fond de culotte et le jette par-dessus bord.

Allusions à Dunkerque et à Mers el-Kébir. Humour nazillard. En 1945, après la libération de Strasbourg, Ferdonnet fut arrêté par les troupes de Leclerc, jugé et fusillé. Il le méritait bien : depuis longtemps, il ne faisait plus rire.

Avant cette revanche, le soir du 22 juin 1942, sur l'antenne de Radio Paris, Laval prononça un discours qui lui non plus n'avait rien d'humoristique, imprimé le lendemain dans notre journal :

— … Nous avons eu tort en 1918, au lendemain de la victoire, de ne pas organiser une paix d'entente avec l'Allemagne. Aujourd'hui, nous devons essayer de le faire. Épuiser tous les moyens pour trouver la base d'une réconciliation définitive. Je ne me résous pas, pour ma part, à voir tous les vingt-cinq ou trente ans la jeunesse de notre pays fauchée sur les champs de bataille. Pour qui et pour quoi ? Qu'avons-nous fait de notre victoire de 1918 ?...

Mon père et moi écoutions cette voix grave, cet accent rocailleux. À la fin tomba la phrase fatidique qui devait à elle seule condamner à mort son auteur :

— Je souhaite la victoire de l'Allemagne, parce que sans elle le bolchevisme demain s'installerait partout.

Nous n'en crûmes pas nos oreilles. Entre le nazisme et le bolchevisme, comme entre la peste et le choléra, il choisissait la peste. Poursuivant son raisonnement, il annonça une étonnante combine, celle de la Relève. Elle consistait à envoyer dans les usines allemandes des travailleurs volontaires ou forcés en échange desquels Hitler délivrerait un nombre égal de nos prisonniers. En fait, un petit nombre de malades et de blessés seulement bénéficièrent de ce troc.

Cinq mois plus tard, les troupes allemandes qui occupaient le nord de la France, envahirent la moitié sud. La flotte de Toulon se saborda. *La Montagne* se saborda également, tandis que *Le Moniteur* et *L'Avenir* survécurent, car ils s'étaient toujours montrés favorables à l'État pétainiste. Pour moi, je me foutais complètement de ces problèmes de grandes personnes, car je venais de rencontrer Pascaline.

Elle avait les yeux bleus. Toutes les premières amours ont les yeux bleus. Avec une nuance : les siens devenaient verts par temps sec. Si bien qu'ils pouvaient servir de baromètre.

Chaque matin, elle empruntait le boulevard Gergovia pour se rendre à l'école Fénelon, pas encore promue au rang de lycée ; tandis que moi, lorsqu'un temps rieur m'encourageait à marcher, j'enfilais le même boulevard en sens inverse pour aller saluer Vercingétorix sur son dada, puis remonter la rue Blatin. Et qu'arriva-t-il ? Que nos regards se rencontrèrent. D'abord par inadvertance, ses paupières battirent, le sien très vite se détourna. En ce temps lointain, il ne convenait pas à une fille de regarder un garçon dans la rue. J'eus le temps de remarquer ses prunelles colorées de cyanure. Elle s'éloigna. La blondeur de ses cheveux lui tombait dans le dos en queue-de-cheval. La serviette qui prolongeait sa main me fit comprendre qu'elle allait étudier dans cette école tenue par des religieuses, fréquentée par de jeunes bourgeoises ; qu'elle y apprenait le latin et le grec ; qu'elle serait un jour institutrice ou médecin, tandis que je continuerais à me noircir les doigts aux encres d'imprimerie. J'en eus d'abord le cœur navré de dépit. Puis je n'y pensai plus. Je cessai de fouler le boulevard et empruntai le tramway pour n'avoir plus aucune chance de rencontrer ses yeux héliochromiques.

C'est alors que je faillis me faire arrêter comme résistant. Un titre qui, en cette année 1943, commençait à se répandre. On savait que beaucoup de garçons, menacés par le STO (Service du travail obligatoire), plutôt que d'aller travailler dans les usines allemandes selon le principe de la Relève, se réfugiaient dans les forêts, comme j'avais fait à Beurières dans un trou de renard. Les avions anglais leur parachutaient quelques armes. Sachant qu'à Mont-Louis nous ne manquions pas de liquides décolorants, Aurora m'avait demandé de lui rapporter un peu d'eau de Javel. Le flacon vide enflait la poche de mon paletot. Dans le tram Gare-Jaude-Gare, je me tenais debout, accroché à une poignée de cuir fixée au plafond, toutes places assises se trouvant occupées. Je contemplais ces visages blêmes et tristes, ces vêtements mal ajustés, ces empeignes clouées sur des semelles de bois. La France était devenue un pays de guenilleux. À un arrêt, monta un milicien. Un de ces hommes en uniforme noir, un revolver au ceinturon, que la population traitait de *milicos*. Chargés de contribuer à la sécurité germanique, de s'opposer par tous les moyens aux groupes de résistance. De nombreux individus s'étaient d'ailleurs engagés dans la Milice seulement pour échapper au STO et avoir un pétard sous la main.

Lorsque celui-là se fut introduit dans la voiture, toutes les conversations se turent, les voyageurs cessèrent de respirer. Au bec de son béret alpin, luisait l'emblème de la Milice : la lettre grecque *gamma*, dont la forme minuscule évoque un bras de potence, ce qui ne pouvait manquer d'impressionner les opposants au régime pétainiste. Plusieurs de ceux-ci furent en effet pendus au cours de cette période maudite, notamment quatre-vingt-dix-neuf aux balcons de Tulle en 1944. En regardant bien ce *gamma* majuscule, on peut aussi distinguer une branche arrachée à la croix *gammée* hitlérienne, comme on arrache un pétale à la marguerite. Les milicos montraient donc qu'ils se considéraient comme les dignitaires de ladite croix. Ils saluaient un bras tendu, très raide. Excepté Hitler lui-même qui donnait à son bras la forme cassée du *gamma* majuscule.

Sans rien savoir de ces références, le milico du tramway Gare-Jaude-Gare marcha vers moi, sortit son pétard, le pointa sur l'enflure de mon paletot.

— Qu'est-ce que tu as là-dessous ? cria-t-il, les dents serrées, pour couvrir le ferraillement du tramway.

Ses lèvres étaient si minces qu'il paraissait les avoir avalées. Son haleine puait le Pernod. Quelques poils mal rasés ombraient sa lèvre supérieure. Une fossette fendait son menton, pareille à celle de l'abricot.

— Un flacon.

— Quel genre ?

— Un flacon vide. On m'a commandé de me procurer de l'eau de Javel.

— Pour quoi faire ?

— Des nettoyages.

— Montre.

Je tirai du paletot le flacon vide. Il le huma. Me le rendit.

— Quel âge as-tu ?

— Quinze ans.

— Fais gaffe si tu veux vieillir.

Le tramway s'arrêta, le milico le traversa dans toute sa longueur, puis il descendit, rendant le souffle aux voyageurs terrorisés. Quelques-uns me considéraient avec admiration, pensant que, malgré mon jeune âge, j'étais un résistant dissimulé. Aurora eut son flacon d'eau de Javel.

Cette rencontre ne m'encourageait guère à reprendre le tram. De nouveau, je fis ma route à pied. Et de nouveau, je rencontrai la fille à la queue-de-cheval. Elle finit par m'accorder quelques regards. Je portais à cette époque des pantalons de golf en étoffe d'ortie, ils me grandissaient, me donnaient bien dix-sept ou dix-huit ans. Elle devait en avoir quinze. Un jour, j'eus l'audace de prononcer deux syllabes :

— Bonjour.

— B'jour, souffla-t-elle.

C'était une fille bien élevée, sa réponse ne l'engageait en rien. Chacun poursuivit sa route. Je me retournai. Elle ne se retourna point. Elle aurait pu changer d'horaire ou de parcours. Elle n'en fit rien. Je renouvelai mon salut avec le même résultat.

Après notre journée de travail, mon père Théophile (je ne sais pourquoi je précise son prénom puisque je n'en avais pas d'autre) m'obligeait chaque soir comme j'ai dit à écouter les bredouillis de la BBC. Il avait vraiment un cœur de résistant. Quant à moi, je pensais à ma blonde le jour et la nuit, me demandant comment je pourrais l'arrêter, lui parler, l'intéresser. Sa serviette portait un chiffre de deux lettres : *PS*. Comme Post-Scriptum. J'entrai en suppositions sur le *P* : Paulette, Pierrette, Pervenche, Pâquerette. Le *S*, initiale de son patronyme, était indéchiffrable. J'essayai d'une solution. Me servant d'une machine de Mont-Louis, j'imprimai sur un rectangle de bristol cette ligne : *Vous méritez de vous appeler Pâquerette. À moins que ce ne soit Pervenche. Moi, je suis Romain.* Je glissai ce billet dans une enveloppe de même format. Lors de la rencontre qui suivit, j'allai droit sur elle comme si j'avais voulu la tamponner, je lui fourrai de force mon enveloppe dans la main, je poursuivis ma route. Quand je me retournai, je constatai avec satisfaction que Post-Scriptum n'avait pas jeté mon billet, qu'elle était en train de le lire, qu'elle le glissait dans sa manche.

J'en préparai un autre pour lui demander en lettres manuscrites de me donner son vrai prénom. Il dut patienter plusieurs jours dans ma poche, je ne la voyais plus. Malade ? Punie ? J'en perdis le sommeil et l'appétit. Aurora s'en inquiéta, me demanda des explications. Je répondis :

— Ça n'est rien. Ça va passer.

— Heureusement que vous êtes jaune, se rassura-t-elle.

Elle voulait dire « jeune ». Je me regardai dans une glace, je me trouvai un peu jaune en effet. Jaune d'angoisse. Après quatre jours, enfin je revis Post-Scriptum. Cette fois, j'osai lui parler. Lui demander bêtement :

— Vous allez bien ?

— Très bien.

— Votre absence m'a rempli d'inquiétude.

— Une simple indisposition.

Elle paya mon inquiétude d'un large sourire. Je crus voir le soleil, je me dis que si elle devait me sourire encore de cette façon je devrais porter des lunettes noires.

— Je m'appelle Pascaline.

À Mont-Louis, sur la linotype, je commettais faute sur faute. À son tour, Théophile s'en préoccupa :

— Faudrait peut-être que tu voies un médecin. Mais c'est dans ta tête que quelque chose ne va pas bien… À moins… à moins que ce ne soit dans tes testicules. Un effet de la puberté.

Mes testicules ! Je connaissais le mot. Un autre apprenti imprimeur, Albert Servant, me l'avait appris en des circonstances historiques. Nous étions place de Jaude, derrière la statue du général Desaix, cet officier auvergnat de Bonaparte que les Égyptiens avaient surnommé « le Sultan juste ». En 1800, face aux troupes autrichiennes de Marengo, il transforma en victoire la défaite que les nôtres allaient subir. Au prix de sa vie. Le bronze le représente coiffé d'un bicorne à panache, l'index tendu vers le sol dans un geste très vif de commandement, comme s'il disait à son chien :

— Ici tout de suite !

En se plaçant de trois quarts en arrière, on arrive à voir Desaix occupé à faire pipi, un filet d'eau les jours de pluie s'écoulant de son doigt légèrement courbe qui émerge du poing fermé. Et Servant d'enrichir mon vocabulaire :

— Le doigt, c'est la verge. Le poing, c'est les testicules. Mais on peut aussi les appeler autrement.

Il m'en fournit une douzaine de synonymes. Je ne compris pas comment mes testicules pouvaient m'induire à commettre des erreurs d'imprimerie. Mon père, d'ailleurs, n'éclaircit point cette supposition. Il se dit sans doute comme Aurora que ce ne pouvait être très grave puisque j'étais un peu jaune.

Mon opinion était différente : je me sentais flamber de la tête aux pieds chaque fois que je songeais à Pascaline. J'aurais aimé lui tenir des discours, l'intéresser à ma profession d'imprimeur, lui raconter que j'avais fait de la résistance, que j'avais failli être arrêté par un milico. Mais on ne pouvait débiter tout cela au milieu de la rue, entre deux sourires. Nous devions nous rencontrer en un endroit discret, par exemple au jardin Lecoq, à deux pas de notre parcours habituel. Théophile et moi allions souvent nous y promener. Lancer des croûtes aux cygnes et aux canards. Humer les roses de sa roseraie. Malgré la présence de quelques troupiers allemands, assis sur les bancs, occupés à engloutir à pleines cuillerées le beurre dans des gamelles (ils se revanchaient de la promesse d'Hermann Goering : « Nous n'aurons pas de beurre, mais nous aurons des canons ! »), malgré ce vert-de-gris, le printemps 1943 y répandait ses tulipes et ses jacinthes.

Je couchai tout cela sur un bristol : *Puis-je vous rencontrer au jardin Lecoq ? J'ai beaucoup de choses à vous dire. Romain.* Le jour suivant, je reçus sa réponse écrite. Avant de la lire, je la couvris de baisers. Je la glissai dans ma poche de cœur et la gardai bien au chaud tout le temps que je marchai jusqu'à Mont-Louis. Me blottissant dans un coin ombreux, je pus enfin déchiffrer ces lignes incroyables : *Merci de votre amitié, cher Romain. Je fais des études pour devenir religieuse. Telle est ma vocation. Adieu. Que Dieu vous protège. Pascaline.*

D'un coup, le monde s'écroula. Le puy de Dôme qui dominait l'horizon tel un immense gaperon disparut dans les nuées. Mont-Louis ne fut plus qu'une muraille sans fenêtres. Clermont, qu'une ville sans habitants. Personne ne m'avait jamais dit adieu, ce mot inventé au seul usage des moribonds. Je relus le billet pour m'assurer que je l'avais bien compris. Comment cette personne avait-elle pu traiter un résistant d'une façon aussi rapide, aussi légère ? Tels furent le déroulement et la fin de mon premier amour.

Par bonheur, les machines à imprimer avaient besoin de mes doigts. Ce même soir, Théophile me félicita du travail que j'avais accompli. Plus tard, lorsque je me trouvai rue de Ceyrat, je me plantai devant la glace murale afin de l'informer de ce qui m'arrivait.

— C'est mieux comme ça, me répondit-elle. Tu n'allais pas épouser une religieuse, c'eût été ridicule ! Cette Pascaline et toi, d'ailleurs, pour vous engager à jamais, vous étiez bien trop jaunes.

6

Il m'arrivait de linotyper pour *Le Moniteur* les discours que Pierre Laval avait prononcés la veille sur les ondes de Radio Paris. Par exemple celui-ci où il décrivait l'Europe future dont il rêvait, assez conforme à celle que Charles de Gaulle et Konrad Adenauer devaient préparer quelques années plus tard. *La nouvelle Europe sera durable si les germes de revanche en sont pour toujours extirpés. La paix autrefois était le résultat d'un compromis, d'un équilibre ou d'une contrainte. La paix européenne de demain devra être la conséquence d'une association et d'une harmonie. Aucun pays ne pourra imposer ses mœurs, sa religion, son régime aux autres pays. Tous les régimes auront un trait commun : ils seront à base populaire. La conscience européenne naîtra de l'union de toutes les nations d'Europe, hier encore divisées et hostiles. L'amour que je porte à mon pays me fait souhaiter cette Europe nouvelle dans laquelle tous les peuples trouveront le plein épanouissement de leur génie. Car de leur libre compétition, la France n'a rien à redouter.*

Autour des linotypes, les imprimeurs commentaient ces propos qu'ils étaient tenus, quels que fussent leurs sentiments personnels, de coucher noir sur blanc. Un soir, Laval en personne, avec son éternelle cravate claire, reparut au milieu d'eux.

— Je viens voir si tout fonctionne bien.

Chaque ouvrier baissa le nez sur sa machine. Il insista, voulut entendre des points de vue. Il n'avait devant lui que des sourds-muets.

— Bon… Eh bien, fit-il en se raclant la gorge. Je vois que vous n'osez parler. Vous me décevez. Je suis certain pourtant que chacun de vous a une opinion. J'aimerais entendre à travers vous la voix de la conscience populaire. Encore faut-il qu'elle s'exprime, qu'elle ne se dérobe pas. Alors, écoutez : je vais vous révéler ce que je pense de moi-même. De ma propre politique. Je ne sais pas si je réussirai mon affaire. Si j'échoue, je serai fusillé, j'en accepte le risque. Si je réussis, il n'y aura pas assez de pierre pour m'élever des monuments.

Il éclata de rire, souleva son chapeau et disparut. Laissant derrière lui une odeur tabagique.

Sottens nous apprit encore que les forces alliées avaient débarqué en Sicile, aidées par la mafia sicilienne, sœur de la mafia américaine. Conséquence : un vent de panique soufflait sur toute la péninsule. Il provoqua la chute de Mussolini et la déclaration de guerre de l'Italie à l'Allemagne. Celle-ci s'en soucia comme de l'Alcoran et continua d'occuper en ennemie le territoire de son ancienne alliée. Les troupes libératrices venues d'Afrique du Nord eurent le plus grand mal à la faire reculer.

Par ailleurs, préparant le débarquement final, l'aviation anglo-américaine bombardait nos ports, nos centres industriels, nos charbonnages. Le 11 mars 1944, Saint-Étienne fut largement servi. Les bombes visaient la Manu (Manufacture d'armes et cycles). En fait, tombant de deux mille mètres d'altitude, elles s'éparpillèrent un peu partout, y compris sur les entrepôts du *Casino* qui ne contenaient que du café et du chocolat. Deux mille Stéphanois payèrent de leur vie la myopie américaine. À Clermont-Ferrand, l'usine Michelin de Cataroux et sa cité ouvrière furent proprement écrasées.

Chaque jour, à 13 h 20 et à 20 heures sur les ondes de Radio Paris, Philippe Henriot, avec des accents de prophète, flétrissait les « assassins du ciel », invoquant un impossible rapprochement entre pétainistes et gaullistes. « N'apprendrons-nous pas à nous réconcilier avant que les bombes ne nous aient réunis dans le silence de la mort ? » Les Russes avançaient sur toute la largeur du front. Il était de plus en plus évident que l'Allemagne avait perdu la guerre, les idiots de village le comprenaient, les ânes, les cochons le comprenaient. Pierre Laval refusait de le comprendre.

Le 26 avril, en compagnie de Pétain, il assista à Notre-Dame de Paris à un service funèbre à la mémoire des écrabouillés. Une foule immense se pressa sur leur passage, criant :

— C'est Lui ! C'est bien Lui ! Vive le Maréchal !

Cet accueil fut si chaleureux que l'homme aux sept étoiles annonça qu'il s'installait dans la capitale traditionnelle de la France. Après quoi, il regagna Vichy.

On attendait toujours le fameux débarquement. Les Allemands le prévoyaient au plus court, sur les côtes du Pas-de-Calais, par temps clair. Il eut lieu le 6 juin, de nuit, par temps pluvieux, sur les côtes normandes.

Sous un feu enragé. Les pertes alliées furent considérables. Les cimetières à croix blanches sont de nos jours le plus bel ornement des côtes calvadosiennes. Obstinément, *Le Moniteur* continuait de maudire les nouveaux envahisseurs. L'état-major allié demanda à la Résistance intérieure de multiplier ses attaques afin de retenir le maximum de troupes nazies. Laval répliqua par cette proclamation : « Les Français ne doivent obéir qu'aux ordres du gouvernement français. »

Le 28 juin, Philippe Henriot fut condamné au silence. Dans son bureau parisien, il tomba sous les balles de trois exécuteurs. La presse pétainiste annonça qu'ils étaient à la solde de l'Intelligence Service, et qu'ils avaient touché une forte somme pour accomplir leur mission.

Dans les semaines qui suivirent, par grandes ou petites étapes, les Allemands furent chassés du sol français, à l'exception de leurs morts et de leurs prisonniers. Le 26 août, Charles de Gaulle entra dans Paris libéré. La même foule – à quelques têtes près – qui avait accueilli le maréchal quatre mois plus tôt accueillit le général avec une ferveur identique :

— C'est Lui ! C'est bien Lui ! Vive de Gaulle !

À Clermont, l'imprimerie du *Moniteur* fut fermée et mise sous séquestre. *Le Moniteur* et *L'Avenir* cessèrent de paraître. Laval et Pétain, de gré ou de force, avec leurs principaux ministres, partirent pour l'Allemagne. Le personnel de Mont-Louis connut la liberté de parole et la liberté du chômage. Je retournai à Beurières, sûr que mémé Léonie me recueillerait une seconde fois. J'arrivai chez elle juste à temps pour la secourir. On ne sait comment, en ce merveilleux mois d'août où tout ressuscitait, elle avait attrapé une fluxion de poitrine. Elle se sentait près de sa fin. Elle demanda le curé Tournebize dont les lunettes avaient vu tant de choses. Il arriva.

— Je suis bien gênée, avoua-t-elle, de vous recevoir couchée dans mon lit.

— Aucune importance, ma pauvre. Je suis prêt à vous entendre.

— Faudrait au moins un fourbi qui me rappelle le confessionnal.

— Et quoi donc ?

— Je ne sais pas. Comme qui dirait une sorte de grillage. Ça doit pouvoir se trouver.

— Un grillage ? Pour quoi faire ?

— Pour filtrer mes péchés. Autrement, j'oserai pas les servir.

L'abbé se gratta la tête. Puis il me prit à part, me chuchota cet ordre :

— Va-t'en chez Pourtier qui tient le bistrot. Sa fille joue du tennis, je l'ai vue. Emprunte-lui sa raquette.

C'est ce que je fis. La demoiselle voulut bien. Et c'est moi, au pied du lit, qui la tins entre le curé et la grand-mère.

— Mais ce gamin va tout entendre !

On me boucha les oreilles avec du coton. De cette manière, Léonie put faire passer à travers le grillage ses péchés qui ne devaient être ni bien gros, ni bien malpropres. Une semaine plus tard, elle se leva et remit les pieds dans ses sabots.

Je ne restai pas très longtemps chez elle : à Clermont, la liberté de la presse avait besoin de moi. Une floraison de journaux remplissaient les kiosques. *La Montagne* d'Alexandre Varenne pouvait publier ce qu'elle avait sur le cœur depuis 1942. *La Liberté* s'était installée rue du Port dans les lieux mêmes d'où sortait précédemment *L'Avenir*. Beaucoup d'autres feuilles, *L'Éclair, La Nation*, ne durèrent que ce que durent les roses. Toutes faisaient gorge chaude et curée sur Pierre Laval, le traître Laval, l'infâme Laval ramené de Sigmaringen. Il passa en jugement devant une Haute Cour dont les trois présidents avaient exercé leurs fonctions sous Vichy et prêté serment au maréchal. Seul le procureur général Mornet, déjà à la retraite en 1940, se trouvait blanc de toute compromission. Laval se défendit sans avocat. Il ne se gêna pas pour accuser ses juges, souvent interrompu par les insultes des jurés. Mornet en vint même à exprimer le regret qu'il n'eût pas été capturé et exécuté sans aucune forme de procès. Devant les huées et les injures, Laval ferma son avaloire, il n'y eut aucune plaidoirie. Il fut condamné à mort. De Gaulle refusa sa grâce. En prison, il employa ses derniers jours à coucher par écrit, en un long mémoire, la défense qu'il n'avait pu prononcer devant le tribunal. Le matin du 13 octobre 1946, Mornet fit ouvrir la porte de sa cellule, se pencha sur le condamné qui semblait dormir :

— Pierre Laval, l'heure est venue. Préparez-vous à mourir courageusement.

Il eut des soubresauts ; on constata qu'il s'était empoisonné au cyanure. Précipitamment, on lui administra une série de lavages d'estomac. Il en fallut dix-sept. Le cœur se remit à battre. Un communiqué fut publié : *Les jours de Laval ne sont plus en danger*. Ses membres restaient demi-paralysés, mais son esprit était redevenu mobile. Le condamné se peigna, mit son veston, s'entoura le cou d'un foulard tricolore. Il essaya de boire un peu d'eau, mais il la vomit immédiatement. Six fois il renouvela sa tentative, avouant :

— Je me sens brûler.

Il demanda à l'adjudant responsable de l'exécution :

— Je voudrais commander moi-même le feu.

— Non, le règlement l'interdit.

— Je ne veux pas qu'on me bande les yeux.

— Ça, c'est possible.

Une voiture cellulaire l'emmena vers le poteau, une simple planche fichée dans le sol. Le cercueil était à côté, en attente. Laval avançait difficilement, tout secoué de spasmes. Il constata l'absence de ceux qui l'avaient condamné.

— Où sont messieurs les magistrats ?

Ils se tenaient tapis derrière le corbillard. Ils s'avancèrent alors, le chapeau à la main. Et lui :

— Je voulais simplement vous dire que je vous plains d'avoir consenti à une pareille besogne. Mais vous avez voulu ce spectacle, vous l'aurez jusqu'au bout.

Il regarda les soldats du peloton ; ils portaient des casques plats fournis par l'Angleterre. Il se sentit un moment parent de Jeanne d'Arc. Debout sur une chaise, l'adjudant cria :

— En joue !

— Vive la France !

— Feu !

Le sous-off descendit de sa chaise et lui donna le coup de grâce. Il fut enterré au cimetière du Montparnasse. Il m'a été dit que chaque jour une rose anonyme est déposée sur sa tombe.

Pendant son procès, les criminels de guerre nazis passaient aussi devant leurs juges en Allemagne. Ils recevaient l'assistance de leurs avocats et de témoins à décharge qui leur trouvaient des excuses. Ils ignoraient combien de millions de victimes ils avaient fait périr, accablés par leur nombre. L'un d'eux, à Belsen, remercia même le tribunal, disant : « J'ai confiance en sa justice. » On les pendit tout de même, mais de façon chrétienne.

Sur le compte de Laval, j'ai lu dans l'*Encyclopaedia Britannica* ce jugement : « Il n'avait guère que du mépris pour le culte du pétainisme et les mesures réactionnaires de la Révolution nationale. Suspect aux yeux d'à peu près tout le monde, image d'une louche politique parlementaire, il eut une vision matérialiste et sans héroïsme des intérêts de son pays. Il la défendit avec une habileté et une ruse sans bornes et un courage non moins grand. »

Voilà, me semble-t-il, la faute rédhibitoire de cet Auvergnat qui se disait bourbonnais : il fut un homme de bon sens. Il manqua de folie. De la sainte folie qui anima Charles de Gaulle et les hommes de la Résistance. Il emporta dans la tombe le secret de sa conduite.

La Montagne ressuscitée avait besoin de personnel. Mon père et moi y fûmes tous deux engagés. On m'employait à faire livraison dans Clermont et sa banlieue. Ce qui m'obligeait à me lever à quatre heures du matin afin d'être à cinq rue Morel-Ladeuil. Des camionnettes nous transportaient, nous et nos paquets bien ficelés, jusqu'aux boutiques presse et tabac où les journaux étaient vendus. L'après-midi, préposé aux téléphones de la locale, je recevais les appels de nos correspondants : accidents de la route, querelles d'ivrognes, incendies, disputes conjugales. Je sélectionnais les plus pittoresques.

— Un chien qui mord un facteur, c'est sans intérêt, m'expliquait le patron. Mais un facteur qui mord un chien, ça c'est une nouvelle !

Je faisais glisser mes choix aux rédacteurs. Ils y ajoutaient des commentaires, des traits d'humour ou de culture :

On vient d'écrouer à la maison d'arrêt de Riom un jeune criminel, Louis B..., coupable d'avoir allumé une meule de blé. « C'était pour m'amuser, a-t-il expliqué aux gendarmes d'Ennezat. Je voulais faire un feu de joie à l'occasion de ma fête. » Ce garçon ne savait pas que, s'il avait commis ce crime au siècle dernier, le Code Napoléon l'aurait condamné à la peine de mort. – La jeune Ernestine G..., qui livre à bicyclette les télégrammes de la poste de Saint-Gervais-d'Auvergne, est tombée dans le fossé et s'est démis une épaule. On est sans nouvelles de la bicyclette. – Un paysan de la commune de Malbo (Cantal) a trouvé dans le creux d'un arbre trois louveteaux qu'il a tués. Sa femme les a promenés dans le village comme curiosité, y gagnant quelques sous. Mais au moment où elle s'approchait de l'arbre, la louve s'est précipitée sur elle et l'a étranglée...

Grâce aux automobiles, aux trains, aux avions, *La Montagne* apportait à tous les Auvergnats du monde des nouvelles de leur pays. Ces expatriés apprenaient que la commune de Cardaillac (Haute-Loire) avait installé des conteneurs pour ordures ménagères. Ou que le cimetière de Latouille (Lozère) venait d'être agrandi. Ou que M. et Mme Garnier de Donzenac (Corrèze) avaient fêté leurs noces de diamant entourés d'une parenté de trente-quatre personnes.

À la longue, je me lassai de ces emplois besogneux et demandai, avec la recommandation de mon paternel, à travailler à l'imprimerie. On voulut bien me donner satisfaction. Je fus chargé de mettre en page les clichés publicitaires. Je me fis donc le laudateur des vêtements Conchon-Quinette ; des pianos et instruments d'André Connen, accordeur diplômé de la maison Pleyel ; de l'Aspirine, usines du Rhône, marque Poulenc frères.

Je participai à la composition de plusieurs hebdomadaires imprimés sur nos presses : *L'Auvergnat de Paris*, *Le Mémorial de la Marche*, *Le Montagnard du Cantal*.

Pour finir, j'acceptai le travail de nuit parce qu'il était mieux payé. Ces emplois divers me conduisirent jusqu'à l'année 1949 qui m'envoya chasseur alpin au 27e BCA d'Annecy, caserne De Galbert. Vêtu de bleu marine (de blanc en hiver), coiffé du béret alpin (que nous appelions la tarte), je sus qu'il avait été préféré au béret pyrénéen parce qu'il était assez vaste pour que le chasseur pût y fourrer ses pieds avant de se coucher. J'appris l'escalade, libre ou en cordée, la cueillette de l'edelweiss sur des sommets prétendument inaccessibles. L'art de skier : comment se relever après une chute ; comment gravir une pente neigeuse, « en ciseaux », la planche droite oblique à droite, la gauche oblique à gauche, exactement perpendiculaires l'une à l'autre. La familiarité du mulet, cette bête fragile capable de porter une charge de cent quatre-vingts kilos ; comment l'encourager dans les côtes, comment la retenir par la queue dans les fortes descentes. J'appris à yodler face aux roches verticales qui nous renvoyaient l'écho :

Chasseurs du 27e,
Faut pas vous endormir.
Rallaïdou... Rallaïda...
Si vous avez des tripes,
Il faut vous en servir...

Chacun de nous se sentait prêt à donner sa sueur, son sang, son sperme pour la patrie. Annecy avait la glorieuse réputation d'être la ville de France la plus riche en filles mères. Le colonel employait aussi nos forces à faire des manœuvres forcenées, trente kilomètres par jour de marche ou de grimpée, coucher sous la tente au milieu des aigles. Au plateau des Glières, nous avons reçu la fourragère couleur bleu cerise, car le mot « rouge » est proscrit chez les Alpins. Personnellement, j'ai obtenu le titre de « tireur d'élite ». En juillet, nous sommes montés au col du Galibier pour applaudir les coureurs du Tour de France. Parmi lesquels j'ai reconnu Jo Néri, un Italien naturalisé auvergnat.

À partir de 1950, me revoici à Clermont. En tous domaines, l'abondance était revenue pour ceux qui avaient les moyens de se l'offrir. *La Montagne* voulut bien me reprendre comme linotypiste, spécialité que je devais au *Moniteur*. Ne manquant plus de papier, elle gagnait en épaisseur et en intérêt. Plus riche de photos, de graphiques, de dessins humoristiques. Le sport y tenait une place prédominante. Le courrier des lecteurs y avait sa modeste place. L'horoscope du jour n'était pas oublié. Il lui arrivait même, de temps en temps, de publier dans son édition dominicale le conte ou le récit sélectionné d'un auteur inconnu qui ne demandait qu'à se faire connaître. J'avais toujours été bon en composition française ; à Beurières, monsieur Bellat m'en complimentait. Grâce à la méthode Freinet, mes pages étaient lues au Pays basque, en Provence, en Limousin. J'eus l'idée de concourir, mon conte fut retenu et publié : *Le tute de Vertolaye*. (Prononcez Vertolaille.) Il devait comporter trois mille six cents signes typographiques au maximum. Je dus supprimer plusieurs adjectifs.

« Près de Vertolaye, entre Courpière et Ambert, se trouvait un étang au bord duquel vivaient d'innombrables tutes, c'est-à-dire des crapauds. On les appelait de ce nom à cause qu'ils chantaient en faisant *tute*, *tute*, *tute*. Tous les soirs, au clair de lune, le plus joyeusement du monde. Il n'est pas de musique qui favorise mieux le sommeil qu'un concert de crapauds.

Mais dans Vertolaye, il y avait aussi un pauvre bougre qui ne faisait de mal à personne, sauf qu'il effrayait les enfants parce qu'il avait un gros ventre et des boutons sur les mains et la figure. Si bien qu'on l'appelait *le Gros Tute*. Les gens de Vertolaye qui sont très méchants – excepté le facteur, la femme du forgeron et le second fils du garde champêtre – se moquaient de lui. Les gamins lui jouaient des niches, lui remplissaient les poches de sable, lui lançaient des bâtons dans les jambes. Il les supportait de son mieux, trouvant même que les gens de Vertolaye avaient un peu raison de rire de sa laideur. « À leur place, je crois bien que j'en ferais autant. Pourquoi la nature m'a-t-elle fait si horrible ? »

Il exerçait cependant une profession honorable : il était chasseur de mouches. En ce temps-là, elles pullulaient en Auvergne, dans les étables, les porcheries, les chèvreries et même les maisons. On appelait le Gros Tute et, en moins d'une heure, il débarrassait une ferme de ses mouches. Il les écrabouillait avec un battoir et gobait ensuite leurs dépouilles. C'est à une telle nourriture qu'il devait son gros ventre.

Un jour d'été, que le chaud du soleil tombait en fendant les pierres, notre homme s'était endormi à l'ombre d'un rocher, couché sur un matelas de foin sec. Pendant qu'il faisait ainsi la sieste, survient un groupe de gamins malfaisants. Le voyant sans défense, ils ont l'idée de rire un bon coup. L'un d'eux sort une boîte d'allumettes, en craque une et met le feu à l'herbe sèche. Puis tous s'éloignent pour jouir du spectacle. Les choses allèrent beaucoup plus loin que sans doute ils n'avaient prévu. Étouffé par la fumée, le pauvre Gros Tute ne put se sauver et il éclata comme une châtaigne au milieu des flammes. Ses morceaux se dispersèrent aux quatre vents. Les gamins s'enfuirent, épouvantés de ce qu'ils avaient fait.

Depuis ce jour-là, savez-vous ce qui se passe à Vertolaye ? Il se passe que les crapauds de l'étang, les petits tutes qui avaient coutume de chanter de tout leur cœur au clair de lune, ont perdu la voix. En conséquence, les gens du village ont perdu le sommeil. Toute la nuit ils gardent les yeux ouverts pour essayer d'en entendre un seul. Vainement. Plus de concerts. Personne n'échappe à l'insomnie, pas même le facteur, l'épouse du forgeron, ni le second fils du garde champêtre, car les bons payent toujours pour les méchants. Les mouches sont revenues, on doit pendre dans les maisons des rouleaux de papier collant qui s'accrochent aux cheveux des personnes.

C'est pourquoi l'on dit en Auvergne de quelqu'un qui ne réussit pas à s'endormir : « Il est comme les gens de Vertolaye qui, le jour, tournent en rond, et la nuit bâillent. »

Ce conte couronné et publié par *La Montagne* fit découvrir à notre patron que je connaissais bien la langue française, l'accord des participes, l'imparfait du subjonctif et de l'indicatif, le présent de narration. Il me proposa la place de correcteur, avec augmentation de salaire. Je l'acceptai sans me douter que je la garderais jusqu'au jour de ma retraite. Mon travail restait nocturne, mais se déroulait hors du monstrueux vacarme des rotatives. Réunis dans une grande pièce autour d'une longue table, nous étions une douzaine de correcteurs. Les épreuves, imprimées sur papier médiocre, nous étaient présentées par paquets classés selon les éditions du quotidien, destinées au Puy-de-Dôme et aux autres départements circonvoisins. Je devais connaître et employer les différents symboles correcteurs dont certains remontaient au XVe siècle, comme le deleatur : « à effacer », représenté par le delta grec δ ; les parenthèses, qui signifient « à rapprocher » ; le dièse # : « à écarter » ; la demi-parenthèse carrée : « à la ligne » ; le souligné maigre : « en italique » ; le souligné ondulé : « en caractères gras »... Tous ces signes étaient tracés dans la marge droite de préférence, à l'aide du stylo bille inventé par les Américains, repris et perfectionné par le baron Marcel Bich, pour remplacer le porte-plume et le stylo à réservoir. À la place de la plume métallique, une bille minuscule s'humectait d'une encre pâteuse. Lors des premiers modèles, il arrivait que cette purée refusait de descendre ; dans ce cas, il fallait la fluidifier en soufflant au derrière du manche. Mais le baron Bich avait remédié à ces bavures. Du coup, son invention, le bic, faisait disparaître dans les écoles les pleins et les déliés, dont on ne trouve plus trace aujourd'hui que sur les billets de la banque de France imprimés à Chamalières. Beaucoup d'instituteurs s'opposaient farouchement à ce sacrilège. Le baron en faisait une énorme propagande au moyen de buvards et d'affiches illustrés par Savignac. Ainsi, l'une d'elles montrait un enfant les jambes en l'air et la tête en bas en train de dessiner d'une main avec une pointe bic. Il fallut qu'une circulaire ministérielle en recommandât l'usage. Naturellement, la vie du bic était limitée, contrairement à celle de l'éternel porte-plume. Comme il ne coûtait que quelques centimes, on le jetait et on le remplaçait par un autre. Ainsi, le baron Bich, qui en vendait des millions et des milliards, créa une notion économique nouvelle : celle du produit jetable. Elle devait s'étendre plus tard aux rasoirs, aux briquets, aux mouchoirs, aux serviettes, aux livres, aux appareils photographiques. Et même aux individus : on parle aujourd'hui d'apprentis jetables, d'ouvriers jetables, d'immigrés jetables. Peut-être un jour serons-nous sous l'autorité d'une République jetable.

Sans toucher à l'essentiel du texte qui ne m'appartenait pas, je faisais la chasse aux pléonasmes, aux redondances, aux erreurs de conjugaison. Je remplissais les lézardes en remplaçant des mots courts par de plus longs. En fin de labeur, toutes les liasses étaient transportées à la salle des machines. Le linotypiste tenait compte de nos corrections, y ajoutait parfois ses propres bévues, puis transmettait les textes revus et corrigés au metteur en page.

Vers une heure du matin, chacun redevenait libre du restant de sa nuit. Certains rentraient tranquillement chez eux, à pied, à bicyclette, en voiture. D'autres s'offraient un casse-croûte arrosé dans un bistrot nocturne. Parfois, tel ou tel s'offrait une fille qu'il fallait aller cueillir dans un quartier chaud, dont les appellations invitaient pourtant à la piété, rue Saint-Dominique ou rue de l'Ange. Pour moi, je suis resté presque chaste jusqu'à mon mariage. Le Clermont nocturne était vide et plutôt sinistre. Les rues sombres se ressemblaient comme des chagrins. Mon vélomoteur me ramenait sagement rue de Ceyrat. Mon père, connaissant mon plat préféré, me faisait frire une andouillette.

7

En 1955, je fis la connaissance d'une personne indéfinissable que certains considéraient comme un doux dingue, d'autres comme un écrivain de génie. Il publiait dans notre journal chaque mardi une chronique signée deux fois, une en fin de texte, Alexandre Vialatte, l'autre au commencement par un médaillon de sa figure. Sérieuse, belle, les traits un peu tirés, elle révélait un âge et une intelligence retenus. De taille moyenne, ennoblie par un chapeau de coutil relevé sur la nuque, il marchait droit, d'un pas tranquille, s'arrêtait parfois pour contempler un pavé ou un pigeon. Son rire quasi muet lui secouait les épaules. Pour lire, il portait des lunettes aux verres immenses comme des hublots. Sa main était chaude, ses doigts puissants, tels ceux des charpentiers. Il noircissait ses feuilles au porte-plume. Son écriture était longue et penchée, presque anglaise, et remplie de majuscules.

Quoique d'origine auvergnate, il habitait sur les rives de la Seine, ce qui lui permettait de donner aux lecteurs « montagnards » des nouvelles parisiennes, et aux lecteurs parisiens des nouvelles auvergnates. Avant de collaborer à notre journal, il s'était fait connaître dans *Marie Claire*, *Paris Match*, *Opéra*. Certains de nos lecteurs détestaient ses chroniques auxquelles ils ne comprenaient pas grand-chose. D'autres les adoraient. Quelques-uns en vinrent à demander à *La Montagne* s'il était possible de s'abonner seulement au numéro du mardi ; la réponse fut négative.

En 1951, il avait publié un roman à peu près incompréhensible, *Les Fruits du Congo*, de cinq cents pages, dont la presse parisienne avait dit le plus grand bien, le proposant pour le prix Goncourt. Vialatte l'aurait bien accepté, lui à qui toujours manquaient dix-neuf sous pour faire un franc, car ce prix est à la fois honorifique et nourrissant. Pas de chance : cette année-là, il fut décerné au *Rivage des Syrtes* de Julien Gracq, qui le refusa, sans doute parce qu'il voulait ne rien devoir à personne ; ou parce que déjà il se savait assez riche ; un supplément de fortune, néanmoins, ne lui fut pas épargné. Dans une de ses chroniques, Vialatte déclara que le jury avait eu bon goût et que ledit *Rivage* était un ouvrage réussi.

Beaucoup plus tard, quand je sus, comme je raconterai plus loin, que j'allais partir pour le Congo, je voulus lire le roman de Vialatte afin de m'y préparer. À ma profonde déception, je m'aperçus que cet ouvrage parle de mille choses excepté du Congo et de ses fruits. Il doit son titre à une affiche représentant une superbe négresse, portant sur la tête une corbeille de citrons d'or. Elle veut exhorter les jeunes garçons à « s'engager ou se rengager dans les armées de la France d'outre-mer ». Voici qu'elle fascine les élèves d'un certain collège, empêtrés dans leur âge et leurs études, et les entraîne à rêver. À rêver d'une terre promise. Ils organisent entre eux une société secrète, avec des mots de passe, un royaume composé de trois îles au milieu d'un fleuve. Une jeune fille énigmatique, Dora, en est la souveraine. Fred Lamourette, un des potaches, lui avoue son amour. Mais l'idylle prend très vite le caractère d'un bonheur impossible. « Le bonheur est un papillon. L'ombre de notre main l'effarouche. » Entre les deux jeunes gens, la vie accumule une foule de complications. En voici une : maître Vingtrier, un avocat sans cause, soumis à d'étranges manies (par exemple il note sur son agenda : *Aujourd'hui, apprendre l'italien* ; mais il n'en apprend pas une syllabe), tombe aussi amoureux de Dora. Et aussi de sa mère, madame Perrin-Darlin, responsable d'une épicerie *Familistère*. Pour plaire à la mère et à la fille, qui ne connaissent pas non plus cette langue, il est prêt à apprendre l'italien afin de le leur enseigner. Comment peut-on vivre, je vous le demande, sans connaître l'italien ? Au moment de la fête du pays, le drame éclate : ayant trop absorbé d'absinthe, il frappe madame Perrin-Darlin avec le marteau dont il se servait pour briser le coke ; puis il se jette sur Dora, la perce d'un vieux sabre-baïonnette. Enfin, se servant d'un sécateur Vilmorin, il cueille des roses et des pivoines et en couvre leurs deux cadavres.

Où est le Congo dans ces folies ? Où est le Congo ? Mais écoutez la suite. Le lendemain du double crime que d'ailleurs il ignore, Fred Lamourette, oubliant Dora, part pour Marseille avec son chapeau melon, coiffure d'adulte qu'il porte comme une maladie chronique, et son pantalon sans bretelles ni ceinture, car, comme Julien Gracq, il déteste toute autorité. Dans le train, il rencontre monsieur Panado dont il connaît la sinistre réputation : responsable de tous les malheurs du monde, de la guerre franco- suisse, de la canine que vous vous êtes brisée en cassant une noisette, des souris qui rongent vos livres les plus sacrés. Dans le train, naturellement, monsieur Panado s'en prend à Lamourette. Des voyous assomment celui-ci et le dépouillent. Lorsqu'il reprend conscience, il ne lui reste plus qu'à s'engager dans l'infanterie de marine qui le conduira en Afrique. Enfin voici le Congo !

À la veille de mon départ pour Brazzaville, quel profit ai-je tiré de ce roman ? Aucun, sauf de savoir – mais je m'en doutais – que le Congo est rempli de belles négresses et de fruits magnifiques. Quant à l'écriture, quant aux personnages, quant aux péripéties, ils me confirmèrent que leur auteur était une sorte de clown de la plume. Je conçus d'ailleurs cette opinion dès notre première rencontre. Elle eut lieu, comme j'ai dit, en 1955, vers les onze heures du soir. Ce n'était pas, d'ordinaire, le moment où *La Montagne* recevait du monde. Dans ce domaine, Vialatte avait tous les droits, c'était un homme de la nuit plus que du jour. Nous étions douze correcteurs, deux dames et dix messieurs, penchés sur nos épreuves, le bic à la main, bleu, vert ou sang de bœuf. Alex resta un moment immobile dans l'entrée, nous considéra derrière ses lunettes-hublots. Puis, soulevant son chapeau de coutil, il se présenta d'une manière un peu cérémonieuse :

— Je suis Alexandre Vialatte. Venu vous saluer et voir ce que deviennent mes chroniques du mardi. C'est pourquoi j'ai choisi d'être ici un lundi soir.

Il déposa son chapeau sur une chaise. Ses cheveux rares lui collaient au crâne. Son visage avait quelque chose de marmoréen, sans une ride malgré ses cinquante-quatre ans. Son regard était sombre et profond comme la nuit d'où il venait. Ses yeux légèrement bridés lui conféraient un petit air asiatique. Son nez droit était presque grec. Son menton pareil à un trapèze isocèle. Sous le cou, une cravate papillon de couleur grise, pointillée de jaune, semblait prête à s'envoler. J'avais eu l'occasion de lire et de corriger éventuellement plusieurs de ses chroniques. Presque rien, des virgules, des accents aigus oubliés. C'est pourquoi je me permis de révéler ma modeste collaboration.

— Vraiment ? Vous me lisez sur épreuve ?

— De temps en temps. C'est mon devoir. Je suis payé pour ça.

— Et que pensez-vous de mes chroniques ?

— Elles sont parfois difficiles. Je ne comprends pas tout.

— Ce n'est pas grave. Moi non plus.

— Vraiment ? Vous ne comprenez pas ce que vous écrivez ?

— Je me demande où je prends ces opinions, ces pensées, tous ces micmacs.

— Un jour, j'ai trouvé une erreur.

— À quel sujet ?

— Vous parliez d'un sculpteur auvergnat.

— Je n'en connais qu'un : Philippe Kaeppelin.

— C'est bien ce nom-là. Il se propose, disiez-vous, de fabriquer un Auvergnat en cuivre soudé. Et vous vous posiez cette question : « Portera-t-il le thermomètre comme Pascal ? » Mon instituteur de Beurières m'a toujours appris que Pascal s'intéressait au baromètre, qui mesure le poids de l'air, pas au thermomètre, qui mesure sa température.

— C'est bien vrai ! J'espère que vous avez corrigé cette bourde ?

— Très discrètement. « Thermo » est devenu « baro ».

— Je vous en remercie de tout cœur.

Mes collègues écoutaient cette conversation sans piper mot. Peut-être ne se sentaient-ils pas à notre hauteur. Vialatte me regarda sabrer de rouge l'épreuve que j'avais devant moi. Comme il ne s'éloignait pas, captivé par le mouvement de mon bic, je repris la parole :

— Puis-je vous demander pourquoi vos chroniques se terminent toutes par la même conclusion : *Et c'est ainsi qu'Allah est grand* ?

— Je me le demande aussi.

Il réfléchit, se pinça le nez, se tira une oreille, me proposa cette hypothèse :

— C'est sans doute… je n'en suis pas sûr, mais je ne trouve qu'une explication… sans doute parce que j'ai vécu deux ans en pays musulman. À Héliopolis, la ville du soleil, en Égypte. J'enseignais le français à de jeunes Arabes. Certains étaient brillants, d'autres plutôt ternes. Ces derniers confondaient immanquablement le Cid de Corneille avec le cid sulfurique ou le cid de Normandie. Dans leurs conversations, ils répétaient sans cesse *Allah akbar*, Allah est grand. C'est ainsi que j'en suis venu moi-même à terminer mes chroniques par à peu près les mêmes mots. C'est pour moi, simplement, une sorte de point final.

Voilà donc comment je fis la connaissance de l'inimitable Vialatte. Avant de nous quitter, il nous donna à tous un précieux conseil :

— Achetez le *Dictionnaire des difficultés de la langue française*, chez Larousse. Il n'est pas plus gros qu'un livre de cuisine et il corrigera toutes vos incertitudes. Vous saurez la différence entre bayer aux corneilles et bâiller d'ennui ; entre un cuisseau de veau et un cuissot de chevreuil. Merci de votre patience et de votre compétence.

Après quoi, il enleva ses lunettes, enfonça profondément son chapeau sur son crâne, boutonna son veston. D'un bond, il fut sur notre table. D'un autre bond, il eut les jambes en l'air. Marchant sur les mains, il parcourut toute la file de nos épreuves sans déplacer un feuillet. Il revint à son point de départ, sauta par terre. Accueilli par un tonnerre de bravos et de rires.

— Je reviendrai, dit-il.

Il rechaussa ses lunettes et disparut.

Depuis ce jour, je ne manquai pas une seule chronique du mardi. Le style de Vialatte, son humour, sa fantaisie, son imprévisibilité me désarçonnaient. Ils me coupaient l'envie de reprendre la plume dont j'avais tracé *Le tute de Vertolaye*. Les pages que je noircis en ce moment n'espèrent avoir que six lecteurs : ma femme, mes deux filles et mes trois petits-enfants. Encore ne suis-je pas sûr des trois derniers, plus portés sur la BD que sur l'autobiographie. Lorsque j'exprimais à mes collègues correcteurs mon admiration pour Vialatte, presque tous haussaient les épaules et me demandaient :

— À quoi ça ressemble ? À qui ? À rien. À personne. En quoi est-ce drôle ?

Quelques-uns souriaient. Ou répondaient :

— C'est du Kafka rigolo. C'est un mélange de Pascal, de Courteline et de Charlot.

Je n'avais encore que vingt-sept ans. Je connaissais l'orthographe, mais pas beaucoup la profondeur des choses. Je me procurai l'adresse parisienne d'Alex, j'osai lui écrire, disant que je l'admirais autant qu'Hergé, l'auteur de *Tintin*, mon livre de chevet ; que j'aurais aimé, lors de sa prochaine descente à Clermont, le rencontrer personnellement. *Vous me ferez connaître l'Auvergne comme vous la sentez, comme vous la respirez. Et aussi votre opinion sur beaucoup de sujets.* Il mit trois mois pour me répondre. Lorsqu'il le fit, brièvement, c'était pour m'annoncer qu'il désirait passer en Auvergne le mois de juillet ; qu'il ferait une cure à Châtelguyon ; qu'il m'invitait pour le dimanche 22 à une rencontre à l'auberge du Lac, près du *gour* de Tazenat.

Merveilleuse coïncidence : le second mardi qui suivit mon accord, parut dans *La Montagne* une chronique où Vialatte présentait ce *gour*, un gouffre volcanique, rempli d'une eau limpide. *Nul fleuve ne s'étale en Auvergne. L'eau y sommeille dans les cratères par quatre-vingts mètres de fond, avec la truite et l'omble chevalier, ou bondit sur les pentes, écume et s'évapore en vapeurs irisées. La foudre roule aisément sur ces flancs raides et dénudés, poursuivie par les petits bergers. À Tazenat, à l'auberge du Lac, le tonnerre a ses habitudes : la foudre tombe sur la radio, passe sous la table, sort dans le jardin et descend jusqu'au lac, chassée par l'hôtelier qui secoue derrière elle une serviette en faisant « brrrou-brrrou » comme pour effrayer une mouche bleue.*

Le jour venu, enfourchant mon vélomoteur, je me rendis au *gour* à l'heure dite. Malheureusement, le ciel était radieux, aucune foudre ne pouvait en tomber et s'introduire dans l'auberge. Alex m'y attendait, avec un beau sourire de bienvenue. Il me présenta l'hôtelier chasseur de foudre et l'hôtelière, joueuse de vielle quand elle avait le temps.

— Et la foudre ? m'enquis-je.

— Elle est en vacances, s'excusa l'aubergiste. Qu'est-ce que je vous sers ?

— Quelque chose de très auvergnat.

— Une gentille ? C'est un mélange de gentiane et de myrtille.

— Volontiers.

Vialatte prit un whisky. Je ne sais pourquoi il avait le goût de cette liqueur à laquelle je trouve un parfum de traverse de chemin de fer. À Tazenat, il avait au comptoir son flask particulier. À table, le menu était sans surprise : charcuterie cantalienne, potée aux quatre légumes, salade au lard fondu, *milhar* aux cerises, café, pousse-café. Nous goûtions à peine à ces divers services car nous bavardions beaucoup après chacun. De sorte que nous mangions froid. Je demandai à Alex comment il faisait pour trouver chaque semaine le sujet d'une chronique.

— Je flâne dans les rues de Paris. Je regarde les gens, les maisons, les affiches, les autobus. En face de mon appartement, se dresse la prison de la Santé. Quel nom curieux pour une prison ! Les choses me donnent des idées. Les animaux également. Le temps qu'il fait. La couleur du ciel, la forme des nuages. Je fréquente les brasseries, les petits restaurants. Je découvre l'homme dans sa grandeur et sa petitesse, cet animal au chapeau mou, qui attend le bus 27 au coin de la rue de la Glacière. Je prends des notes.

Il fouilla dans ses poches, en tira de petits papiers avec quelques lignes d'écriture. Par exemple celui-ci qui répétait l'enseigne de deux hôtels : *Hôtels de l'Univers et du Portugal réunis.*

— N'est-ce pas merveilleux cet Univers et ce Portugal qui ont éprouvé le besoin de s'associer ? La chronique se fait toute seule dans ma tête. Quand je rentre chez moi, je n'ai plus qu'à l'écrire. En général, je ne m'y emploie qu'au dernier moment. Le dimanche après-midi. Je prends une feuille blanche, et je laisse courir ma plume. Quand j'ai tracé le point final, il faut expédier mon texte. Il doit arriver à *La Montagne* au plus tard le lundi matin. En taxi, en métro ou à pied, je cours jusqu'à la gare de Lyon pour atteindre le train de 23 h 15. L'employé du wagon-poste me reconnaît, c'est un ami. Il prend l'enveloppe, le train s'ébranle. Il arrive à Clermont au petit jour. Un coursier de *La Montagne* reçoit ma chronique en mains propres.

Et moi de compléter :

— Elle atterrit sur ma table à minuit, le linotypiste plombe l'épreuve corrigée, le metteur en page l'insère en quatrième page avec votre portrait en exergue. Les lecteurs du mardi la dévorent avec leur petit déjeuner.

— Lorsque j'ai confié mon enveloppe au wagon-poste, je vais généralement me taper une escalope à la brasserie Luneau. À cette heure-là, c'est une exposition de banquettes vides. Par chance, quelquefois, un client s'y ennuie. Il m'inspire la chronique suivante. De toute façon, je ne désespère jamais de la réalité. Il suffit d'attendre. Comme dit un proverbe bantou : « C'est se conduire en rékéké que d'étouffer le roukoukou dans l'œuf. »

Comme après tout bon repas, vint un moment où j'éprouvai le besoin de m'offrir une petite sieste. Ce moment privilégié où le dormeur, selon Baudelaire, goûte les voluptés de son anéantissement. Je m'en excusai auprès de mon convive qui me l'accorda volontiers ; il en profiterait pour griller une cigarette. L'hôtelier me conduisit vers un coin tranquille. Et je m'anéantis. Un mouchoir sur la figure pour me protéger des mouches. Lorsque je me réveillai, je me frottai les yeux, je demandai où était Vialatte.

— Dans le jardin. Il fait de la barre fixe.

En effet, je le trouvai en bras de chemise suspendu à la barre que l'aubergiste avait plantée là pour le divertissement des jeunes gens. À mes yeux éberlués, il pratiqua le rétablissement par-devant, le rétablissement par-derrière et même le grand soleil qui l'amenait, le corps tendu, à tourner autour de la barre comme le rayon d'une roue tourne autour de son moyeu. Au terme de ces acrobaties, il posa les pieds par terre, se tapota les paumes et vint à moi en précisant :

— Je ne fais pas ce que je voudrais. Je manque de colophane.

La colophane est cette résine jaunâtre dont le violoniste enduit son archet. Les gymnastes, les haltérophiles s'en frottent les mains pour empêcher les dérapages.

— Vous avez des talents variés, dis-je avec admiration.

— La barre fixe me repose des fatigues de l'esprit.

Il reprit son veston et son chapeau. Côte à côte, nous avons suivi un sentier qui fait le tour du lac. On distinguait à sa surface des truites qui y pratiquaient des sauts de carpe. Nous arrivâmes à une cabane aux planches moisies, sans doute abri de pêcheurs qui ne la fréquentaient plus.

— Savez-vous, me proposa Vialatte, qui a dû l'occuper ? Guy de Maupassant lorsqu'il vint faire une cure à Châtelguyon et en profita pour écrire son roman *Mont-Oriol*. Il y décrit la splendeur de ce lac et des bois qui l'encerclent. Rarement seul. Lui et ses amies de rencontre durent souvent s'enfermer dans la cabane. Il a dit le plus grand mal des Auvergnats.

— Il a dit le plus grand mal de tout le monde.

Nous n'avons pas essayé de forcer la porte. Au terme de notre promenade circulaire, il m'a tout à coup demandé si je m'étais muni d'un costume de bain.

— Ma foi non… je n'avais pas prévu…

— Moi, j'en ai toujours un dans mes bagages, à toutes fins utiles. Vous pourrez du moins vous mouiller les pieds. Je reviens tout de suite.

Il rentra dans l'auberge, reparut peu après affublé d'un maillot noir à bretelles un peu flottant, à la mode de 1925. Bien qu'il m'y eût invité, je renonçai à quitter mes godasses.

— Nous irons un peu plus loin, c'est plus profond.

Quand nous y fûmes, il médita au bord de l'eau. J'eus l'impression de voir en lui un échassier, un héron peut-être, le bec penché vers son reflet. Soudain, il ouvrit ses ailes-nageoires, traversa l'air, disparut au fond du *gour* en faisant *splash*. Je comptai les secondes… dix… vingt… trente… Me demandant s'il allait remonter de ces profondeurs. Il reparut enfin, les mains pleines de perles qu'il me jeta au visage, riant à gorge déployée, de son rire presque silencieux qui lui secouait les épaules.

Chacun a le rire que la nature lui a conféré. Celui de grand-mère Léonie ressemblait au bêlement d'une chèvre : « Mêêêê… » On m'a dit que le mien, à son meilleur, évoque la dégringolade d'un sac de noix le long d'un escalier.

8

Le mariage est une chose sérieuse. Presque autant que la naissance et que la mort. Les jeunes d'aujourd'hui ne le consomment guère. À peine ont-ils le nombril sec que déjà ils se mettent en ménage, sans maire ni curé. Quant à moi, j'ai attendu d'être un trentenaire pour m'y résoudre. Il faut que je raconte cela.

Rue de Vallières, non loin de la place des Salins, existait une boucherie où notre aide ménagère allait se servir, conquise par la qualité des viandes et la cordialité du patron. Certains jours sans Aurora, c'est moi qui faisais la course. Sachant que je travaillais « dans les écritures », monsieur Sibaud s'était mis en tête de m'apprendre le jargon des bouchers.

— *Lonjouebem* ! me saluait-il. *Un letipem d'onpicoss ou de leufbem* ? (Bonjour. Un peu de porc ou de bœuf ?)

— Trois côtelettes d'*onpicoss*, si vous voulez bien.

— Je *nienleuf*. (Je veux bien.)

Avec une précision chirurgicale, il découpait la viande. Le hachoir frôlait ses doigts sans jamais les toucher. À cause de ma profession écrivassière, j'étais le seul client honoré de ce langage mystérieux. Après quoi, si c'était un samedi, il désignait sa fille, disant :

— *Loyvem* (Voyez) mademoiselle Sibelle.

Elle méritait ce féminin avec ses yeux noisette, ses joues peau de pêche, son nez si retroussé que, les jours de pluie, l'eau du ciel devait tomber dedans ; avec ses mains fines où brillait un anneau d'or enrichi d'une améthyste. Son cou blanc plongeait dans un chemisier soulevé par deux monticules. Outre ces agréments, ce qu'il y avait chez elle de plus surprenant était la rapidité avec laquelle, sur la balance Roberval, elle pesait les paquets enveloppés de papier mince que son père lui passait ; avec laquelle de son bic elle en calculait et mentionnait le prix. Maintes fois, j'ai vérifié tout cela chez nous sans y trouver une erreur d'un centime.

— Comment faites-vous, ai-je demandé, pour compter si vite et si bien ?

— À l'École supérieure de commerce, boulevard Trudaine, où j'étudie, on pratique tous les exercices de calcul rapide, entre autres ceux de l'Italien Inaudi. Voulez-vous un exemple ? Combien fait 365 multiplié par 563 ?

Je restai bouche bée. Après quelques secondes, elle répondit 205 495.

— Incroyable ! Votre secret ?

— Impossible ! C'est un secret !

Elle éclata de rire. Sa voix était un cristal, son rire une cascade. Moi, je me demandais comment une si jolie tête pouvait être remplie de tant de chiffres. Jocelyne Sibaud ne régnait sur la caisse que le samedi, jour chômé à Sup de Co, laissant ce siège à sa mère le reste du temps. Moi, au contraire, je disposais de toutes mes heures diurnes à condition de me priver de sommeil. Je pus donc la rencontrer comme j'avais rencontré Post-Scriptum, future religieuse. Elle voulut bien faire avec moi quelques pas dans le jardin Lecoq.

Et même une partie de canotage sur le lac, parmi les cygnes et les canards. Je révélai ma profession de correcteur.

— Puisque *La Montagne* est votre patronne, pourriez-vous m'obtenir l'autorisation de visiter la fabrication du journal ?

Je l'obtins sans peine. Rendez-vous fut pris. Nous suivîmes le parcours qu'empruntait tout article, d'abord rédigé au bic, puis traduit en lettres de plomb, puis imprimé sur papier d'épreuve, corrigé, mis en page, transformé en élément de cylindre, débité par les rotatives, énormes meules importées d'Allemagne. Le monde entier participait à la confection du journal : les linotypes arrivaient d'Angleterre, le papier était un produit des forêts canadiennes, l'encre était belge, la colle italienne ; les escaliers métalliques, plus percés de trous que le gruyère, venaient des États-Unis. À trois heures du matin, des camions suédois emportaient les paquets de journaux vers tous les points de vente du Massif central, vers Paris, vers les bureaux de poste afin que tout Auvergnat, tout Limousin, tout Nivernais, tout Quercinois, tout Parisien eût sa feuille en même temps que son petit déj'.

Les explications que je fournis à Jocelyne, abrégée en Jocy, me valurent une certaine admiration que je lus dans le mouvement de ses yeux, dans les exclamations de sa bouche, dans la chaleur de sa main lorsque je l'aidais à descendre et à gravir. Quand les rotatives se mirent en mouvement, leur grondement, comparable à celui d'un avion à réaction, nous contraignit à nous exprimer par gestes. Nous sortîmes de cet enfer assourdis, étourdis, heureux de retrouver le doux ronron des voitures, le cui-cui des hirondelles, le tap-tap du marchand de guimauves.

Nous n'allions pas nous quitter si bêtement. Elle accepta de m'accompagner à la Boule de Neige, un salon de thé où nous suçâmes des glaces accompagnées de gaufrettes. Je demandai à Jocelyne si elle savait consommer de la bonne façon ces cigares de pâte.

— Ben oui… il me semble… ce n'est pas la première fois.

— Je suis certain que non.

— Montrez-moi.

Je plaçai entre ses lèvres une gaufrette dont je retenais entre les miennes l'autre extrémité. Et nous voici grignotant face à face, nous rapprochant de plus en plus. Jusqu'au moment où notre manducation se termina par la jointure de nos deux bouches. Notre premier baiser eut une saveur de vanille et nous laissa quelques miettes sur le menton.

— C'était un piège, soupira-t-elle.

— Je l'avoue. Il reste trois cigares. On recommence ?

— On va nous regarder.

— Nous envier.

Nouveaux grignotages, millimètre par millimètre. Petits rires autour de nous. Quelques exclamations offusquées : est-ce qu'ils ne pourraient pas faire ça ailleurs ? Des questions enfantines :

— Qu'est-ce qu'ils font, le monsieur et la dame ?

— Ils mangent des cigares par les deux bouts.

— Faut pas !

— Pourquoi faut pas ?

— Parce que c'est pas propre.

Exact. J'avais lu dans *Science et Vie* que des médecins américains avaient publié les résultats d'une recherche : rien n'est aussi contraire à l'hygiène que le baiser. Surtout s'il est prolongé. Surtout s'il est profond. Nos papilles sont naturellement peuplées de bactéries et germes infectieux susceptibles de propager les plus affreuses maladies. Par ordre alphabétique, l'acné, l'ankylose, la balanite, le béribéri, la blennorragie, le choléra, la cystite, la dermatose, la dysenterie, l'eczéma, l'érysipèle, la furonculose, la gonorrhée, l'hépatite virale. Aussi devons-nous pratiquer le baiser, si nous le jugeons vraiment indispensable à l'expression de nos sentiments, de la façon suivante : primo, ne pas le prolonger plus de cinq secondes, au-delà on risque aussi de périr asphyxié car, pendant le baiser, on ne respire pas ; secundo, les cinq secondes écoulées, se purifier la bouche avec un désinfectant, permanganate de potassium, eau oxygénée ou fumigation d'eucalyptus. Ne pas répéter l'épreuve du baiser avant une semaine.

Influencé par ces informations et par la désapprobation du public, je jugeai bon d'aller poursuivre ailleurs nos dangereux exercices. Tenant la main de Jocelyne, je la conduisis, par la rue Rameau, jusqu'à un passage que peu de Clermontois fréquentent. Là se dresse un supposé mur des Sarrasins, en fait résidu d'un ancien temple gallo-romain tout mangé de lierre. J'ai remarqué d'ailleurs que la majeure partie de la population clermontoise ignore à peu près tout de sa ville et de son passé. Qui ont été ces Montlosier, Jacques Delille, Arsène Vermenouze, maréchal Fayolle, Joseph Malègue ? On s'en contrefout. En revanche, on connaît les noms et les exploits de tous les champions du foot et du rugby, de tous les chanteurs de rock.

Appuyés au lierre du mur des Sarrasins, Jocy et moi ne comptions pas jusqu'à cinq. Par la même occasion, nous avons échangé le premier *tu*.

— Prends bien garde, m'a-t-elle recommandé, lorsque tu me ramèneras chez moi, de ne pas me tutoyer devant mes parents. Ils s'imagineraient trop de choses.

J'ai rencontré des couples mariés qui ne se donnent que du *vous* parce que ça fait plus riche. À la campagne, des paysans et paysannes en usent souvent de même pour se témoigner l'un à l'autre un respect de pauvres. Ma grand-mère Léonie m'a affirmé que son père à elle disait *tu* aux vaches et *vous* au cheval.

Dès lors, Jocelyne et Romain dissimulèrent aux oreilles de tous que, dans l'intimité, ils étaient à tu et à toi.

Nous avons promené notre amour débutant à travers Clermont et ses alentours. Sous les marronniers, dans les cabanes abandonnées, au milieu des pâturages. Je me rappelle une fleur que je voulus, dans des conditions difficiles, cueillir et offrir. Nous étions au-dessus de Royat, au bord de la Tiretaine, encore transparente et peuplée de truites, avant de transporter en aval les ordures qu'on y jette. Sur l'autre rive, bien visible, s'épanouissait une touffe de myosotis, dont les feuilles velues méritent le nom qu'elles portent, « oreilles de souris », mais dont les fleurettes bleues ponctuées de jaune disent : « Aimez-moi. » Comment franchir la Tiretaine et ses cascades ? Un tronc de sapin écorcé m'y invitait, jeté en travers de son cours. « Si tu essaies, me dis-je, tes semelles glisseront sur le bois humide, tu plongeras dans le ruisseau, tu en ressortiras couvert d'écume et de ridicule. » Il me restait une solution : retrousser mon pantalon, enlever mes godasses et mes chaussettes, funambuliser sur mes pieds nus. C'est ce que je fis. J'atteignis l'autre rive, je cueillis les myosotis, je revins, je les présentai à Jocy qui enfouit dedans son joli nez. Après quoi, je demandai si elle entendait leur message.

— Il me semble.

— Tu n'es pas sûre ?

— « Aimez-moi. » Pour qui parlent-elles ? Pas pour toi : nous nous disons tu.

— Alors, traduis : « Aime-moi. »

— Pourquoi dois-je t'aimer ?

— Parce que je t'aime.

— Vraiment ? Tu ne me l'as jamais dit en paroles.

— Je te le dis : je t'aime, je t'aime, je t'aime, je t'aime. Un million de fois.

— Dis-le-moi dans l'oreille, tout doucement, comme cela doit se faire.

Cette conversation aboutit à une demande en mariage. Jocelyne dit oui, mais posa la condition qu'elle devait d'abord achever ses études à Sup de Co. Ce qui nous amena à célébrer nos noces le 11 juin 1958. Son corps était un jardin paradisiaque où je cueillais, insatiablement, des fleurs et des fruits, des lys, des roses, des aimez-moi, des fraisettes, des omphalodes verna, de la menthe arvernis, de la sarriette clinopode, de la centaurée à longs cils. Nous nous endormions morts de fatigue et de bonheur, sans nous séparer tout à fait, soudés encore membre à membre. Parfois, je me réveillais, tout parfumé d'elle, incrédule, ne sachant si je nageais dans le rêve ou dans les vagues de la réalité. Notre première nuit, me semble-t-il, dura dix-huit heures. À moins que ce ne fût soixante-quinze.

Il nous fallut enfin redescendre sur terre. Ouvrir les yeux et chercher un nid habitable à nos extases quotidiennes. Après bien des efforts, des visites, des sonnettes tirées, nous trouvâmes un appartement convenable à Royat, dans une tour dite des Cheix, qui dominait la ville de ses quatorze étages. Nous nous contentâmes du douzième.

L'ancienne Rubiacum tire son nom de la couleur rougeâtre de ses scories volcaniques. Elle est contiguë à Chamalières, leurs eaux passent de l'une à l'autre et de l'autre à l'une. En 1862, une visite de l'impératrice Eugénie les fit connaître à la France entière. L'une d'elles fut même baptisée, avec quelque exagération, car elle ne dépasse jamais trente-cinq degrés, la « bouillante Eugénie ». Exagération également au sujet de l'impératrice, bien connue de son entourage pour sa froideur amoureuse, à tel point qu'un de ses biographes prétendait qu'« elle n'avait ni cœur ni cul ». Ce qui autorisait bien le pauvre Badinguet à chercher ailleurs des lits plus chaleureux.

Les parents de ma femme avaient fait le nécessaire pour que notre domicile fût accueillant. Mais ma jeune épouse exigea d'abord quelques jours de dépaysement : un voyage de noces.

— Où ça, à Venise ?

— C'est trop loin.

Elle le voulut à travers la France. À bicyclette. Après l'ânesse à la manière de Stevenson, le vélo, affirma-t-elle, est le meilleur véhicule touristique. J'obtins de *La Montagne* un congé pour raison matrimoniale. Nous avons entassé le matériel sur nos porte-bagages. Et nous voilà partis. Nous roulions en moyenne cinquante kilomètres chaque jour, d'un camping à l'autre. Prenant garde aux magnifiques paysages qui ornaient notre route. Mettant pied à terre dans les côtes excessives. Engageant la conversation avec les cantonniers, les facteurs, les cueilleuses de tilleul, les écureuils, les piverts. Ils nous renseignaient sur ce que nous devions voir ou délaisser. Nous achetions dans les marchés notre indispensable. N'hésitant pas, après une journée chaude et harassante, à prendre un pédiluve dans la Loire ou dans ses affluents. Ou même un bain complet, au clair de lune. Il nous arrivait de pratiquer le camping sauvage, de dormir à l'orée d'un bois, au bord d'une rivière. Bercés par le hululement des hiboux. Tenus éveillés, au contraire, par le couinement de fouines assassinées. Pour nous rassurer mutuellement, nous nous pressions l'un contre l'autre sous la tente. Prêts à mourir ensemble si nécessaire. Contre les rôdeurs, je n'avais pour nous défendre que mes poings et nos cuillères à pot. En fait, nous ne fûmes jamais attaqués. Dérangés seulement, deux ou trois fois, par des paysans dont nous occupions la terre sans autorisation. Notre amour les attendrissait. Ils en profitaient pour nous vendre des topinambours.

En bonne élève de Sup de Co et plus instruite que moi, Jocy noircissait des carnets de voyage, textes et dessins. Les pages qui suivent sont extraites de ces notes.

… Nevers. Ici commence la Loire, le fleuve royal qui s'en va baigner les plus beaux châteaux du monde. Fleuve si doux d'aspect, si violent en certaines périodes, avec ses îles faites ou défaites suivant les crues, ses tourbillons, ses secrets, ses brochets, ses esturgeons. Des mouettes le remontent en criaillant.

Au couvent de Bernadette Soubirous, Saint-Gildas, nous l'avons vue toute petite dans sa châsse. Presque une naine. Le visage régulièrement restauré à la cire, comme celui de Lénine à Moscou, pour convaincre de son imputrescibilité, signe indubitable de sainteté. Dans sa cellule, son cabas, son parapluie, son chapelet. Il est étrange que les apparitions de la Vierge ne se produisent qu'en pays catholiques. C'est-à-dire à l'usage de populations déjà converties. Quel événement prodigieux ce serait si elle se montrait chez les Chinois, les Japonais, les Indiens, partisans d'une autre religion que la sienne ! Certes, il y a les béquilles, les cannes suspendues dans la grotte de Lourdes en témoignage de guérisons miraculeuses ; mais des fouilles faites en Grèce, à Épidaure, sur les lieux où se dressait le temple d'Asclépios, dieu mythologique de la Médecine, ont découvert d'autres béquilles, d'autres témoignages de guérisons miraculeuses. Un dieu imaginaire a donc autant de pouvoir que la Mère du Christ ?

Gien. Première commune du val d'Orléans. Elle contraste par sa richesse et par son charme avec les régions forestières qui l'environnent. Ses cultures maraîchères et ses vignes font vivre toute une hiérarchie de journaliers, de vignerons, de locatiers et de maîtres, groupés en villages au pied des coteaux, ou dispersés en fermes au milieu de la vallée. Ils voyagent dans la traditionnelle carriole à deux roues, de plus en plus remplacée par des camionnettes.

Nous avons traversé le très beau pont qui enjambe le fleuve. Le château, presque démoli par les bombardements de juin 1940, mais restauré, garde le souvenir de François Ier, grand chasseur devant l'Éternel qui, au mois d'avril 1515, y embarqua avec sa suite sur des chalands pour se rendre à Blois. Plus de trois mille chevaux, leurs cavaliers et leurs voitures, suivirent le chemin longeant le fleuve. François méditait de se procurer de l'argent par tous les moyens, car il avait en tête de reprendre le dessein de Charles VIII et d'aller conquérir l'Italie.

Sully. Suivant le courant du fleuve, nous passons devant le château entouré de douves et de tours. Ancienne propriété du fameux ministre d'Henri IV. *Labourage et pâturage, voilà les deux mamelles de la France, les vraies mines et trésors du Pérou.* Tout en s'opposant aux prodigalités du roi et de ses maîtresses, il n'oublia pas de s'enrichir royalement.

Saint-Benoît. Ici dort un roi de France oublié, Philippe Ier. Les moines ont bien voulu nous laisser camper dans leur jardin. Recrus de fatigue, nous y avons dormi merveilleusement sous le croissant de la lune. Jusqu'au moment où les capucins, avant le jour (il était trois heures GMT), nous ont réveillés au chant de leurs matines : *Salve Regina Mater misericordiae…* Ils nous ont offert de partager leur déjeuner composé d'un bouillon et d'une tranche de pain gris.

Orléans. En 1429, les Godons l'avaient entouré d'une série de bastilles faites de terre et de bois, d'où ils criblaient les Français de leurs flèches et de leurs sarcasmes :

— Misérables gueux ! Aux ordres d'une putain ! Qui de vous ne l'a pas encore foutue ?

À la vérité, les ribaudes ne manquaient pas dans le camp des assiégés, malgré les efforts de Jeanne pour les chasser. À tel point qu'un jour elle donna de son épée sur le dos de l'une d'elles. Avant de lancer l'assaut, elle fit bénir ses étendards et obligea ses hommes à se confesser. Elle dicta – elle qui ne savait point écrire – une lettre aux Anglais, leur ordonnant de déguerpir. « Vous, hommes d'Angleterre, qui n'avez aucun droit en ce royaume, le Roi des Cieux vous mande et ordonne par moi, Jeanne la Pucelle, que vous quittiez vos bastilles et retourniez en votre pays, ou sinon je ferai de vous un tel hahu (une telle bousculade) qu'il y en aura éternelle mémoire… » Au début de l'attaque, une grosse flèche lui traversa l'épaule alors qu'elle dressait elle-même une échelle contre la bastille. Elle arracha le trait de ses mains, appliqua sur la blessure de l'huile d'olive. Un quart d'heure après, ses hommes se précipitèrent sur le rempart de terre « comme jamais nuée d'oiseaux sur un buisson ». Tous les Anglais levèrent le siège, excepté les morts, les noyés, les prisonniers.

Beaugency et Cléry. Je les connaissais d'après un canon que nous chantions entre filles lorsque j'étais petiote :

Mes amis, que reste-t-il
De ce Dauphin si gentil ?
Orléans, Beaugency,
Notre-Dame de Cléry,
Vendôme, Vendôme !

Il évoquait la petitesse du domaine royal avant Jeanne. Après avoir délivré Orléans, elle délivre Beaugency, Jargeau, Meung, Cléry, Vendôme. Dans cette dernière ville, fut jusqu'à la Révolution le pèlerinage de la sainte larme : celle que le Christ aurait versée sur Lazare, apportée des croisades. En dépit de toutes les lois de la physique et de l'évaporation.

Chambord. En cent coups de pédale, nous avons atteint cette merveille des merveilles.

— Allons chez moi ! disait François Ier lorsqu'il s'y rendait.

Depuis, le château est passé de propriétaire en propriétaire. En 1815, un Anglais dont je n'ai pas retenu le nom transforma la chapelle en chenil. Plus tard, il appartint au prince Élie de Bourbon-Parme, qui combattit dans l'armée autrichienne en 1914. Il fut enfin racheté par l'État en 1932. Les murs sont criblés extérieurement par mille impacts de balles, souvenirs de la guerre de 1870. La nuit tombée, nous avons assisté à un spectacle Son et Lumière qui nous a permis de revivre toute l'histoire du château depuis sa sortie de terre jusqu'à sa dernière vicissitude lorsque, durant la Seconde Guerre mondiale, il reçut et abrita les collections du Louvre.

Blois. Son château, situé en plein cœur de la vieille ville, est le plus visité de France, nous a-t-on dit, après Versailles. On y évoque le souvenir de Claude, épouse douce et effacée de François Ier à qui elle donna sept enfants sans qu'il s'en aperçût. Elle donna aussi son nom à une prune qui est tout miel, comme le fut sa marraine.

Après Blois, on entre en Touraine où se parle le meilleur français du monde. J'y ai quand même appris un mot local qui m'enchante. Lorsque des nuages couvrent le ciel, on dit que le temps *s'emberdouille*. Les plateaux semi-forestiers ou marécageux ont une population assez faible de bûcherons ou de métayers. Les vignerons habitent de coquettes maisons blanches couvertes d'ardoises ; ou bien des maisons troglodytiques creusées à flanc de coteau dans la craie, fraîches en été, chaudes en hiver.

Amboise a les pieds dans l'eau. De son immense château, il subsiste quelques beaux restes, tout imprégnés de l'inévitable François : il y vécut une partie de son enfance et souvent y revint. Avant de partir pour Marignan, il eut l'idée de combattre en corps à corps avec un sanglier de quatre ans qui devait bien peser quatre cents livres. Écartant d'un geste ses gentilshommes, il tira son épée et en passa la lame au travers de la bête, évitant de peu ses terribles défenses. D'Italie, il ramena Léonard de Vinci et sa *Joconde*, payée 12 000 livres. Contrairement à la définition que Buffon donne du génie, le génie de Léonard fut celui de l'impatience. À côté d'œuvres parfaitement achevées (je ne citerai pas *Monna Lisa*, ce portrait assez fade que je n'admire guère, mais plutôt sa *Léda*, son *Saint*

Jérôme, son *Bacchus*), combien d'autres abandonnées avant que d'être entreprises, comme sa machine volante ou son canal à creuser en Sologne. Il fit du moins des croquis du château d'Amboise que nous avons pu admirer au manoir du Clos-Lucé.

Tours. Tant de choses y sont à voir, de cloîtres, d'églises, d'hôtels, de musées, que nous nous sommes proposé d'y revenir quand nous serons plus argentés. Je retiens l'immense pont qui traverse la Loire et que les Allemands firent sauter en 1944 avant de se retirer. La maison natale de Balzac fut détruite par la même occasion.

Nous ne pouvions nous désintéresser de l'auteur de *La Comédie humaine*. Nous l'avons rencontré à plusieurs endroits. Notamment à Saché ; on l'y voit tout nu, près d'une fenêtre, les bras croisés, les jambes écartées, exécuté par Rodin. Pour qu'il tienne debout, le sculpteur l'a installé à califourchon sur un cône de marbre qui monte du socle et rejoint son ventre. De sorte qu'il semble disposer d'un sexe éléphantesque qui l'empêche de marcher.

Chinon. Son château a l'air de trois forteresses séparées par des douves. Nous nous sommes recueillis dans la chapelle où Jeanne d'Arc a prié. Il ne reste qu'un mur de la salle du trône où elle reconnut le futur roi Charles VII dissimulé parmi trois cents gentilshommes, grâce à une clarté qu'elle eut à cet instant.

— Ce n'est pas moi, dit Charles en désignant à sa place le comte de Clermont.

— Au nom de Dieu, c'est vous qui l'êtes et non un autre. Vous recouvrerez votre royaume avec l'aide de Dieu et par mon labeur.

Angers. Sa forteresse n'est sans doute pas la plus belle de France, malgré ses dix-sept tours. Au musée des Tapisseries, la tenture de l'*Apocalypse* compte quatre-vingt-dix tableaux. On en sort étourdi.

Las de tant de merveilles, Romain et moi avons regagné l'Auvergne. Riches de cent cartes postales afin de prouver à nos familles que nous les avions vues, touchées, admirées. Aucun incident désagréable n'a terni notre voyage de noces, excepté trois crevaisons réparées au moyen de rustines. Plaise au ciel que tous les ennuis du monde puissent se rustiner pareillement.

Toujours à bicyclette, nous avons fait la tournée des deux familles, apportant une boîte de dragées aux parents qui le méritaient. C'est ainsi que je suis allé présenter Jocy à la grand-mère Léonie qui m'avait élevé à Beurières, ne me ménageant ni les conseils ni les claques. Je lui en savais gré, puisqu'elle avait fait de moi un homme estimable, respectueux de la morale et des lois, fidèle à son métier et à ses engagements. Elle supportait vaillamment ses quatre-vingt-huit ans, continuait de rincer son linge dans le ruisseau, de marcher sans canne autour de sa maison, même si elle allait un peu branli-branlan. Elle avait refusé de venir à notre noce par crainte du voyage et de la fatigue. Elle nous a reçus affectueusement, nous a préparé une omelette avec les œufs de ses poules, accompagnée du pain un peu gris qu'elle faisait cuire elle-même dans le four de sa cuisinière. Avant d'entamer la tourte, elle ne manquait pas de la signer avec la pointe de son couteau. Sa maison était propre, même si elle sentait un peu la pisse de chat. Il faut dire qu'elle ne vivait pas seule : Caramel, successeur de Rasibus, partageait son existence, sa table, son lit. Il devait ce nom à sa fourrure couleur de sucre brûlé. Il n'aimait pas les étrangers ; à notre entrée, il avait sauté du lit, s'était caché dessous. Nous avons déposé sur la table nos petits cadeaux : un paquet de café et la traditionnelle boîte de dragées aux amandes. Elle nous a remerciés selon l'habituelle formule :

— C'était pas la peine !... À quoi vous pensez ? Je ne manque de rien, grâce au Maréchal.

Elle vénérait Philippe Pétain, qui avait inventé la « retraite des vieux » ; elle détestait ceux qui disaient du mal de lui et qui n'étaient que des traîne-malheur.

Il pleuvait. Nous sommes allés quand même, sous un parapluie, de porte en porte, saluer les Beuriérois qui se souvenaient encore de moi. Pas l'abbé Tournebize ; il s'était engagé à nous enterrer gratuitement, mais était mort avant nous. Au terme de ces formalités, nous sommes remontés sur nos bécanes pour regagner Royat, laissant derrière nous en souvenir de nos visites un magnifique arc-en-ciel. Ou, si vous préférez, la jarretière de la Sainte Vierge.

9

Je repris mon métier de correcteur, cependant que ma femme trouvait un emploi aux imprimeries Mont-Louis, lesquelles, enlevées à Pierre Laval, appartenaient maintenant à la République. Spécialisées dans les carnets de chèques. Clermont, ville noire depuis Auguste, s'efforçait d'acquérir un peu de blancheur. Des constructions modernes poussaient de toutes parts. Ainsi, en bordure du plateau Saint-Jacques, couvert autrefois de vignes, de jardinets, de cabanes, de haies vives, de sentiers anonymes, de modestes maisons de retraités de la SNCF, les Clermontois éberlués virent s'édifier un alignement de HLM au-dessus de la voie ferrée. Ils lui donnèrent le nom de « Muraille de Chine ». Vu d'en bas, il rappelait en effet la fameuse fortification : deux cents mètres d'appartements sur neuf étages, sans une rupture ; cinq mille mètres carrés de fenêtres toutes pareilles, sans un géranium, faute de bassoirs. À vrai dire, ces enfilades avaient été construites pour voir, non pour être vues. De cette hauteur, le beau panorama embrasse – car rien n'est changé à l'heure où j'écris ces lignes – le vieux Clermont, le jardin Lecoq, le cours Sablon, le puy de Dôme et ses compères. Derrière la Muraille, d'autres blocs aux dimensions plus modestes alternent avec quelques vieilles demeures survivantes. L'église Saint-Jacques-le-Majeur, pour ne pas se laisser dépasser, se hausse vainement du clocher.

Les habitants du quartier doivent côtoyer l'intelligentsia clermontoise grâce à la proximité de la Cité universitaire, du CHRU, de l'École nationale des impôts, des facultés, des lycées et collèges. Alentour, le nom des nouvelles rues est furieusement culturel : boulevard Claude-Bernard, rue Monge, rue Chevreul, rue Taine, rue Montalembert, rue Maupassant, rue George-Sand, rue Marivaux, rue Fernand-Raynaud, rue Vermenouze. On a raison de ne pas donner aux rues seulement des parrains militaires ou politiques ; il est sage d'honorer les poètes disparus, cela permet de ne pas les oublier trop vite. Quel Clermontois se souviendrait de Jacques Delille sans la place homonyme ? De son vivant, il fut pourtant tenu pour le plus grand génie poétique du siècle. Le temps est honnête homme, dit un proverbe. En matière de renommée, il corrige les enthousiasmes et les dédains immérités ; il met chaque valeur à son juste niveau. Quand je considère de nos jours certaines gloires boursouflées sur lesquelles se concentrent les feux de la télévision, de la presse, des salons, des académies, je souris à l'idée de ce que penseront d'elles et de nous les siècles futurs.

Une rue ancienne a conservé son pittoresque nom : la rue des Gourlettes, qui veut dire rue des Petits-Poivrots. Il en descendait beaucoup par là jadis, à la saison des vendanges.

La culture se prolonge au sud sur la commune d'Aubière, accueillie par un campus de soixante-quinze hectares : les Cézeaux. Au nord, par la nouvelle faculté des lettres dont le fronton, percé d'une série de fenêtresmeurtrières, a l'air d'une baleine Moby Dick de béton blanc qui rit de tous ses fanons. On a l'impression qu'il manque un ornement à cette surface désertique, une allégorie, une vague, une aile, une poignée d'étoiles, le symbole du génie. Le « un pour cent » prévu pour les embellissements extérieurs ici n'a pas fonctionné.

Il n'en est pas de même à la proche faculté de droit qui s'orne d'une œuvre de Bourdelle : *La France salue ses juristes.* Droite et drapée, elle serre de la dextre une lance et porte la gauche en visière au-dessus des sourcils pour voir plus loin. À ses pieds, sifflent les serpents du Crime, de l'Iniquité, de la Corruption.

Avenue Carnot a surgi le nouveau lycée Blaise-Pascal. Le « un pour cent » a pourvu sa façade de deux dames portant un écu où sont gravés ces mots : *Penser fait la grandeur de l'homme*. Blaise-Pascal occupe l'emplacement de la caserne Gribeauval construite sous le second Empire. Il loge dans d'immenses parallélépipèdes trois mille élèves. Dont la moitié au moins d'insatisfaits, trop riches, trop pauvres, trop moyens, incompris de leurs professeurs, mal aimés de leur famille. L'architecture moderne est foncièrement parallélépipédique, sans chaleur ni souvenirs. Ce qui explique la plupart de nos dépressions nerveuses. L'âme humaine a besoin d'encoignures, de mystérieuses anfractuosités, de replis et de courbes, de soupentes imprévisibles. Autrement, elle s'ennuie.

Désormais, Clermont n'est plus le Noir de jadis que très partiellement. Autour de l'ancien noyau de pierre volvicoise, ont surgi des immeubles de béton ou de verre : Clermont le Blanc, Clermont le Transparent. Mille choses sont venues l'agrémenter : des rues piétonnières dont le pavage dessine des cercles ou des étoiles ; des bancs publics ; des aires de jeux ; des vasques fleuries ; des candélabres modernes ; des lanternes de style.

On a même eu recours à Alexandre Varenne, l'ancien gouverneur de l'Indochine, l'ancien résistant au régime pétainiste, pour enrichir la place Lamartine. On le voit au milieu de ce terrain assis sur une chaise, les genoux serrés, les mains crispées, orné de sa belle barbe inspirée de Jean Jaurès, de Karl Marx, de Proudhon, de Marx Dormoy, de Fidel Castro, indispensable aux véritables socialistes. J'ignore l'auteur de ce bronze. Toujours est-il qu'il fait pouffer la population clermontoise au même titre que celui du général Desaix. Car sa posture est telle que le pauvre cher homme a l'air d'être assis sur une cuvette de W-C, aux prises avec les affres de la constipation.

Au service de *La Montagne* sur le conseil de Vialatte, j'avais appris presque par cœur et j'employais couramment le *Dictionnaire des difficultés de la langue française* par Adolphe V. Thomas, publié sous la direction de Michel de Toro, docteur ès lettres, ouvrage couronné par l'Académie française. Je savais que le verbe « réouvrir » n'existe pas, qu'il faut écrire « rouvrir », mais « réouverture ». Que le défendeur (féminin « défenderesse ») use exclusivement de moyens juridiques, tandis que le défenseur (sans féminin) peut se servir de ses poings. Qu'une pluie « conséquente » est incorrecte, même si elle tombe à seaux, et qu'il faut lui substituer une pluie importante. Qu'il ne faut pas confondre, comme on le fait souvent, « loin de là » et « tant s'en faut », ce qui donne un barbare « loin s'en faut ». La langue française est farcie d'exceptions, de pièges, de subtilités. Sans cela, comme dit Vialatte, où serait son charme ?

La chronique hebdomadaire d'Alex ne paraissait plus le mardi, mais le dimanche. J'avais souvent l'occasion de la lire en manuscrit où je trouvais, en marge de son écriture grasse et penchée, des indications sur le caractère à employer : *romain*, *italique*, *21 cicéros*, *capitales*, comme s'il eût été imprimeur lui-même. Parfois ornée de croquis à la plume.

En 1959, alors que je me remettais à peine de notre voyage de noces à bicyclette, Henri Pourrat vint à mourir. L'annonce de son décès surprit Vialatte en Provence où il respirait la marjolaine. Il consacra à son ami, son père spirituel, sa référence, une chronique où il le comparait à Virgile, à Gracchus, à Grimm, à Bossuet, au Judex des vieux films. *Il parlait toujours à voix basse, un pan de sa cape devant sa bouche quand le vent soufflait, pareil à un conspirateur... C'était une ombre qui passait sur les jardins au-dessus des fleurs et des avoines. Elle n'a pas eu à changer de forme pour devenir pareille aux prophètes ; il lui a suffi de devenir lumineuse ; il lui a suffi de ce soleil de juillet qui rend diaphanes les roses trémières. Elle est entrée dans les jardins définitifs.* Pour une fois, très exceptionnellement, la chronique ne s'acheva point sur la formule traditionnelle *Et c'est ainsi qu'Allah est grand.*

J'avais repris mes anciennes habitudes. Vialatte reprit les siennes. De loin en loin, il revenait nous rendre visite pour nous faire accepter son mystère. Qui n'a pas le sien, même les esprits simples ? Après le décès de sa femme – avec qui il n'avait pas toujours eu d'excellents rapports, principalement à cause de la cigarette qu'elle prétendait lui interdire –, il décida de faire une retraite à Ligugé, dans une abbaye bénédictine, près de Poitiers. Il y demeura pendant les cérémonies de Noël, en revint réconforté. Quoique profondément chrétien, la mort lui inspirait méditation et inquiétude. Celle des autres plus que la sienne. *Je suis effrayé de ce qui meurt d'unique avec chacun de nous. Il faudrait bien, avant la mort, avoir refait son unité et réalisé son possible. Et dit ce qu'on voudrait avoir dit. On n'a pas lu le quart de son propre livre. Quand vivre ? On n'a pas le temps. Il faut trop choisir.*

Plusieurs de mes collègues, comme j'ai dit, n'appréciaient pas ces chroniques, trop subtiles pour leur esprit rudimentaire. Mais il avait le soutien indéfectible du rédacteur en chef, J.-A. Pourtier. À la lecture de Vialatte, j'avais l'impression que je devenais moins bête. Lorsqu'il venait à Clermont, il descendait chez ses cousins de Montferrand, domiciliés rue des Chandiots. Il y était toujours magnifiquement reçu. Ce qui lui permettait d'écrire que Clermont est une ville de cousins. Il cherchait ses thèmes sur les marchés aux puces, dans les petites annonces, dans les églises, se lamentant souvent : « J'ai bien les herbes, la sauce, les épices. Il me manque seulement le lièvre. » Il lui arriva d'écrire une chronique pour expliquer que, ce jour-là, il n'avait rien à dire. Jamais il ne fut plus brillant. Naturellement, au journal, il ne manquait pas de marcher sur les mains au milieu de nos écritoires. À toute heure du jour ou de la nuit. Puis il repartait en expliquant :

— Je dois rentrer à Paris. J'ai besoin de monter à cheval.

Il faut dire qu'il avait fait la courte guerre de 39-40 en compagnie d'une jument inoubliable appelée Braguette.

À Royat, comme j'ai dit précédemment, Jocy et moi avions de notre douzième étage une magnifique vue sur Durtol et sur la Limagne. À nos pieds, Chamalières, la ville aux chameaux (un historien prétend que les Sarrasins, lors d'une incursion en Auvergne, y avaient établi un dépôt de ces montures bossues, en arabe *Dgiamal*), se transformait, se modernisait. Ce n'était plus le pauvre village de jadis où tictaquaient des moulins papetiers en bordure de la Tiretaine, mais une ville résidentielle, le Neuilly de Clermont-Ferrand. Le thermalisme royadère favorisait sa prospérité, puisque l'établissement thermal, le parc, le casino sont en territoire chamaliérois. Des fouilles archéologiques pratiquées sur son site des Roches ont mis au jour près de sept mille ex-voto en bois de hêtre parfaitement conservés. Ils représentent des pèlerins coiffés de capuches, vêtus de robes longues, de mantelets ; et surtout, en grandeur nature, des jambes, des bras, des mains, des bustes guéris par la source.

Jusqu'au siècle dernier, on soignait à Royat-Chamalières les maladies circulatoires, respiratoires, nerveuses, urinaires, cutanées, digestives, la gravelle, la goutte, la dyspepsie. Bref, on y guérissait à peu près tout. Vous arriviez en plein marasme physiologique, vous repartiez en descendant l'escalier sur la rampe comme le grand-père Kretchen[1].

De nos jours, la cure s'est spécialisée dans le cœur et les artères ; il faut bien laisser aux autres stations un peu de pâture. Parmi nos malades, de nombreux

1. Publicité ancienne en faveur d'un fortifiant.

écrivains : Théophile Gautier, Stéphane Mallarmé, Maurice Maeterlinck, les frères Goncourt, Colette, André Billy, Amélie Murat. Pourquoi cette prédilection des gens de plume ? Sans doute parce qu'ils ont le cœur et les artères fragiles. Fragile aussi le cœur du brave général Boulanger, poète de la politique, qui y cacha ses amours avec madame de Bonnemain. Ses partisans nationalistes et revanchards extrapolaient sa carrière, selon la méthode de Cagliostro, de la manière suivante :

Né à Rennes le 29 avril 1837
Général de division le 18 février 1884
Ministre de la Guerre le 8 janvier 1886
Vainqueur de l'Allemagne le 7 novembre 1890
Président de la République le 17 mai 1891.

En fait, déporté à Clermont-Ferrand en 1887. Il rejoignait chaque jour la vicomtesse à l'hôtel des Marronniers, dans l'ombreuse vallée de la Tiretaine. Lorsqu'elle mourut à Bruxelles de tuberculose, incapable de supporter une séparation éternelle, il se suicida sur sa tombe d'un coup de revolver. Ce qui lui valut de Clemenceau cette oraison funèbre : « Le général Boulanger est mort comme il a vécu : en sous-lieutenant. » Tout le monde sait cela à Royat-Chamalières. Excepté les grands journalistes parisiens qui découvrirent ce « petit village » seulement lorsque son maire Valéry Giscard d'Estaing annonça qu'il était candidat, lui aussi, à la présidence de la République.

Chaque jour, selon les horaires de nos deux emplois, Jocelyne et moi-même descendions de notre perchoir. Négligeant les transports en commun parce que la marche aussi est bonne pour l'appareil circulatoire, nous marchions jusqu'à Clermont. Si Chamalières et Royat sont des villes petites, l'ancienne Augustonemetum est une ville moyenne. Son nom ne dépasse guère les frontières de la France bien que plusieurs de ses produits jouissent d'un renom international. Ni trop grande, ni trop réduite, ni très belle, ni insupportable à vivre, moyenne dans toutes ses dimensions. Peuplée pour une moitié d'Auvergnats authentiques comme il est naturel et pour l'autre de Français moyens, côtoyant des immigrés qui ne sont excessifs ni par leur nombre, ni par leur état. Presque tous travaillent dans ce qu'ils appellent la Grande Maison. Ou bien ils y ont travaillé. Ou bien ce sont leurs descendants ou leurs ascendants. Ou bien ils se préparent à y entrer. Ce qui explique que, formés par la fabrique de pneumatiques, la plupart ont les oreilles en forme de pneus X.

Quand on demande à l'un de ces tard-venus s'il aime sa ville d'adoption, il répond d'ordinaire : « Moyennement. »

Clermont n'a jamais suscité de passion fulgurante. Pour en goûter le charme suranné, il faut plusieurs décennies de fréquentation, de patience, d'étude. Mais une fois que la ville vous a gagné, cet amour moyen est un amour qui dure. Particulièrement si vous habitez sa banlieue, Royat-Chamalières.

10

La vie est faite de naissances et de morts. C'est vrai pour les champignons, pour les animaux, pour les plantes, pour les hommes.

En 1960, nous eûmes une fille qui reçut le prénom de Lucile. Elle avait aussi cette particularité physiologique étrange, héritée de moi, de posséder les pouces de ses deux pieds d'une grosseur excessive. Surprenante. Drolatique. Anomalie sans conséquence qui ne m'aide ni à courir ni à nager. Ma femme dit au revoir à Mont-Louis pour s'occuper exclusivement de son éducation. C'était une enfant intelligente. Elle apprit à lire toute seule en déchiffrant les étiquettes. En commençant par *LIMONADE* qui lui apprit quatre voyelles et quatre consonnes. Je l'y aidai un peu. Nous sommes ensuite passés à *VINAIGRE*. Suivi de *CHOCOLAT*. Les instituteurs d'aujourd'hui se chamaillent et tirent la barbe à leur ministre pour déterminer s'ils doivent enseigner la lecture selon la méthode « globale » ou la méthode « syllabique ». Aucun ne parle de la méthode des étiquettes. Il doit en exister d'autres. Selon moi, il n'est point de bonne ni de mauvaise méthode. Il n'y a que de bons et de mauvais maîtres.

À Lucile, je racontais *Le Petit Chaperon rouge* en complétant à ma façon la conjugaison du verbe *choir* : « Tire la chevillette et la bobinette cherra. » À quoi j'ajoutais pour plus de clarté :

— Le loup tira la chevillette et la bobinette chut.

Cette chute plut tellement à ma petite que, lorsque je m'arrêtais, elle l'ajoutait d'elle-même :

— … chut !

Notre passé simple d'un verbe défectif dans une bouche de deux ans était à pleurer de rire et d'attendrissement.

Lorsqu'elle entra à l'école maternelle, elle en savait presque autant que la maîtresse. Si celle-ci lui demandait le métier qu'elle désirait plus tard entreprendre, elle répondait :

— Tutitrice.

Nous la nourrissions de *rémicelle* et de *papioca*. Nous jouions aux cartes tous les trois. Principalement au jeu des sept métiers, qui lui révélait un monde presque entièrement disparu : le forgeron qui façonne au marteau sur l'enclume une lame de fer chauffée au rouge cerise ; le tanneur qui met en fosse les peaux et les recouvre de tan ; le charbonnier qui fait cuire à l'étouffée, dans les bois, des branches qui se transforment en charbon ; les scieurs de long qui fendent des troncs en planches ; la dentellière qui entrecroise des fils sur son carreau ; le fuselier qui tourne les fuseaux de buis sur son tour à pédale. Pareillement, nous la promenions à travers l'histoire et la géographie.

Elle venait d'accomplir sa troisième année lorsque nous apprîmes le décès de grand-mère Léonie. Vaillante jusqu'au dernier moment, celle-ci avait toujours refusé d'aller, comme on disait alors, finir ses jours à l'hôpital.

« Plus tard, peut-être. Quand je serai vieille. Quand je pourrai plus marcher. »

Cette disgrâce lui fut épargnée. Un matin, ses voisins s'aperçurent que ses volets restaient fermés. Ils cognèrent du poing, appelèrent sans obtenir de réponse. Le maire fut averti. Un serrurier vint ouvrir la porte. On trouva la sacristine toute roide dans son lit. Des femmes la peignèrent, l'habillèrent, lui mirent ses souliers, lui lièrent les mains d'un chapelet, placèrent une grosse boîte d'allumettes sous son menton pour l'obliger à fermer la bouche. Confiant Lucile à une amie, Jocy et moi fîmes le voyage de Beurières sur un autobus départemental. Il faisait un froid de janvier. Quelques flocons tombaient que le chauffeur appelait des mouches blanches. Partis à six heures du matin, nous arrivâmes au lever du jour. La porte de la grand-mère était grande ouverte, Léonie ne craignait plus les engelures. D'autres vieilles femmes lui tenaient compagnie en récitant des prières. Et aussi le chat Caramel, couché sur ses pieds. Elle nous attendait, coiffée de son bonnet bergère. Je m'étonnai du chat.

— Il est invalide, m'expliqua une voisine. Sourd et aveugle.

J'embrassai le front froid de mémé Léonie qui m'avait servi de mère. Vinrent les croque-morts et leur boîte. Ils y couchèrent la défunte. Le chat sauta par terre et courut se réfugier derrière la cuisinière. À l'église, tous les Beuriérois nous attendaient. Le jeune curé fit ce qu'il devait faire. Léonie fut ensuite transportée au cimetière et ensevelie par le fossoyeur dans les règles de l'art. La cérémonie fut, à l'auberge, prolongée par les *séboutures*, le repas des funérailles, servi aux personnes venues d'un peu loin. Par tradition, il se composait d'un bouillon gras au vermicelle, d'un pot-au-feu avec pommes de terre, vin et café. À la place du fromage, fut récité un *De profundis*. Suivi d'une quête dans un chapeau. Chaque convive y laissa tomber à peu près le montant du repas s'il avait dû le payer. La somme fut donnée au curé pour chanter des messes au profit de la défunte.

— Et le chat ? s'étonna quelqu'un.

— Je peux l'assommer d'un coup de pioche et l'enterrer dans le jardin de Léonie, suggéra le garde champêtre.

— Pas question ! protesta ma femme. Il ne mérite pas ça. Je l'adopte.

Elle regarda vers moi, j'approuvai mollement. Il fut capturé, enfermé dans un panier à couvercle. Dans l'autobus, il miaula de chagrin tout le long de notre retour. À Royat, une corbeille capitonnée lui servit de domicile. Une caisse de sciure pourvut à ses besoins. Lucile le prit sous sa protection. Il se déplaçait à pas comptés pour ne pas se heurter aux meubles qu'il ne voyait pas venir.

En 1963, ma femme se trouva de nouveau « embarrassée », c'est-à-dire dans l'attente d'un autre heureux événement. Nous espérions un garçon, ce fut une seconde fille : Valentine, raccourcie bientôt en Titine. Sa sœur Lucile se convertit aussitôt en *titutrice*. Elle lui enseigna les bonnes manières : comment on tète le biberon, comment on marche à quatre pattes, comment on se lèche avec la langue quand le nez coule, comment on crache le noyau de la cerise si l'on ne veut pas se boucher le pétard. À la vérité, c'est moi qui leur avais appris ce dernier mot, malgré les protestations de ma femme. Ayant reçu à Sup de Co une parfaite instruction, elle n'employait jamais de vocable déplaisant. Pas même le mot de Cambronne s'il lui arrivait de se taper sur les doigts. Dans ces circonstances, elle poussait une exclamation géographique :

— Mer d'Azov !

Une mer qui existe réellement au nord de la mer Noire. On ne perdait pas son temps à la fréquenter.

Les deux sœurs grandirent côte à côte. À six ans, Titine révéla qu'elle avait des dons pour la dînette : elle mélangeait dans une petite casserole du sable, de la sciure et des feuilles de chou, ce qui produisait de la choucroute. Nous prîmes l'habitude de désigner chacune de nos filles par sa future et probable profession, disant l'institutrice pour l'aînée, la cuisinière pour la seconde.

Nous eûmes un autre chagrin, celui de perdre Caramel. Malgré nos soins, il ne mangeait plus, ne buvait plus. Nous dûmes nous résigner à le confier à un vétérinaire qui lui procura une mort douce. Sa petite âme rejoignit celle de grand-mère Léonie en attendant la nôtre. Je nous vois très bien, le moment venu, nous prendre par la main ou par la patte, danser et chanter la ronde des bienheureux. Chacun se crée un paradis selon sa propre nature. Les Persans y voyaient un jardin planté d'arbres. Les musulmans le préfèrent habité de femmes aux yeux de gazelle. Les chrétiens le remplissent par la présence de Dieu et par la compréhension des Mystères. Pour moi, je voudrais y retrouver les personnes qui m'ont aimé ou que j'ai aimées : ma mère, dentellière d'Arlanc ; ma grand-mère sacristine ; mon grand-père épinglier tombé à Verdun. Quelques illustres inconnus qui ont mérité les éternelles délices et qu'on me présenterait :

— Regarde ce gros bonhomme en bas de soie : c'est le roi Louis XVI. Ce boiteux tout rabougri au long nez : Blaise Pascal. Cette demoiselle aux cheveux courts : Jeanne d'Arc. Ce barbu qui joue avec des colombes : François d'Assise. Cet homme sans barbe : Jean Bosco qui apprenait un métier aux jeunes voyous.

Fréquenter même de loin Jeanne d'Arc et Blaise Pascal, quel honneur, quelle félicité ! Je ne craindrais pas de remonter jusqu'à Vercingétorix, quoiqu'il ne fût point baptisé. Je n'exclurais point les chats Rasibus et Caramel, pas baptisés non plus. Tout autre paradis ne présenterait pour moi aucun intérêt.

La guerre d'Algérie, qui durait depuis huit ans, prit fin grâce aux accords d'Évian, au référendum qui les confirmait, à l'expulsion d'un million de pieds-noirs et de cent quarante mille harkis, à la mort de milliers de combattants des deux bords. Nos soldats survivants regagnèrent leurs familles. Certains très fâchés de ce qu'ils avaient fait, d'autres tout glorieux. Un voisin chamaliérois tint à nous présenter son fils, revenu de là-bas décoré.

— Il vous en racontera de belles ! nous promit-il. Il s'appelle Rémy.

Nous n'avions aucune raison de refuser. Le jeune homme nous prépara le thé à la mode algérienne, en le versant de très haut dans nos tasses.

— Il est presque devenu kabyle, expliqua le père. Un de ces jours, il nous préparera un méchoui.

Rémy passa aux confidences. Il raconta les horreurs de la guerre, les attentats contre les colons, les massacres des civils, les supplices que les combattants du

FLN infligeaient à leurs prisonniers : ils leurs tranchaient les testicules et les leur fourraient dans la bouche.

— Mais, poursuivit Rémy, on savait se venger. Quand on avait brûlé un village, on se payait sur les femmes.

— Quelle sorte de paiement ?

— On les violait, pardi ! Quant aux prisonniers, on les passait à la gégène pour les obliger à parler. Ensuite, corvée de bois.

— Qu'est-ce que c'était ?

— Les mains liées derrière le dos, on les emmenait dans une forêt. Et là, on les allumait.

— Vous les faisiez brûler ?

— C'est une façon de dire : on les zigouillait. Les corps étaient abandonnés sur place, pour qu'ils servent d'avertissement à leurs copains.

Un silence. Un long silence. Ma femme le rompit pour demander :

— Vous avez fait ces choses-là vous aussi ?

— Trois fois. C'était commandé.

— Vous avez tué des hommes désarmés ? En somme, vous êtes un assassin.

Il fallut voir les yeux écarquillés, les bouches béantes du père et du fils. Lui, un assassin ? Comment un tel mot pouvait-il être prononcé dans un appartement de Royat en 1963 ? Rémy retrouva son souffle :

— Et eux, que faisaient-ils à nos hommes prisonniers ? Les parties dans la bouche !

— Mais eux, ils en avaient le droit.

Nouveau silence suffoqué.

— Comment, le droit ? fit le père. Quel droit qu'ils avaient ?

— Ils tuaient, ils torturaient pour défendre leur terre, pour conquérir leur indépendance. Les troupes françaises les occupaient, de même que les troupes allemandes nous ont occupés en 40-44. Nous étions chez eux. Ils avaient le droit de nous en chasser.

— On s'en va, dit le père.

Il empoigna son fils par le coude, tous deux sortirent sans nous dire au revoir. Inutile de préciser que nous ne nous sommes jamais revus.

Cette rencontre, ce débat nous plongèrent, Jocy et moi, dans un abîme d'interrogations. Peu touchés jusque-là par ce que les informations appelaient une « entreprise de pacification » heureusement terminée, nous nous mîmes à lire des ouvrages qui en parlaient : *La Question*, d'Henri Alleg ; *Lieutenant en Algérie*, de Jean-Jacques Servan-Schreiber. Nous avons vu des films sur le même sujet : *La Bataille d'Alger*, de Pontecorvo ; *Avoir vingt ans dans les Aurès*, de René Vautier. Nous sommes sortis horrifiés de cette enquête. Elle a contribué grandement, plus tard, à mon entrée dans le bénévolat d'imprimeur par lequel j'ai souhaité rendre un peu à nos anciennes colonies de ce que nous leur avions pris. Rendre quelques gouttes volées à la mer.

En attendant de parvenir à ma retraite et à ma liberté de mouvement, je dus traverser le carnaval de mai 68. De même qu'au Moyen Âge il était permis, le seul jour qui précédait les Cendres, aux serfs de se déguiser en maîtres, aux bedeaux de se coiffer d'une mitre d'évêque, à toute la population chrétienne de se lancer dans les impiétés et les extravagances, de même on vit dans les lycées et les facultés les grimauds donner des notes à leurs professeurs, les inférieurs se promouvoir supérieurs, les mineurs proclamer leur majorité. Le peuple a besoin de carnavals qui lui permettent de se défouler, d'oublier un moment sa misère et sa servitude. La sainte Église catholique et apostolique cherche bien à le persuader que dans un monde meilleur les derniers seront les premiers, mais au-delà de cette espérance, le peuple réclame un acompte de béatitude. C'est ce que Charles de Gaulle appela la chienlit.

Toutes les vieilleries se trouvèrent bousculées : les casernes, la banque, le cinéma, les syndicats, les patrons et surtout, naturellement, les écoles. Cohn-Bendit remplaça Jésus-Christ. Aux portes des collèges, on lut cette inscription : *Il est interdit de ne pas fumer*. Les étudiants parisiens, généralement fils de bourgeois et possesseurs de tous les biens terrestres, réclamèrent seulement de l'imagination. Les ouvriers de la CGT réclamèrent du bifteck et du couscous. Les accords de Grenelle leur donnèrent satisfaction en augmentant de trente-cinq pour cent le salaire horaire minimum.

Chamalières et Royat ne souffrirent pas trop de cette pseudo-révolution. Clermont s'en tira avec quelques vitrines brisées. Resta au cœur des jeunes, néanmoins, la nostalgie du carnaval. Depuis, il se répète en moyenne tous les dix ans. *La Montagne* rendit compte aussi bien qu'elle put de ces événements, au grand profit de son tirage. En attendant leur répétition, la France, débarrassée de l'Indochine, du Maroc, de la Tunisie, de l'Algérie, de l'Afrique noire, connaissait une période de bonheur.

« Méfie-toi du bonheur, dit un proverbe bantou, un malheur est attaché à sa queue. » Trois ans après les événements de mai, *La Montagne* perdit – un autre mois de mai – le plus talentueux de ses collaborateurs : Alexandre Vialatte. De même qu'il était né en 1901 par inadvertance hors d'Auvergne à Magnac-Laval où son père était en garnison, il mourut par inadvertance, un bic à la main, la nuit du 3 à l'hôpital Necker, après une opération chirurgicale parfaitement réussie. Personne près de lui pour lui fermer les yeux. On trouva sur son lit le texte inachevé de sa dernière chronique… *On imagine généralement (parce que c'est vrai) que l'homme est un quinquagénaire en train de promener son chien sur le boulevard Arago à l'heure où les étoiles s'allument et de regarder le Baudrier d'Or avec un faux air d'innocence, tandis que son caniche souille le marbre d'un immeuble résidentiel. C'est une vision photographique de l'homme. Le docteur O'Grady, de Maurois, en avait une vision chimique. Il estimait que l'homme se compose en gros de deux seaux d'eau, de quelques bribes de divers autres ingrédients, et de très peu de fer (même pas de quoi faire un clou). Ce qui ramenait les chagrins d'amour…* Ces lignes ont été publiées par plusieurs auteurs ; tous ont cherché à compléter la phrase inachevée. Je m'y essaye à mon tour : *… à une combinaison de laboratoire où entrent un acide et une base.*

On me savait son admirateur. Je fus délégué à ses obsèques au cimetière d'Ambert. Je n'y trouvai pas grand monde. Ni le maire ni le sous-préfet n'avaient jugé bon de se déplacer. L'avocat Jean Banière prononça une émouvante oraison funèbre dans laquelle il soulignait, chez Vialatte, le penseur à côté du bouffon, le chrétien à côté du sceptique. *Sa réflexion devenait plus profonde. Au détour d'un article d'actualité, on trouvait une méditation qu'aurait pu griffonner Blaise Pascal. Écoutez cette phrase dramatique de grandeur :*

« Dieu se dissimule comme le loup de la devinette qui se cache dans sa propre image au milieu des branches du pommier. On ne voit plus que Lui quand on L'a découvert. D'autres ne voient jamais que le pommier. »

On s'est demandé longtemps, on se le demande encore, si Homère et Shakespeare ont réellement existé. Existé comme Pierre, Maurice, Antonin. S'ils mangeaient de la soupe ou du fromage, s'ils éternuaient, s'ils dormaient de préférence sur le côté droit pour ne pas gêner les mouvements de leur cœur. S'ils se lavaient les pieds la veille des grandes fêtes. On n'arrive pas à dresser leur carte d'identité irréfutable : date et lieu de naissance, nom du père, nom de la mère, signes particuliers… Et pourtant il a bien fallu que quelqu'un écrive *L'Iliade*, *Roméo et Juliette*. Pourrait-on croire que ces œuvres admirables se sont écrites toutes seules ? Ou par l'opération d'un auteur immatériel, comme l'archange Gabriel imprimant le Coran sur la peau de Mahomet qui ne savait pas écrire ?

Je me demande pareillement si Vialatte fut, comme ces illustres prédécesseurs, un écrivain réel, qui fumait la cigarette, qui marchait sur les mains, qui montait à cheval, qui plongeait dans le *gour* de Tazenat, qui faisait le grand soleil à la barre fixe. Peut-on réunir chez un même homme tant d'aptitudes indépendantes ? J'en viens à cette conclusion que Vialatte fut, de même que Shakespeare et Homère, un auteur *virtuel*, au même titre que la plupart de ses personnages. C'est-à-dire sans réalité concrète, pures conceptions de l'esprit, sortes de fumées aux contours vaguement humains. Leur existence est possible, mais incertaine. Ou inversement : certaine, mais invraisemblable. Y a-t-il rien de plus virtuel, par exemple, que ce « Musée des objets ordinaires » qu'il décrit, tenu à Marsac par les demoiselles Comte, où l'on pouvait voir un *vrai* billet de cinq francs sous une cloche de verre, avec étiquette et nom latin ? Plus virtuel que cet aubergiste qui tenait en même temps un bistrot et une boutique d'armurerie et montrait cette enseigne : *Vin bière casse-croûte pistolets* ? Tant son univers – et donc lui-même – m'apparaît comme un assemblage de choses inventées, d'êtres auxquels il a donné vie en soufflant dessus, pareil à Dieu le sixième jour de sa Création. Plus beaux que nature. Mais aussi fragiles que des bulles de savon.

On croit être en plein rêve, et pourtant cela fut. Vialatte a réellement existé. Je l'ai vu sous son chapeau de coutil que je trouvais gris, mais qu'il prétendait blanc. On va sans doute lui dresser un monument, à Ambert ou ailleurs, au bord d'un lac, d'une oasis, d'un fleuve peuplé de crocodiles. Il y était par principe opposé : *Je n'aime pas voir la statue des hommes que j'ai connus ; on n'est jamais plus mort qu'en bronze.*

Il dort dans la terre du Livradois en compagnie de son père, le capitaine Vialatte. Le père était plus connu que le fils de la population ambertoise, plus estimé aussi sans doute, parce qu'il complétait sa modeste pension militaire en relevant les compteurs électriques. Plus sérieux aussi. Jusqu'à ses dernières années, Alex resta un adolescent qui jouait des niches à la société, s'amusant à nous faire croire qu'il élevait un boa dans sa chambre ; que rentrant au collège Blaise-Pascal il avait introduit une vache dans le dortoir, au grand scandale du concierge et du principal.

Je me souviens d'un long bavardage que nous eûmes ensemble à un carrefour de Clermont très fréquenté. Nous nous tenions au milieu, gênant considérablement la circulation, les voitures devaient nous contourner.

Vialatte semblait sourd aux injures et aux coups de Klaxon. Me sachant passionné de grammaire, il m'entretenait de l'imparfait du subjonctif :

— Jamais, affirmait-il, une langue n'est trop difficile. Jamais elle n'oppose trop d'exceptions à ses règles. Sinon, ce serait comme si n'importe qui pouvait jouer du Chopin au piano.

Pour moi, j'aurais volontiers battu en retraite vers le plus proche trottoir ; mais il était en train d'évoquer nos ancêtres auvergnats et patoisants à qui l'imparfait du subjonctif était aussi familier que leur soupe aux choux :

— *Aguesse vogù ke vou me veguessé !* J'eusse voulu que vous me vissiez ! C'est du Cicéron tout pur !

À l'heure où j'écris ces lignes, j'apprends que l'on a édifié à Vialatte le monument dont je rêvais. Œuvre de son ami Philippe Kaeppelin. Il est construit à Ambert près des urinoirs de la SNCF, ce qui lui assure une fréquentation quotidienne et durable.

11

Il m'a fallu poursuivre au journal ma tâche de correcteur sans la collaboration dominicale du merveilleux Alex. Heureusement, de grandes choses se déroulaient dans le monde qui m'occupaient la pensée et le cœur. Nos filles, l'institutrice et la cuisinière, faisaient de brillantes études au collège Teilhard-de-Chardin. Clermont accentuait son changement. Ses tramways laissaient la place à des autobus ; beaucoup d'usagers regrettaient les disparus, peu rapides, mais spacieux, sonnaillants, couronnés d'étincelles bleues. Derrière la statue du général Desaix, s'étendait un lacis de ruelles obscures portant le nom de « fond de Jaude ». Comme on dit fond de tonneau, fond de bouteille, avec la lie que le mot sous-entend. J'allais parfois m'y promener parce que l'étroitesse des voies en faisait une réserve piétonnière ; pour leur fraîcheur estivale ; pour leurs petits artisans, un bourrelier, un ébéniste, un plombier-zingueur, un marchand d'instruments de musique. Il m'arrivait d'entrer chez madame Roseline afin de la consulter sur mon avenir. Pour dix francs, elle me tirait les vers du nez avant de me rendre aux tarots les révélations que je venais de lui faire :

— Je vois près de vous une femme rousse…

— Mon épouse est blonde.

— Je veux dire une sorte de clandestine qui s'intéresse à vous. Pensez-y bien.

— Peut-être la standardiste du journal ?

— C'est sûrement elle. Ouvrez les yeux.

Au fond de la rue d'Assas, le café Villedieu était le rendez-vous des socialistes inoffensifs, grands joueurs de manille. Rue Jolie (elle aurait dû s'appeler rue Joly parce qu'elle n'était pas belle et qu'elle devait son nom à monsieur Paul Joly, ancien préfet du Puy-de-Dôme), le cabaretier Chomette, animateur de la Confrérie du Bousset, mais qui aurait dû présider la Confrérie des Barriques, racontait avec drôlerie des histoires d'enterrement. La municipalité décida de raser ce quartier, de le remplacer par des constructions plus honorables. Avec stupeur, les Clermontois virent en action un énorme pendule de fonte aérien qui défonçait les vieilles façades, révélait un moment ces intérieurs sordides où des générations de pauvres gens avaient vécu, souffert, aimé, espéré. On reconnaissait un escalier suspendu, un potager de cuisine étripé, des portes qui battaient comme des ailes. Puis tout s'écroulait dans un nuage de poussière. Pendant des années, le fond de Jaude eut l'air d'une zone bombardée. On l'entoura de palissades peu hermétiques, des voitures se faufilaient à l'intérieur, se parquaient, malgré ses convulsions, sur ce terrain sans péage. Des sureaux poussèrent çà et là, tandis qu'en bordure grandissaient les premiers immeubles de béton précontraint.

— Ce matin, me raconta une des dernières habitantes de ces décombres, des flics m'ont engueulée parce que je me trouvais dans ma cour. Sous la fenêtre de ma cuisine. Ils me prenaient pour une clocharde. « Non mais, que j'y ai dit aux flicards. Vous m'avez pas bien regardée ! Je suis pas une clocharde, moi, attention ! J'observe mon ancien appart, avant qu'on me reloge. Excusez-vous !

— Et ils se sont excusés ?

— Des excuses de flics, ça n'existe pas. C'est comme du plomb en or !

Des plaques portaient encore les noms de rues condamnées à disparaître : rue Duprat, rue des Petits-Escaliers, rue de Jaude, rue des Peigneurs.

Est ensuite venue la phase constructive. Des grues ont promené dans les cieux les éléments préfabriqués d'un gigantesque jeu de construction. Qu'allait-il sortir de ce remue-ménage ? La mairie répondait :

— Des logements, trois rues couvertes par des verrières, des bureaux, des cafés, des commerces, des restaurants, mille places de parking souterrain, des salles de conférences, sept cinémas.

— Sept d'un coup ?

— Il faut préparer un Clermont de trois cent mille habitants.

Longtemps à l'avance, toute la presse annonça, comme une éclipse, le jour inaugural. L'endroit avait changé d'appellation : ce n'était plus l'infâme fond de Jaude, mais le Centre Jaude. Mystère de la géométrie urbaniste. Les curieux s'y écrasèrent. On se perdit un peu dans les entrées, les sorties, les escaliers, les couloirs, les étages. Les fresques de la façade, dans le style catalogue des 3 Suisses, désappointèrent un peu. L'ensemble parut nouveau, certes, mais plutôt étriqué. On trouva que, vu de l'extérieur, le profil général ressemblait bien à un jeu de construction, mais assemblé par un gamin de dix ans. Il était quand même amusant d'errer parmi ces boutiques disparates. De humer la bonne odeur de pain cuit devant vous par le boulanger du rez-de-chaussée. De flâner à la FNAC dans l'univers des cassettes, des photos et des livres : on y pouvait consommer le roman de son choix sans dépenser un centime, assis sur la moquette ou dans un fauteuil.

Les soirs d'été, quand le complexe commercial avait fermé ses grilles, son parvis devenait toutefois le point de rassemblement de jeunes chevelus en compagnie de motocyclettes patibulaires. Aucune femme honnête, aucun agent de police solitaire n'osait passer par là. Le Centre Jaude redevenait l'obscène fond de Jaude.

Bien d'autres mutations se produisirent dans la capitale française du pneumatique. Avec plus ou moins de bonheur. Les anciens jardins de l'Hôtel-Dieu furent sacrifiés au profit de boutiques, de magasins, d'un hôtel quatre étoiles. Vis-à-vis, une Maison des Congrès et de la Culture très utile et très fonctionnelle une fois qu'on en avait découvert la porte d'entrée. Une Maison des Sports occupa une partie de la place des Bughes, ancien champ de manœuvres pour les régiments de la ville, ancien marché aux jarres si l'on en croit son nom. La Tiretaine cessa de couler à visage découvert. Une gracieuse église, Notre-Dame-de-la-Route, avenue Bergougnan, offrit sa protection aux automobilistes. Un nouveau temple protestant, planté rue Marmontel, ressembla à un clou de tapissier. Place Lamartine, l'Alexandre Varenne en bronze et assis fut remplacé par un buste du même beaucoup plus honorable.

Restaurations. La rue des Chaussetiers vit reparaître quelques belles devantures en anses de panier que dissimulaient d'affreuses vitrines d'aquarium. Montferrand sortit de sa laideur. Tenue longtemps en grand mépris par les édiles clermontois. Ils n'y paraissaient qu'une fois l'an pour couronner la rosière. Elle entendait le discours du maire :

— Mademoiselle, vous êtes vierge – du moins je le suppose – et offrez par là un remarquable exemple de vertu aux jeunes filles montferrandaises. Vous méritez donc bien l'honneur que nous vous conférons.

Après quoi, il se penchait vers elle et déposait sur ses joues deux baisers moustachus.

À ce bourg misérable rattaché à Clermont par le mariage forcé de 1731, l'arrivée de l'industrie caoutchoutière avait fourni du travail à la population, sans arranger l'habitat. Les usines Michelin, les pistes Michelin, le stade Michelin, les cités Michelin, l'église Michelin, la coopérative Michelin avaient encerclé la vieille bastide, devenue « comme un fossile enchâssé dans l'alluvion urbaine » selon l'expression du géographe Philippe Arbos. Les habitants s'arrangeaient comme ils pouvaient dans leur coquille, bouchant une fenêtre par-ci, brisant des meneaux par-là ; vendant leurs vastes cheminées afin de les remplacer par des cuisinières à charbon ; bazardant aux Américains en manque de passé des tympans sculptés ; installant dans leurs cours des clapiers, des poulaillers ; pratiquant ce que Théophile Gautier avait appelé des « raccommodages d'Auvergnats ».

Vint alors la loi Malraux sur la restauration du patrimoine historique et artistique de la France. Il n'était pas question de blanchir les murs condamnés à une noirceur indélébile ; mais on pouvait les décroûter. Les maçons ont dégagé les ogives, les portes et les fenêtres Renaissance, rétabli les arcades, détruit les cagibis, dissimulé les boîtes aux lettres, enterré les lignes électriques. Aux yeux stupéfaits des « mulets blancs » (surnom des Montferrandais) est apparue une ville inespérée. Une ville médiévale en parfait état de fonctionnement.

En 1978, cédant à la pression de l'institutrice et de la cuisinière, nous avons acheté une voiture Ford couleur tomate qui nous a permis d'atteindre sans fatigue certains points élevés que nous ne connaissions guère que par ouï-dire. Notre excursion inaugurale nous a transportés jusqu'au sommet du puy de Dôme. Cette montagne a été placée judicieusement par le Créateur au centre du département qui lui doit son nom. Et même au centre de l'Auvergne, afin d'être vue de partout, comme le nez au milieu de la figure. Le puy de Dôme est le nez de l'Auvergne ; s'il eût été plus court, toute sa face aurait changé.

Les physiognomonistes s'accordent à dire que le nez confère au visage son caractère le plus remarquable. Il fut bourbonien chez les rois de France, aquilin chez le Grand Condé, finement busqué chez Pascal, retroussé chez Joséphine de Beauharnais, fort et massif chez Charles de Gaulle. Il souligne la race, révèle la jeunesse ou le grand âge, la sagacité ou la sottise, la sincérité ou la dissimulation, la vigueur ou la faiblesse, la rancune, la curiosité, la gourmandise, la froideur. Voilà pourquoi le puy de Dôme parle chez nous plus que tout autre sommet. Épaté, légèrement camus, rond du bout, large dans sa racine, il exprime la bonhomie, le rire facile. Un nez de grand-père. Toutefois, son profil varie suivant qu'on l'examine de l'ouest, de l'est, du nord ou du midi. À le bien considérer, il remplace donc la boussole et indique votre orientation. Il remplace même le baromètre. Avant de mettre un pied dans la rue, les Clermontois observent s'il a mis ou non son chapeau de nuées. Si oui, aucun ne se hasarde à sortir sans parapluie. Ses oracles ne trompent guère : le puy de Dôme a le nez creux.

C'est qu'il n'ignore rien de notre passé, de notre présent, de notre avenir. Il était déjà en place lorsque les Celtes, venant de l'Europe centrale, envahirent notre pays à petites étapes, en compagnie de leurs femmes, de leurs enfants, de leurs bœufs, de leurs chariots. Impressionnés sitôt qu'ils le virent par l'éloquence de ce tarin, ils s'exclamèrent :

— Sacré nom de Teutatès ! Voilà un site parfait pour y installer notre culte !

Afin d'atteindre la cime, ils ouvrirent dans le flanc méridional un sentier zigzagant. Il y est encore, on l'appelle le « chemin des muletiers ». Ainsi le mont Doumias (telle fut sa première identité) devint un de ces hauts lieux où souffle l'esprit. Si rudement en certaines saisons que les visiteurs doivent se bien cramponner à leur chapeau.

Plus tard, Teutatès se démit devant Mercure. Les Gallo-Romains lui construisirent un temple dont subsistent de beaux restes. En 1876 y fut inauguré un observatoire météorologique permanent. Les gardiens devaient supporter les rigueurs de l'hiver et de la solitude. Quelques-uns, ne pouvant y résister, préféraient se pendre dans les bois environnants. L'été, au contraire, voyait y grimper une foule de promeneurs. À partir de 1906, un chemin de fer les amena sans fatigue. Remplacé plus tard par une route bitumée interdite aux piétons et aux cyclistes. En fait, la première autoroute de France. Il n'y manque rien, pas même le péage.

Le volcan qui a vu naître, grandir et mourir tant de choses, tant d'idées, tant de personnes, a senti pousser d'autres verrues sur son blair historique : une tour de télévision, des radars militaires, des paraboles dont le commun des visiteurs ignore l'usage. Vers les années 1980 apparaissent les libéristes. On les reconnaît dès le péage à leurs voitures porteuses de longs rouleaux bariolés. Quand elles ont gravi quatre kilomètres pentus, elles arrivent en haut toutes fumantes. Il en descend deux garçons en blue-jeans qui déchargent leurs toiles, les déroulent, les ajustent et construisent un énorme cerf-volant appelé deltaplane : un triangle de toile retenu par une armature en tubes de duralumin ; à la médiane est suspendu un autre triangle, à peu près équilatéral. Le libériste s'attache par une sangle à son sommet, se couche sur la base, tandis que ses semelles reposent sur une sorte d'étrier. Il ne peut décoller que si le vent souffle assez fort et du bon côté. Pour s'en assurer, il arrache une poignée d'herbe, en laisse tomber les brins, apprécie la façon dont ils s'éparpillent. Au moment propice, il court quelques pas, s'élance, part à l'horizontale. Le voici homme-oiseau. Le ventre scié par sa tringle, il évolue au-dessus des forêts, des puys et des cratères, dans un silence merveilleux que trouble seule la vibration des toiles. Toute l'Auvergne est au-dessous de lui, depuis la cordillère du Forez jusqu'aux crêtes blanches du Cantal. Les plaines, les plateaux parsemés de villes et de villages. Le serpent bleu de l'Allier. Les clochers le menacent de leurs coqs.

— Un homme-oiseau ? lui crient les hirondelles. Essaye donc de pondre un œuf !

En 1982, Lucile fut reçue à l'École normale et mérita son titre d'institutrice. L'année suivante, notre cuisinière Valentine épousa un vrai cuisinier, propriétaire d'un restaurant vichyssois. Bientôt, elles s'arrangèrent toutes deux pour nous conférer les titres de grand-père et de grand-mère.

Après ce double bonheur, un autre malheur nous frappa. « La vie, disait souvent mémé Léonie, est faite comme nos montagnes, de hauts et de bas. » Mon père souffrait d'irrégularités cardiaques. Lorsqu'il montait chez nous, il se plaignait de nos étages.

— Mon médecin m'interdit l'altitude. Chaque fois que je viens ici, la visite me coûte un mois d'existence.

— Ce n'est pas possible, l'ascenseur te transporte.

— Prends mon pouls, tu verras le résultat.

Je le cherchais dans son poignet, à peine perceptible. Par moments, il semblait s'arrêter comme un cheval fourbu, avant de repartir. Je savais que ces faux arrêts se nomment extrasystoles ; qu'après un instant de pause le cœur repart plus vite, par compensation ; qu'ils sont une conséquence de l'abus du cigare. Je comptais les pulsations : quatre-vingt-quinze ou cent. Pour conclure :

— Tu fumes trop. Telle est la cause de ton mal.

Il avait le bout des doigts jaunis et la voix rauque ; mais il prétendait que le tabac lui était aussi indispensable que l'oxygène.

— D'ailleurs, il faut bien mourir de quelque chose. J'aime mieux mourir dans le plaisir que dans la souffrance.

Il eut satisfaction. Un matin, il oublia de se réveiller. Comme il ne répondait pas à mes appels téléphoniques, je courus à son domicile, rue de Ceyrat. C'était un dimanche, Aurora ne venait qu'en fin de journée. Je le trouvai dans son lit, tenant à la main un cigare demi-consumé qui avait eu la sagesse de s'éteindre tout seul. Ses obsèques furent impressionnantes. Accompagnées par tous les imprimeurs de Clermont. Par les drapeaux de plusieurs réseaux de Résistance et par des Juifs auxquels il avait fourni de fausses pièces d'identité et de fausses cartes d'alimentation. Sa résistance à lui s'était faite dans la dissimulation. Il fut enseveli au cimetière de Royat où nous avions fait construire notre résidence définitive. Le site est joli, aéré, à l'abri de toute inondation. On y voit un émouvant monument aux morts de 14-18 : un couple de vieux paysans, lui son chapeau à la main, tous deux agenouillés devant le corps de leur fils en uniforme. Mon père y sera en bonne compagnie.

DEUXIÈME PARTIE

1

Avant d'aller semer en Afrique mes alphabets, je me procurai des livres, des revues, des cartes pour ne pas y entrer en terre inconnue comme Christophe Colomb. Je savais déjà qu'il existait deux Congos séparé par un grand fleuve homonyme, la République populaire du Congo, ex-AÉF (Afrique-Équatoriale française), capitale Brazzaville, et la République démocratique du Congo, ex-Congo belge, capitale Kinshasa (ex-Léopoldville). Pour simplifier les choses, il existe aussi un Kongo avec un K ; il désigne un groupe ethnique composé de douze tribus. On y parle une dizaine de dialectes ; les deux principaux sont le lingala au nord et le koutouba au sud. Pour traduire « Je t'aime », le lingala dit « Na lingui yo » ; le koutouba, « Mu zola njé ». Mais on a rarement l'occasion de le dire, pas plus au sud qu'au nord. Dans les deux Républiques, le français est la langue officielle, avec ou sans accent de Bruxelles.

Sur une carte géographique, la RPC où je devais transporter mes grègues évoque à peu près le dessin d'une dame endormie sur un fauteuil. La tête, les épaules, le soutien-gorge sont recouverts d'une forêt vierge où ne vivent guère que des Pygmées. Là se dresse le mont Namemba (1 000 m), point culminant de la République. Les arbres sont si hauts, leur feuillage si serré, entremêlé de lianes, que jamais le soleil n'y pénètre. Les animaux sont des grimpeurs et des percheurs, singes au crâne pointu, perroquets gris à queue rouge. Les créatures humaines n'ont guère changé depuis l'âge de pierre. Elles vivent de chasse et de pêche, dorment sous des abris de branchages. Les Bantous défrichent la terre avec une houe au manche court, y cultivent le manioc et le bananier. Ils furent longtemps anthropophages, soit par besoin de protéines, soit par spiritualité : en mangeant un homme, ils croyaient s'emparer de sa force et de son courage.

Le ventre et le postérieur de la dame cartographique forment une basse plaine alluviale appelée la Cuvette. Le sol de latérite rougeâtre ne produit que de la savane : une brousse claire à hautes graminées. Pour le cultiver, les habitants mettent chaque année le feu aux herbes ; ils se débarrassent ainsi des insectes et des reptiles.

Brazzaville occupe exactement l'anus de cette figure. C'est la région la plus peuplée et la plus riche.

Les genoux et les mollets, raccourcis par la frontière gabonaise, sont des plateaux coupés de rivières. L'ample couloir du Niari sépare deux massifs, celui du Chaillu et celui du Mayombé. Là réside la ville de N'kayi où j'étais attendu. Elle est traversée par le CFCO (Chemin de fer du Congo occidental), qui relie Brazzaville au port de Pointe-Noire. La construction de cette ligne coûta la vie à dix-huit mille Congolais.

L'équateur passe à hauteur du soutien-gorge. La température va toute l'année de vingt-cinq degrés le matin à quarante-cinq ou cinquante le soir. La saison des pluies produit un faux hiver, d'octobre à mai ; la saison sèche une authentique canicule, de juin à septembre.

Issu des anciens royaumes, des anciennes chefferies, le pays n'a que très tardivement intéressé les Européens. Les navigateurs portugais qui pratiquèrent la côte dans le dernier quart du XVe siècle ne fondèrent aucun comptoir sur un rivage dépourvu d'abris naturels. Le trafic d'esclaves ravageait déjà la population. L'ouvrage de Joseph Conrad *Au cœur des ténèbres*, publié en 1899, nous emmène aux enfers. Enfer des corps, rongés par la faim, percés de lances, enchaînés, roués de coups, mutilés, décapités, parfois dévorés comme chair à saucisse au cours de rites innommables. Enfer des consciences, dans un pays sans loi, sans morale, sans police, sans pensée. Voyez ces terrassiers noirs au service de Blancs. *Six avançaient à la file, montant péniblement le sentier. Ils marchaient lentement, très droits, gardant en équilibre sur la tête des couffins remplis de terre. Je voyais chacune de leurs côtes. Les articulations de leurs membres saillaient comme les nœuds d'un cordage. Chacun avait au cou un collier de fer et ils étaient tous reliés par une chaîne dont les ballants oscillaient entre eux. Leurs maigres poitrines haletaient toutes ensemble. Près d'une excavation, des formes noires recroquevillées, couchées ou assises entre les arbres, s'agrippaient à la terre selon toutes les attitudes de la souffrance et du désespoir. C'était ici le lieu où quelques-uns s'étaient retirés pour mourir. Tandis que je demeurais là frappé d'horreur, une de ces créatures se dressa sur les mains et les genoux, se traîna vers le fleuve à quatre pattes pour boire. Elle lapa l'eau dans sa main, puis s'assit au soleil, les tibias croisés, et laissa au bout d'un moment sa tête laineuse tomber sur sa poitrine.*

Ce récit nous promène dans le Congo belge, propriété personnelle du roi Léopold II, établie à des fins prétendument philanthropiques, avec le concours de l'explorateur Stanley et la création d'une force publique composée d'indigènes encadrés par des officiers blancs. En fait, l'aventure congolaise fut pour Léopold une fructueuse entreprise de rapport grâce à laquelle il construisait des palais à Bruxelles. Des compagnies furent créées en son nom pour exploiter les ressources du territoire, en cuivre, en coton, en diamants, en métaux rares, en caoutchouc. Imposant le travail forcé, les policiers noirs n'hésitaient pas à couper les mains des récalcitrants, à emprisonner et violer leurs femmes. D'importants groupes financiers participèrent à cette exploitation. On estime que la moitié de la population indigène disparut par décès ou par fuite au cours des vingt-trois ans du régime léopoldien. En 1906, ce roi philanthrope fit don à la Belgique de ce territoire, « fruit de son labeur ». Il mourut trois ans plus tard, peu regretté.

Ayant laborieusement, bien ou mal, conquis son indépendance à partir de 1960, l'ex-Congo belge, devenu Zaïre, puis Congo démocratique, a effacé les noms de Léopoldville, d'Élisabethville, de Charlesville, de Stanleyville. Seul reste dans l'ex-AÉF le nom de Brazzaville. Pourquoi cette différence ? Elle est due à la personnalité exceptionnelle de son fondateur, Savorgnan de Brazza. Il naquit à Rome en 1852 via dell'Umiltà, rue de l'Humilité. Son père, le comte Ascanio di Brazza, châtelain d'Udine, était descendu du Frioul pour servir le pape. Le jeune Pietro rencontre un jour un amiral français, le marquis de Montaignac, qui lui fait visiter son bateau au mouillage à Cività Vecchia. L'enfant exprime son désir d'être marin. L'amiral le prend sous sa protection, l'emmène à Paris. Il est reçu à l'École navale de Brest, prend la nationalité française. Encouragé par des collègues aventureux, il prépare une découverte approfondie du Gabon et des territoires voisins. Jules Ferry et Gambetta lui accordent quelques soutiens auxquels il ajoute ses propres ressources. Il achète de la bimbeloterie propre à séduire des peuplades déshéritées, des conserves, de la quinine, des flacons d'élixir Dubonnet. Il débarque à Libreville, fondée par l'amiral Bouët pour y établir des esclaves libérés. Ainsi commence son exploration.

Il n'est pas le premier Blanc à visiter ces lieux. Des Portugais, des Anglais sont venus avant lui. Des missionnaires aussi comme monseigneur Prosper Augouard, évêque de Bangui, auquel il attribue le titre d'« évêque des anthropophages », parce qu'il lui a tenu des propos de cette sorte : « Mes Noirs sont extrêmement friands de chair humaine. Gardez-vous de croire qu'ils tuent par méchanceté. C'est pour eux une simple question de fricot. Ils ont d'ailleurs un mot charmant pour désigner leurs victimes : *Nyama*. Cela signifie : viande sur pied. Je n'approuve pas, mais je suis bien obligé de tolérer. »

Brazza soigne des malades, nourrit des affamés, libère des esclaves. Une lithographie le montre casqué de blanc devant une paillote. Entouré de marins noirs à col ouvert, coiffés d'un béret à pompon rouge. Ce sont des *laptots*, des jeunes gens recrutés au Sénégal. Ils ont arrêté une troupe d'esclaves en route pour Lambaréné, adultes et enfants, propriété d'un Arabe enturbanné. Afin de ne pouvoir s'enfuir, chacun porte sous le menton une entrave faite d'une branche fourchue. Brazza les rachète et leur rend la liberté.

Il gagne la sympathie des roitelets et des populations. Il apprend les dialectes. En 1880, il signe avec le roi Makoko un traité de paix et d'amitié. Trois ans plus tard, il se fait bâtir une case au bord du fleuve Congo : c'est la graine d'où naîtra Brazzaville, riche aujourd'hui de gratte-ciel, de magnifiques hôtels, d'un port actif et d'un million d'habitants.

En 1905, rongé par les fièvres, les moustiques, la dysenterie, il meurt à Dakar, ruiné, laissant à la France quarante concessions qui formeront l'essentiel de l'AEF. Il reçoit des funérailles nationales. Sa veuve, originaire de la Lozère, née Thérèse de Chambrun, le fait ensevelir au cimetière d'Alger. Sur sa tombe figurent ces mots : *Sa mémoire est pure de sang humain*[1].

On pourrait croire que dans le moyen Congo gagné pacifiquement à la France par Savorgnan de Brazza les rapports entre indigènes et Européens ont été très différents de ce qu'ils étaient dans le Congo belge. Le récit d'André Gide, *Voyage au Congo*, daté de 1925, atteste au contraire leur similitude : « À une heure de marche dans la steppe monotone, nous croisons un grand nombre de porteurs ; puis, escortés par des gardes armés de fouets à cinq lanières, une enfilade de quinze femmes et deux hommes attachés au cou par la même corde. Une de ces femmes porte un enfant au sein. Ce sont des otages enlevés au village de Dangolo où les gardes avaient été réquisitionner quarante porteurs sur l'ordre

1. Sa dépouille a été transportée à Brazzaville et inhumée le 3 octobre 2006 sous un monument qui abrite aussi les corps de son épouse et de leurs quatre enfants.

de l'administration. En les voyant venir, tous les hommes avaient fichu le camp dans la brousse. »

Une révolte s'étant produite aux environs de Boda, les gardes massacrèrent un millier de personnes de tous âges. Des villages furent brûlés, des plantations arrachées. Et Gide de se demander pourquoi les relations entre Blancs et Noirs sont si mauvaises. « Je ne comprends pas bien pourquoi les Blancs, presque sans exception, tant fonctionnaires que commerçants et tant hommes que femmes, croient devoir rudoyer leurs domestiques. Je sais une dame, par ailleurs charmante et très douce, qui n'appelle jamais son boy que "Tête de brute !". Tel est l'usage. "Vous y viendrez aussi, vous verrez. Attendez seulement un mois." J'ai attendu dix mois, toujours avec les mêmes domestiques, et je n'y suis pas venu. »

On parle de béatifier, de canoniser Savorgnan de Brazza. Personne n'envisage cette promotion spirituelle pour Charles de Gaulle. Il a pourtant sa statue à Brazzaville. Dès 1940, toute l'AÉF s'était ralliée à la France libre. Le 30 janvier 1944, le général y prononça un discours par lequel il définissait sa future politique coloniale :

— En Afrique française, comme dans les autres territoires où des hommes vivent sous notre drapeau, il n'y aura aucun progrès véritable si les hommes ni leur terre natale n'en profitent pas moralement et matériellement. S'ils ne peuvent s'élever peu à peu jusqu'au niveau où ils seront capables de *participer* chez eux à la gestion de leurs propres affaires. C'est le devoir de la France de faire ce développement et ce progrès de leurs populations…

Ces termes rejoignent ceux d'un autre discours tenu par Alexandre Varenne en 1925 devant le Conseil gouvernemental de Hanoï, violemment critiqué par les colonisateurs d'alors :

— L'Indochine a pris conscience d'elle-même ; elle interroge l'avenir et cherche son destin. Quel sera cet avenir ? Si la paix nous est conservée, si les peuples d'Indochine peuvent se développer librement sans rencontrer sur leur chemin le monstre hideux de la guerre, elle doit aspirer à une vie plus haute et plus pleine, à devenir un jour une nation. La France peut l'y aider. Elle l'y aidera. Elle remplira jusqu'au bout le mandat qu'elle tient de sa seule tradition, qui est d'éclairer et de former autour d'elle les individus et les peuples. Sa mission achevée, on peut penser qu'elle ne laissera en Indochine que le souvenir de son œuvre, qu'elle ne réclamera aucun rôle dans la vie de la péninsule, ni pour diriger, ni pour conseiller, et que les peuples qui auront profité de sa tutelle n'auront plus avec elle d'autres liens que de gratitude et d'affection.

Le rapprochement de ces discours éclaire deux visions du colonialisme : l'une aboutit à la collaboration, l'autre à l'indépendance. Or la collaboration n'a jamais fonctionné à travers les siècles. L'Angleterre, le Portugal, l'Espagne s'y étaient déjà cassé les dents. Le projet du général, poursuivi en Algérie, nous valut de 1958 à 1962 quatre années de guerre supplémentaires. Si Varenne avait été écouté, vingt-sept ans de guerres vietnamiennes auraient été évités. Renonçant à son rêve, de Gaulle eut du moins la sagesse provisoire de permettre à nos possessions en Afrique noire d'accéder à l'indépendance sans qu'un coup de fusil fût tiré. La RPC obtint la sienne le 15 août 1960 en présence d'André Malraux, notre représentant, auquel le général avait recommandé :

— Nous serons obligés d'acheter l'amitié des nouveaux dirigeants africains. Faites en sorte que nos subsides ne se transforment pas trop vite en voitures Mercedes pour monsieur le Président et en robes de Christian Dior pour madame.

Plusieurs présidents s'y succédèrent, par voie démocratique ou par assassinat justifié. En 1985, lorsque je me préparais à y débarquer, la RPC était aux mains du général Denis Sassou-Nguesso. Un communiste modéré. Dans un pays qui compte soixante-quinze pour cent de catholiques, il était parvenu à concilier marxisme et christianisme, de même qu'en Italie Peppone et don Camillo. Sa devise : Unité, Travail, Progrès. Drapeau vert-jaune-rouge. Le pays entretenait de bonnes relations avec l'URSS, la Chine et Cuba. Il recevait leurs conseillers aussi bien que les conseillers français. Le président était surnommé par la population Papa Bonheur.

M'étant informé de tout cela, des tyrannies, de l'esclavage, de l'exploitation, des libérations, je sentais mon cœur rempli de sentiments confus. Descendant moi-même de très anciens esclaves et de plus proches esclavagistes, comme tous les Français moyens, je ne prétendais pas, en me rendant au Congo, effacer le souvenir des anciennes vilenies. Être seulement grâce à mes alphabets une goutte d'eau pure dans un marécage de bourbe. « Pardonnez-moi, mes frères noirs, si j'ai la peau blanche ; mais j'ai le sang rouge comme vous. L'imprimerie, ainsi que toutes les inventions humaines, peut être la meilleure ou la pire des choses. Je ferai de mon mieux afin qu'elle soit pour vous la meilleure. »

Ma femme avait refusé de m'accompagner jusqu'à Roissy :

— Tu es chargé d'assez de bagages. Tu n'as pas besoin de moi en supplément. Téléphone-moi seulement sitôt arrivé à… à… Je n'arrive pas à retenir le nom de ton village africain.

— N'Kayi. Ce n'est pas difficile à prononcer. Répète.

— N'Kayi. Je penserai au lait caillé.

Le lundi 8 juillet 1985, me voici occupé à faire la queue dans l'aéroport. On examine à la loupe le billet fourni par AGIR. Je soumets ma valise bleue à la pesée, à l'examen radiologique. Elle est armée d'une solide étiquette : *Monsieur Romain Fougères, Aéroport Maya-Maya Brazzaville, RPC.* Je l'abandonne aux bagagistes, ne gardant par-devers moi qu'une sacoche de deux kilos. Je peux enfin gravir l'Escalator qui monte vers le Boeing 747 communément appelé Big Boss. Accueilli par une ravissante hôtesse, noire comme le cirage, au sourire éblouissant. On croirait Joséphine Baker, il lui manque seulement une ceinture de bananes. Je m'enfonce dans cet étrange et long appartement rempli de fauteuils, tous tournés dans le même sens, par rangées de cinq. Ayant trouvé ma place, je dispose ma sacoche dans le filet, au-dessus d'un hublot. Je peux m'asseoir enfin, allonger mes jambes. Devant moi, fixée au dos du siège qui me précède, une enveloppe, qui me révélera plus tard son contenu : une brassière de sauvetage. Fort utile pour le cas où le Big Boss plongerait dans la mer. Sans emploi s'il venait à se fracasser contre une montagne. À côté, un sachet de papier kraft destiné, en cas de besoin, à recevoir mes vomissures. Tout a été prévu pour notre confort.

Quand l'avion a fait son plein de passagers blancs ou noirs, la porte est abaissée. Une autre hôtesse entreprend d'expliquer en français, puis en anglais, le fonctionnement de la brassière. Elle en fait même la démonstration. Un rectangle s'allume : *Fasten your belt. Attachez votre ceinture*. Voix du commandant de bord invisible dans le cockpit :

— Je suis Ernest Machin-Chose, commandant de bord d'Air France, riche de deux mille cinq cents heures de vol. Je souhaite à tous la bienvenue dans ce Boeing 747 qui doit nous transporter en cinq heures à Lomé, capitale du Togo. Nous survolerons une zone nuageuse au-dessus de la France, mais ensuite le ciel s'éclaircira. En cas de malaise ou de toute autre nécessité, n'hésitez pas à vous adresser à un steward ou une hôtesse. Heureux voyage !

Les réacteurs commencent à donner de la voix. Pratiquant le taxying, l'appareil roule jusqu'au bout de sa piste afin de se mettre face au vent. À travers le hublot, j'aperçois l'herbe sur laquelle brillent encore des perles de rosée. Soudain, le rugissement des moteurs devient assourdissant. La prairie plonge au-dessous de nous, je distingue les enflures des toits. La terre s'enfonce de plus en plus. J'aperçois un long cordon qui scintille, la Seine sans doute. Et soudain, le ciel s'emberdouille, comme disent les Tourangeaux. Bientôt, je ne vois plus rien du tout, nous sommes en plein brouillard. Le Boeing fonce dedans à corps perdu, les hublots deviennent opaques.

Après un long voyage au bout de la nuit, la lumière tout à coup revient. Nous volons à présent au-dessus d'un moutonnement de cumulus-choux-fleurs. La voix du commandant nous informe que nous sommes à neuf mille pieds d'altitude, à une vitesse de croisière de mille deux cents milles marins.

— Si vous le désirez, vous pouvez détacher vos ceintures. Nous survolons les Pyrénées.

J'essaie vainement de les identifier, je ne vois qu'une mer de nuages. Au-dessus, c'est le ciel impeccablement bleu porcelaine. Le plancher du paradis vu par-dessous.

Un écran s'illumine au fond de la carlingue. Air France nous offre un concert vidéo en noir et blanc. Les Beatles réconciliés chantent *Yellow submarine*. Ensuite, *Yesterday*. Ensuite, *Michelle ma belle, Sont des mots qui vont très bien ensemble*. Après eux, un documentaire sur les oiseaux africains. Les différentes sortes de perroquets : cacatoès, ara, lori, nestor, jaco, amazone, tous somptueux dans leur plumage, leur bec, leur facilité à parler toutes les langues. L'astrapie noire qui porte des voiles de veuve. Le paradisier rutilant coiffé d'une aigrette verte. Le diphyllode républicain qui siffle trois notes de *La Marseillaise* et dont la queue se termine par deux points d'interrogation. Le toucan à bec rouge. Quelques oiseaux marins aussi. Le cormoran que les Chinois utilisent comme pêcheur en lui mettant au cou un anneau qui le retient d'avaler sa pêche. Le pélican indien qui fait trois mètres d'envergure ; la femelle seule – pas le père – est munie d'une poche où elle fait provision de poissons ; elle ne nourrit donc pas ses petits de ses entrailles quoi qu'en pense Musset. Baudelaire se trompe aussi sur l'albatros ; ses ailes de géant ne l'empêchent pas de marcher. Nous le voyons courir sur la plage avant de s'envoler, puis rentrer ses pattes, exactement comme notre Boeing. Mais un peu de charlatanisme est permis aux poètes.

Ensuite, je m'endors. Une tape sur l'épaule me réveille : une hôtesse nous offre une coupe de champagne. J'aimerais engager la conversation avec n'importe qui, parler de n'importe quoi. À ma droite, j'ai la paroi de l'avion. À ma gauche, une grosse femme bouffie au teint jaunâtre, aux yeux bridés, manifestement asiatique. Sans doute une Vietnamienne. Qu'est-ce qu'elle fait dans un avion qui se dirige vers Lomé ? Elle a dû se tromper de ligne. Ça ne m'engage pas à lui adresser la parole.

— Nous survolons la Méditerranée. Il fait au-dehors moins quarante degrés centigrades.

Par des intervalles à travers les cumulus, j'aperçois le scintillement bleu de la Méditerranée. Je me rappelle un poème de Léopold Senghor :

C'était en Méditerranée, nombril des races claires,
bleue comme jamais océan n'ont vu mes yeux...
Nous parlions de l'Afrique
Un vent tiède nous apportait son parfum plus chaud
de femme noire
Ou celui que le vent souffle d'un champ de mil
quand se heurtent les épis lourds et que vole
au-dessus une poussière or et brun...

La Méditerranée a baigné de ses flots les plus belles antiques civilisations dont la nôtre est issue. Les Égyptiens, les Grecs, les Byzantins, les Romains, les Normands, les Turcs, les Arabes. Et puis nous. Et puis nous. Et puis nous. Nous qui avons voulu, sans y parvenir, répandre nos goûts et nos pensées sur des peuples qui pensaient autrement. Les Romains sont les seuls colonisateurs qui ont atteint cette conversion. Sans le faire exprès. Par la seule supériorité de leur façon de vivre, de combattre, de bâtir, d'écrire, de travailler. Mais il leur a fallu sept siècles. Peut-être huit. Pour moi, je ne vais pas au Congo en conquistador. Je sèmerai seulement mes alphabets. Les Congolais en feront ce qu'ils voudront. Des choux ou des raves, comme disait ma grand-mère Léonie.

Pendant plusieurs heures, le sol aperçu fut uniformément jaune. Nous traversions le Sahara. Puis il devint grisâtre. Puis franchement vert. Nous entrions dans la zone équatoriale.

— Attachez de nouveau vos ceintures. Dans quelques minutes, nous nous poserons à Lomé.

Les hôtesses passent de siège en siège pour distribuer à chaque passager un bonbon vertueux. Parfumé au citron. Je le suce consciencieusement. Maintenant, mes entrailles éprouvent bien le sentiment de la descente. Une impression que j'avais, enfant, sur l'escarpolette. Ma voisine asiatique place une main devant sa bouche et glapit :

— Vomir !… Vomir !

Je lui désigne le sac approprié. Elle y enfonce sa figure. Je me pince le nez. Peu après, le Boeing sort son train d'atterrissage de même que l'albatros sort ses pattes, et touche sa piste de roulement. Nous sommes à Lomé. L'aéroport en bordure de plage a presque les pieds dans l'eau. Il est entouré d'une palmeraie qui se prolonge jusqu'aux horizons terrestres. La ville, autant que je puisse en distinguer le profil, exhibe un certain nombre d'immeubles modernes. Tout le monde descend. J'assiste au déchargement des bagages au milieu desquels je reconnais ma valise bleue. Pour me rendre à Brazzaville, je dois changer d'avion. Plusieurs appareils sont en attente sur la piste. Quel est le mien ? Une hôtesse me répond :

— Allez jusqu'au bureau des départs, on vous renseignera.

Il me faut marcher trois cents mètres jusqu'au bâtiment officiel. Je marche, portant ma seule sacoche.

J'ai plaisir à respirer. Quelle est cette odeur ? Quel est ce parfum ? J'y distingue un nuage de cannelle, un rien de vanille, un soupçon de crotte de chameau. C'est l'odeur de l'Afrique, du sol, de la végétation, de la population. Sans doute de la femme africaine qu'a chantée l'inévitable Senghor :

Femme nue, femme noire
Vêtue de ta couleur qui est vie, de ta forme
qui est beauté
J'ai grandi à ton ombre ; la douceur de tes mains
bandait mes yeux
Et voilà qu'au cœur de l'Été et de Midi, je te découvre
Terre promise du haut d'un haut col calciné
Et ta beauté me foudroie en plein cœur,
comme l'éclair d'un aigle...

Odeur bien différente de celle de l'Auvergne où je suis né. Celle de Beurières sent un peu la bouse de vache. Il n'y a pas de mal à ça, qui dit bouse de vache dit prairie, dit foin vert ou foin sec. L'odeur de l'Afrique désormais collera à mes narines, de jour et de nuit.

Mon avion pour Brazza part dans une heure. De petits négrillons crépus, à peine vêtus d'un pagne, les pieds nus, quelques-uns ont un gros ventre, un nombril proéminent, entourent les voyageurs pour leur proposer des bananes, des mangues, des pistaches, des fragments de canne à sucre. On mâche ces fragments comme autrefois en Auvergne on faisait mâchouiller des racines de réglisse aux nourrissons pour leur faire pousser les dents. À toutes fins utiles, je change des francs français contre des francs CFA. Un franc français vaut cinquante francs CFA. J'achète six bananes. D'autres gamins proposent aussi des produits artisanaux, statuettes d'ivoire, vases d'argile, bracelets de cuivre. Et même des masques à figure tragique. Ils s'expriment en français, en anglais, en allemand, en d'autres langues incompréhensibles. Le Togo a la réputation d'être la Suisse de l'Afrique.

— Pas cher ! *Very cheap ! Billig !*

Mais beaucoup de ces enfants parlent le langage de la faim. J'en appelle un, je lui donne une de mes bananes. Il ne sait qu'en faire.

— Mange-la !

Il secoue la tête. Il l'emporte en me disant merci. Je vois que plus loin il la vend à un autre voyageur.

Cependant, tout n'est pas misérable autour de moi. Dans un pavillon de l'aéroport, je remarque une grosse dondon parée de lunettes d'or, de bracelets et de colliers. Elle étale à mes yeux une collection d'étoffes multicolores, de châles, de pagnes, de foulards. Des femmes de passage s'y intéressent, je vois circuler des billets verts de cinq cents francs.

Au bar, je siffle une bière qui a l'accent belge. Je m'y trouve en compagnie d'un Blanc qui l'a aussi. Il m'adresse la parole :

— Vous avez l'air un peu perdu. Vous êtes nouveau en Afrique ?

— Oui, je viens installer des machines à imprimer un peu vieilles, mais qui peuvent encore servir.

— Combien vous paye-t-on ?

— Rien du tout. Je suis bénévole.

— Je vois bien, je vois bien. Vous serez très utile. Moi, je suis dans les assurances à Brazza. Je protège les populations contre les accidents, les incendies, les malheurs de toutes sortes.

— Vous êtes très utile aussi.

— Je l'espère. Vous êtes assuré ?

— Oui, par l'AGIR abcd, l'association qui m'emploie.

— Je vous ai vu tout à l'heure devant la marchande d'étoffes. Vous avez remarqué sa bijouterie ? C'est un signe de richesse. En Afrique noire, la richesse vient des femmes. Savez-vous le surnom que les Togolais donnent à ces commerçantes ? Des *nana-benz*, parce qu'elles roulent en Mercedes. La moitié de mes assurés sont des *nana-benz*. Elles portent sur elles une grosse partie de leur fortune en vêtements, en bijoux, en billets de banque. Il est dommage que vous ne soyez pas dans les affaires. Je vous aurais donné de bons conseils.

Quelques instants plus tard, nous nous sommes retrouvés dans le DC 10 à moitié vide qui devait nous transporter à Brazza. Et le Belge :

— Je m'appelle Léo Vanderem. Et vous ?

— Romain Fougères.

— C'est un drôle de nom.

— Vous trouvez ?

Il me glisse une petite brochure, une sorte de bande dessinée qui raconte les mésaventures d'Onésime, un chauffeur de taxi, dont la maison brûle ; dont la voiture est défoncée par une camionnette ; il renverse un piéton ; pendant qu'il se désaltère dans un café, on lui vole son véhicule. Heureusement, il avait pris la précaution de s'assurer auprès de monsieur Vanderem. J'explique que je possède bien une voiture en France, mais pas en Afrique.

— Alors assurez-vous sur la vie.

— Comptez-vous m'empêcher de mourir ?

— La vie est votre bien le plus précieux. Ne mérite-t-il pas une protection au même titre que votre maison ou votre bagnole ? Au profit, par exemple, de votre épouse, de vos enfants ou petits-enfants. En cas de décès, acceptez-vous l'idée de laisser derrière vous une veuve et des orphelins sans ressources ?

— Laissez-moi le temps d'y réfléchir.

— Vous trouverez mon adresse dans la brochure. J'ai aussi des bureaux à Pointe-Noire, à Ouesso, à Loubomo.

Notre conversation fut interrompue par une recommandation du commandant de bord :

— Attachez bien vos ceintures. Nous entrons dans une zone de turbulences.

Plusieurs fois, en effet, nous eûmes l'impression que l'avion tombait comme une pierre.

— Des trous d'air, m'expliqua le Belge. On devrait bien les boucher.

Nous sommes arrivés sous l'orage à Maya-Maya, l'aéroport de Brazzaville. Dans cette région équatoriale, les jours ont la même durée que les nuits. Il n'y a pas d'heure d'hiver ni d'heure d'été. Le soleil se lève régulièrement aux environs de six heures, précédé d'une magnifique aurore ; il se couche brusquement à dix-huit ; on passe sans transition du jour aux ténèbres.

J'ai serré la main de monsieur Vanderem. Quelqu'un m'attendait à la sortie de l'aéroport, porteur d'un écriteau : *Monsieur Romain Fougères*. Un petit homme coiffé d'une casquette de cuir, enveloppé d'un imperméable, s'est présenté :

— Je suis le père Vivaldi, comme le musicien. Spiritain.

— Spiritain ? C'est votre prénom ?

— Je fais partie de la congrégation du Saint-Esprit qui a pour mission de prêcher l'Évangile dans les contrées infidèles. On m'a chargé de vous recevoir. Nous sommes en principe ici dans la saison sèche, mais aujourd'hui il pleut, par exception. Notre terre avait soif.

Je remarquai qu'il ne portait pas même le col glacé des clergymen. Il me présenta un parapluie et tint absolument à porter ma valise, me laissant la sacoche. Sous l'averse, nous avons marché jusqu'à la voiture 4 × 4 qui nous a déposés à la procure spiritaine. Derrière nous, Brazzaville me paraissait ville-lumière ; j'aurais aimé la découvrir. Ce serait pour une autre occasion, on m'attendait à N'Kayi-lait caillé. La procure était un bâtiment tout simple en béton blanc, sous une toiture de tôle ondulée, entourée d'arbres, palmiers, fromagers, arbres du voyageur. Ces derniers ont la forme d'un éventail, la base de leurs feuilles recueille les eaux de pluie. Les fenêtres à barreaux défiaient les cambrioleurs éventuels. Une douzaine de moines, dont trois noirs et neuf clairs, habitaient cette demeure. Au réfectoire, nous avons consommé ensemble une soupe de pain, suivie d'une tranche de gruyère et d'une mandarine, sans prononcer un mot. Empêchés d'ailleurs par la lecture que faisait l'un d'eux, un Congolais, sur un sujet très surprenant. Il y était question d'un lion africain précédemment enfermé dans une cage, qui, profitant de l'étourderie de son gardien, avait pris la fuite et s'était mis à courir en direction de Nîmes. Pourquoi Nîmes ? Parce qu'il avait entendu dire qu'en cette ville existe une arène où l'on a coutume de nourrir les fauves de viande humaine, qui est la meilleure de toutes. Fort curieux de connaître cet aliment incomparable, il voyagea de jour et de nuit, dévorant en chemin toute chair qui lui tombait sous la dent, de lièvre, de renard, de mouton. Chairs insipides à son goût. Il lui arriva de rencontrer un chacal à qui il demanda son chemin.

— Pourquoi donc veux-tu absolument te rendre à Nîmes ?

— Afin d'y consommer de la chair humaine. La meilleure de toutes, m'a-t-on dit.

— À Nîmes ? De la chair humaine ? En quel siècle vis-tu ? Ne sais-tu pas qu'à notre époque les jeux du cirque n'ont plus cours ? D'autres combats sont proposés aux masses populaires : attentats, terrorismes, guerres, luttes des classes, émeutes, révolutions. Si tu veux manger de bonnes viandes, retourne en Afrique où tu es né. Tu y trouveras de l'okapi, du buffle, du zèbre, de la gazelle. Cesse de t'intéresser aux hommes. Laisse-les se dévorer entre eux.

Le lecteur noir referma son livre et descendit prendre place au milieu de ses confrères pour avaler sa panade, son gruyère et sa mandarine. Chacun vida un gobelet d'eau claire. Puis toute l'assemblée murmura une prière latine et chacun gagna sa cellule. Ma chambre était petite, mon lit suffisant, protégé par une moustiquaire. Mort de fatigue, je dormis comme une souche.

Le lendemain matin, j'eus le loisir d'aller me promener à pied dans Brazzaville. Dominé par l'hôtel M'Bamou et ses quinze étages, réservé aux très importantes personnes. Également par l'église Saint-Pierre avec son toit de traviole et son clocher aculéiforme élevant une petite croix très haut dans le ciel. Le port est un univers, immense et fantastique, grouillant de pirogues et de bateaux. Le fleuve Congo, large d'environ deux kilomètres, semble surveillé par un immense baobab ; entre les nervures de son tronc, plusieurs hommes peuvent se loger. On distingue sur l'autre rive les gratte-ciel de l'ancienne Léopoldville devenue Kinshasa. Sur les quais, se presse une foule aux costumes bigarrés ; elle propose des paniers de poisson fumé, de manioc, d'igname, de viandes boucanées, des sacs de riz ou de maïs. Des misérables se faufilent, porteurs de hottées de bois mort retenues à leur front par un bandeau, pareils aux vaches auvergnates sous le joug. Des pêcheurs présentent des silures, longs poissons moustachus ; d'autres de jeunes crocodiles encore vivants, étroitement muselés par des lianes vertes. Quand un acheteur se présente, le saurien est découpé tout vif à la machette ; il émet une plainte sourde pareille au pleur d'un enfant, jusqu'à ce que le dernier coup lui tranche la tête.

La ville est riche de parcs et d'arbres. Un écriteau de deux mètres carrés fait lire un mot d'ordre emprunté à J. F. Kennedy : *Ne demande pas ce que la révolution fait pour toi. Demande-toi ce que tu fais pour elle.* Et un autre : *TOUS ENSEMBLE pour le redressement de l'économie nationale et la réalisation de l'autosuffisance alimentaire.*

Mes pas m'ont conduit sur le plateau qui domine la ville. Là se trouve l'ambassade de Chine gardée par deux chars d'assaut. Le personnel diplomatique s'adonnait au tai-chi-chuan, une gymnastique faite de gestes lents et mesurés qui permet de dominer ses émotions.

Je suis entré dans un supermarché pour acheter des lames de rasoir. Les produits manufacturés viennent généralement de France. Afin de payer mon emplette minuscule, j'ai fait la queue, patiemment. Par hasard, je me suis trouvé de flanc près d'un acheteur noir chargé de lourds paquets. J'ai voulu lui céder ma place. Mais la caissière blanche s'y est fermement opposée, usant du tutoiement de mépris.

La caissière : Laisse passer ce monsieur.

Moi : Non, non, je ne suis pas pressé.

La caissière : Un patron a toujours la priorité sur un boy.

Moi : Je ne suis pas un patron, mais un simple manœuvre d'imprimerie.

Le Noir : Et moi, je ne suis pas un boy, mais un magistrat. J'arrive de la Réunion pour conseiller ici de nouveaux juges.

Moi : Passez, je vous en prie. Vous êtes plus embarrassé que moi.

Le Noir : Merci, monsieur, mais je passerai seulement à mon tour.

Moi : Si je passe avant vous, je serai vu comme un raciste.

Le Noir : Si j'accepte de vous précéder, je commettrai un passe-droit.

Moi (à la caissière) : Est-ce que nous pouvons passer ensemble ?

La caissière : Je ne peux vous encaisser que l'un après l'autre.

Moi : Lequel choisissez-vous d'abord ?

La caissière : Tirez à pile ou face.

Elle m'a prêté une pièce. Pile pour moi. Face pour lui. La queue des autres clients patientait derrière nous. La pièce a donné l'avantage au magistrat. Nous avons été applaudis.

Le lendemain, à Maya-Maya, j'ai pris un avion Fokker qui nous a transportés, mon bagage et moi, à Loubomo, à quatre-vingts kilomètres de N'Kayi. De là, il a fallu emprunter un 4 × 4 Suzuki qui m'a infligé trois heures de pistes au milieu d'une végétation peuplée de gorilles, de serpents pythons et de cacatoès. Nous avons atteint Lait-Caillé dans l'après-midi.

2

Prévenue de mon arrivée, une foule joyeuse m'attendait, criant :

— *M'boté !* Bonjour ! Bienvenue ! Dieu te bénisse !

Enthousiasme accompagné de tam-tams, d'applaudissements, de danses congolaises. Un moment, je me pris pour le Messie. Je demandai au conducteur du Suzuki – chauffeur habituel de l'évêque chez qui il devait me déposer – comment je devais appeler son maître : monseigneur, Votre Excellence, mon père ?

— Il ne craint pas qu'on l'appelle monseigneur.

Comme la procure des spiritains, l'évêché était une simple maison de brique couverte de tôle ondulée, dont une huitaine de fenêtres éclairaient la façade. Une dizaine d'hommes alignés devant m'attendaient, cravatés, cérémonieusement vêtus. Au milieu d'eux, l'évêque, en soutane blanche et calotte rouge, les pieds nus dans des sandales, un anneau à pierre violette à la main gauche. Sur sa poitrine, un crucifix d'acajou se balançait. Il s'avança vers moi.

— Je suis monseigneur Koulibo, évêque de N'Kayi. Ma devise : *Super omnia caritas*[1].

1. L'amitié au-dessus de tout.

Il me serra dans ses bras, chacun de nous tapota les omoplates de l'autre.

— Et moi, dis-je, je suis Romain Fougères. Je viens d'une province française appelée Auvergne.

— Je connais. Un jour, je suis allé m'agenouiller aux pieds de Notre-Dame du Port à Clermont-Ferrand.

— C'est ma voisine. J'habite Royat.

— Je connais aussi. J'y ai fait trois cures thermales qui m'ont produit le plus grand bien. Et j'en rapporte ce souvenir que m'a offert le président Denis Sassou-Nguesso.

Il me présenta l'améthyste de son anneau que je baisai dévotieusement. Je confirmai qu'à Royat existe une taillerie de pierres épiscopales.

— Puis-je, monseigneur, vous poser une question à ce sujet ?

— Je vous en prie.

— Quel sens a une améthyste pour un évêque ?

— Suivant sa signification grecque, elle est destinée à nous préserver de l'ivresse.

Il éclata de rire, si bien que je ne sus pas s'il parlait sérieusement. Il nous reçut tous ensuite dans sa salle d'accueil, une pièce longue, bien éclairée, garnie de meubles simples, de rayons couverts de livres, surveillée par une reproduction de la *Cène* de Léonard de Vinci, que les Italiens nomment l'*Ultima Cena*, le Dernier Souper. Monseigneur nous fit signe de nous asseoir. Il me plaça à sa droite. Puis il prononça une sorte de sermon :

— Heureux, nous dit le Seigneur, les pauvres en esprit. Mais les brebis ont besoin de bons bergers qui sachent les conduire vers les bons pâturages. Ils ne peuvent le faire que s'ils connaissent, afin de les en détourner, les chemins de l'erreur. Voilà pourquoi nous avons besoin d'une imprimerie qui nous permettra de publier un journal où nous traiterons de tous les sujets qui concernent notre foi. Afin de gagner un peu d'argent, elle exécutera aussi des travaux profanes au service de la population. Je veux la mettre sous la protection d'un parrain spirituel. Et j'ai choisi le père Alphonse Schaeffer. Un prêtre originaire d'Alsace, né en 1920, décédé en 1982, arraché à notre affection par une crise cardiaque. Arrivé jeune homme dans notre pays, il se prit d'amour pour le Congo. Il parlait couramment notre langue dans ses prédications, mais comprenait les autres dialectes locaux. Il fit construire aussi des bâtiments scolaires, une église à Fatima, un atelier de menuiserie à Loubomo. Et surtout notre cathédrale, à N'Kayi, de 1963 à 1965. C'est pour perpétuer sa mémoire parmi nous que notre imprimerie portera son nom : *Imprimerie Père Schaeffer*. En abrégé, IPS. Les grands peuples sont ceux qui ont de la mémoire et savent garder le souvenir des personnes qui ont contribué à leur développement. Nous avons déjà du matériel, arrivé de France par bateau, de Belgique et d'autres lieux. Ces machines ont déjà servi, mais elles sont encore en bon état, sauf à y faire quelques retouches. Monsieur Romain Fougères, ici présent, en aura la responsabilité.

Applaudissements. Il me présenta la liste de ce matériel : une Kord Heidelberg, une platine OFMI, une piqueuse Rapidex, une KSBA Heidelberg, un Massicot Polar 92 cm, etc. J'en expliquai le fonctionnement.

— Parfait, dit monseigneur. Je vois que vous n'êtes pas un apprenti.

— J'ai quarante ans de métier.

— Dites-nous pourquoi vous avez accepté de venir travailler en notre jeune République.

— Pour deux motifs. Depuis peu, j'ai pris ma retraite. Il me reste vraisemblablement quinze ou vingt années à vivre encore, on devient vieux en Auvergne. J'ai pensé au bénévolat pour occuper utilement ces années. Secondement, je sais que mon pays, comme d'autres, a pratiqué plusieurs siècles le colonialisme esclavagiste. Alors, modestement, petitement, je veux mettre mes forces et mon savoir au service d'anciens colonisés afin de réduire quelque peu notre dette.

Nouveaux applaudissements.

— Et maintenant, passons à table.

Un marmiton apporta une cuvette demi-pleine d'une eau parfumée dans laquelle chacun de nous trempa le bout de ses doigts.

— *Lavabo inter innocentes manus meas*[1].

J'eus l'impression que j'allais participer à une messe plutôt qu'à un ordinaire casse-croûte. Impression immédiatement confirmée :

— Bénissez, Seigneur, cette nourriture que nous devons à Votre aimable Providence. Et faites-nous la grâce d'user de Vos dons pour Votre seule gloire et pour notre salut. Amen.

Des marmitons remplirent nos verres.

— Du vin des Corbières, m'expliqua l'évêque. Je le fais venir par tonneaux pour qu'il résiste au voyage. Il nous sert aussi de vin de messe. Par sa force et sa couleur, c'est le plus sacramentel des pinards.

J'y trempai les lèvres, il me parut bien conservé, mais je l'aurais préféré plus frais. La température extérieure dépassait les trente-cinq degrés. Vinrent les nourritures solides. Premièrement des tranches vinai-

1. Je laverai mes mains parmi les justes.

grées que je pris pour du saumon, et qui étaient en fait de la queue de crocodile. Un délice. Il y eut ensuite une sorte de couscous au manioc.

— Le manioc est notre farine courante. On peut en faire du pain.

— Je devrai m'habituer aux spécialités congolaises.

— Mon cuisinier vous fera grâce de certaines, comme les fourmis blanches (en réalité des termites) que l'on ramasse à pleins paniers dans les termitières. Après leur avoir enlevé les ailes, on les empaquette dans des feuilles de bananier et on les dépose dans la cendre chaude pour les manger croustillantes. Certains les croquent vivantes dès qu'elles sortent de terre.

Nous eûmes de la viande bouillie entourée de légumes.

— C'est du porc ?

— Non. Du phacochère, une sorte de sanglier sauvage.

Au dessert, une abondance de fruits du Congo. Souvenir d'Alexandre Vialatte. Pendant tout le repas à l'extérieur, le tam-tam et les acclamations n'avaient point cessé. Nous sommes ensuite allés rendre visite à l'imprimerie et aux machines. Sous la direction d'Antoine Mabouya-Delomba qui me lançait des regards hostiles parce qu'il croyait que j'allais prendre sa place de chef de fabrication. C'est à lui que je demandai de me présenter le matériel, ce qu'il fit avec beaucoup de compétence. Avant de me quitter, l'évêque, lui, me présenta l'abbé Tibarouli, son grand vicaire, qui n'avait pu partager notre repas.

— Il va vous conduire à votre chambre.

Ce grand vicaire – un homme robuste aux épaules puissantes, porteur de vêtements laïques, sans soutane, sans crucifix sur le ventre – ne se distinguait extérieurement en rien de mes collègues imprimeurs. Je l'ai vu ailleurs étendre sur une corde son linge lessivé, chemises, slips, pantalons. Il ignorait un pudique proverbe que j'ai entendu jadis dans la bouche de ma grand-mère : « Toute pièce de linge n'est pas bonne à étendre au soleil. » Ma cellule faisait partie d'un alignement de trois ou quatre sous la même toiture que l'évêché. Elles pouvaient recevoir des hôtes de passage. La mienne contenait un lit monacal, une petite salle d'eau, une table de nuit. Du plafond pendait une ampoule électrique sans abat-jour. Au mur, un Sacré-Cœur de Jésus, souligné de sa promesse habituelle : « Je protège les maisons où mon Sacré-Cœur est exposé. » Sur une console, un Évangile de poche près duquel je vis le grand vicaire déposer discrètement deux sachets mystérieux. Il m'abandonna, disant :

— À ce soir si vous voulez assister à complies.

Il disparut. J'examinai les mystérieux sachets intitulés *Protec-Plus*. Fabriqués à Brazzaville, ils contenaient deux préservatifs destinés à « empêcher toute grossesse non désirée » et à « protéger des MST (maladies sexuellement transmissibles) ». Le grand vicaire semblait peu soucieux des interdictions pontificales. Trop fatigué par mon voyage, je n'assistai pas à complies, je me couchai sous ma moustiquaire et m'assoupis, bercé par la musique des criquets.

Je dormis mal, en proie à de multiples démangeaisons. Tantôt sur le visage, tantôt sur les épaules, tantôt sur le dos des mains. Je me grattais éperdument. En me levant, je découvris que, malgré ma moustiquaire, les insectes congolais s'en étaient donné à cœur joie sur ma personne. Dans une glace, je me vis aussi boursouflé qu'un chou-fleur. Lorsque je me plaignis le lendemain au grand vicaire, il m'expliqua que j'avais sans doute oublié d'ajuster à la fenêtre le grillage du pare-moustique.

— Prenez-y bien garde, si vous ne voulez pas que les anophèles vous collent le paludisme. Il sera bon que, de plus, par précaution, vous consommiez chaque jour un ou deux comprimés de Savarine. Vous trouverez cela à notre pharmacie.

Je n'y manquai point. Mon traitement dura autant que mon séjour au Congo.

Monseigneur Tibarouli fut aussi chargé de me promener à travers la ville de Lait-Caillé. Les maisons étaient faites de parpaings d'argile cuite, les toitures de tôle ondulée, parfois de branchages. Chaque propriété séparée de ses voisines par une ligne d'arbres. Les habitants vivent dehors seize ou dix-sept heures sur vingt-quatre. Ils travaillent, cuisinent, mangent, dansent devant leur porte. Des caniveaux, souvent découverts, servent de tout-à-l'égout et parfument l'atmosphère. Les enfants jouent avec des pierres, des ficelles, des bouts de bois. Ils ne savent pas réellement marcher : ils sautillent, ils gambadent, ils dansent, ils voltigent. Et ils rient tout le temps. Les femmes ne se déplacent jamais sans porter un fardeau sur la tête, dans une corbeille ou une calebasse ; elles vont d'un pas souple, quasi félin, et remontent sans cesse leur pagne qui a tendance à glisser malgré la ceinture retenue par une épine de porc-épic. Beaucoup ont de plus un marmot dans le dos, il dort ou tète son pouce. Il n'empêche pas la mère de se baisser, de couper de l'herbe, de casser du bois, d'allumer du feu.

N'Kayi est traversé par une large rue en forme de S majuscule où circulent des camions, des charrettes, des voitures qui n'ont aucune idée de ce que peut être un Code de la route. Sur les bords, se dressent quelques maisons blanches, européennes. La plus fréquentée est un hôtel-restaurant, la Marmite, tenu par un Français marié à une Congolaise. Chambres climatisées, télévision, réfrigérateur, piste de danse, terrasse. Tout autour, une clôture hérissée de tessons de bouteille.

La cathédrale aussi est couverte de tôle ondulée. Elle comporte un vaisseau de brique et de bois, une façade ornée d'un cadran solaire, un clocher carré sans croix ni girouette. Les cloches sont invisibles.

Au-delà de la ville-village, c'est la plaine, brousse ou champs de canne à sucre. Dans ces années-là, le sucre était la principale richesse du pays. Ensuite est venu le pétrole, source ordinaire d'énergie et de scandales.

Dès le jeudi 11 juillet, je me suis mis à la besogne. Horaire imposé de sept heures à quatorze heures. Autour de moi, une douzaine de techniciens de l'imprimerie écoutent mes conseils :

— Voyez comment on *taque* les feuilles avant de les passer au massicot, afin qu'elles soient parfaitement alignées…

Antoine Mabouya-Delomba comprend que je ne suis pas venu pour l'évincer, mais pour servir tout le monde. Je balaie, j'astique, je plonge mes mains dans le cambouis. Il cesse de me détester. Plus tard, il m'avouera qu'il avait un moment songé à me décapiter d'un coup de machette par temps nocturne. On décapite ici beaucoup, les crocodiles, les singes, les hommes. J'examine minutieusement chaque machine, je démonte ses pièces défectueuses, je les corrige à la lime ou je les remplace. Je modifie les emplacements, il faudra mettre ces casses sous la fenêtre… abattre cette cloison… surélever ce plan… On m'écoute, on me discute, on finit par me donner raison. Mes sept heures de travail quotidien obligé en deviennent dix ou douze.

Eugène, le massicotier, me manifeste une particulière sympathie. Il me présente ses amis, nous entrons dans les cases, nous nous tapotons les omoplates, les enfants courent annoncer à la prétentaine qu'ils ont la visite d'un *mundélé*. Ils rassemblent leurs copains, m'adressent en dansant des salutations congolaises. Les femmes se joignent à eux, secouent leurs seins et leurs popotins. De ma vie je n'ai été pareillement honoré.

Passe un chargement hippomobile de cannes à sucre. Le cocher me lance un morceau de canne, je mords dedans, on m'applaudit.

— Ce *mundélé* vaut vraiment son pesant de crottes de bique !

Hilarité générale. On se tient les côtes, on se tape sur les cuisses. Et toutes ces dents au soleil ! Chaque négrillon en montre au moins trois douzaines. Je n'ai pas la force de leur faire chorus, il fait trop chaud, je sens mon pantalon se coller à mes fesses, je prendrais bien une bonne douche. Faut pas. Pas encore. Je dois serrer des pattes, soulever et embrasser des marmots, baiser la main des dames.

— On va dire bonjour à mon cousin Sophocle, fait Eugène.

Quel magnifique prénom ! Sa case est moins glorieuse : très peu de meubles, des matelas par terre, un crucifix, une photographie de la tour Eiffel. Embrassades. Sophocle n'a qu'un œil. Il ne voit que la moitié du monde. Il sort et s'épingle sur la poitrine une médaille militaire française. Il a combattu sous les ordres du général Leclerc. Il a délivré Strasbourg. Il reçoit chaque mois une pension de deux cents francs CFA. Quatre francs de chez nous. Il est riche comme Crésus. Sa femme décoiffe une gargoulette et nous donne à boire un gobelet d'eau fraîche. L'eau potable ici provient des puits. N'Kayi est baigné par une rivière, le Niari, buvable seulement par les crocodiles et les hippopotames. La dame essuie d'un linge mon front ruisselant ; je crains qu'elle ne me parfume les pieds. Leur fils aîné, Siméon, me récite une fable de La Fontaine et s'en tire fort bien. Je lui en fais compliment.

— Nous allons maintenant chez un Belge.

Il s'agit en fait d'une famille zaïroise établie de ce côté-ci du Congo-Zaïre. Le père exerce la profession de sculpteur-potier-ciseleur. Il me présente quelques-unes de ses œuvres. Elles sont en terre cuite dans le four qui jouxte la case. Sa spécialité est de créer des objets irréels. Voici par exemple une poterie anthropomorphe. Légèrement cambrée pour faciliter la buvée, elle comporte un col qui se prolonge par une tête humaine coiffée d'un chapeau évasé ; les yeux et la bouche sont clos ; les oreilles servent d'anses ; le nez a peu de relief ; la main du buveur éventuel a sa place sous le menton. J'ose stupidement demander :

— Qu'est-ce que ça représente ?

— Mon épouse, Jaya. Vous ne voyez pas la ressemblance ?

Il la désigne du doigt. Ils éclatent de rire tous les deux.

— Comment s'en sert-on ?

— Comme d'une gourde. Essayez.

Ils versent dedans du thé froid. J'essaie. La partie ronde tient bien dans la main. Le thé est parfumé à la menthe. C'est parfait. L'artiste me montre ensuite d'autres ouvrages : un pendentif de cuivre avec une grenouille en relief ; une paire de manchettes cylindriques toujours à figures humaines ; des boucles d'oreilles finement ajourées. Tout est merveilleusement ciselé, Benvenuto Cellini n'aurait pas fait mieux.

Entre un petit garçon de quatre ou cinq ans.

— Olive, dit le père. Mon seul fils. Il en viendra d'autres si Dieu veut. Il va au catéchisme. Nous sommes chrétiens.

Il me présente à lui :

— Monsieur Fougères. Il arrive de France pour faire marcher l'imprimerie de monseigneur Koulibo. Dis : « Bonjour, monsieur Fougères. »

— Bonjour, mossié Fouchères.

— Bonjour, Olive.

Je me penche, je l'embrasse sur les deux joues, il a une odeur aigrelette.

— Sa mère le parfume au citron. Il parle déjà bien le français, qui est notre langue officielle. Il sait même des chansons françaises.

— Olive, chante-moi ta chanson préférée.

— Si tu veux, lététon.

— Les tétons ? Comment ça, les tétons ?

— Lététon petit navire, / Lététon petit navire, / Qui n'avait ja-ja-jamais navigué, / Qui n'avait ja-ja- jamais navigué, ohé ! ohé !…

J'applaudis de toutes mes mains. Le père, la mère, Eugène applaudissent avec moi. Au bout de la chanson, Olive me prend par la dextre et m'emmène je ne sais où.

— Où m'emmènes-tu ?

— Il veut vous montrer la balançoire que nous avons faite ensemble, explique l'artiste.

Je sens sa petite main chaude nichée au creux de la mienne. Derrière la case, en effet, voici une escarpolette. L'enfant s'installe sur le siège.

— Balance-moi, mossié Fouchères.

— D'accord. Tiens-toi bien.

En avant, en arrière, pas trop haut.

— Plus fort, mossié Fouchères !

Je n'obéis pas, je pousse juste ce qu'il faut. Après un moment, j'arrête. La balançoire s'immobilise.

— À toi, mossié Fouchères.

Il veut que je prenne sa place, il prend la mienne. Il a quelque peine à ébranler mes quatre-vingts kilos. Je l'aide un peu par une oscillation de mes jambes. Après moi, c'est le tour du père. Et enfin celui de la mère, qui proteste :

— Non, non, je ne sais pas. On ne m'a jamais balancée.

— Elle n'a jamais navigué, ohé ! ohé !

Elle finit par céder. Tout cela avec des éclats de rire, des applaudissements. Car un public s'est formé autour de nous, qui bat des mains et frappe des bâtons avec un bruit de castagnettes. Jaya rit si fort qu'elle en a les larmes aux yeux. Soudain, elle s'approche de moi, me saisit la main, l'embrasse de ses lèvres charnues.

— Merci, merci, monsieur Fougères.

— Merci de quoi ?

— D'être venu de France pour nous aider. Merci de ne pas nous mépriser. Merci de nous aimer un peu.

Je veux retirer ma main, elle résiste. C'est moi qui m'empare de la sienne, qui la couvre de baisers anticolonialistes. Je pense aux milliers, aux millions d'esclaves enlevés jadis à cette terre, vendus comme du bétail. Je demande pardon pour mes ancêtres négriers. Autour de nous, le joyeux tapage devient indicible.

3

Nous sommes allés chercher à la gare en camion quinze tonnes de papier imprimable en rames de cinq cents feuilles. Suivant leurs dimensions, elles portent des noms pittoresques : coquille, raisin, grand jésus, petit jésus, florette, couronne… En cours de route, un militaire kaki nous arrête, braque sur moi, le seul Blanc, sa kalachnikov :

— Bouge pas !

On s'explique. Il vérifie le contenu du camion. Il nous laisse repartir. Après le déchargement, je dispose d'une entière après-midi. J'écris à Jocelyne une longue lettre afin de lui raconter par le détail mon long voyage et l'accueil que j'ai reçu. Mon adresse est *Boîte postale 748*, *N'Kayi – République populaire du Congo*. Lait-Caillé ne possède aucune boîte aux lettres publique, ne dispose d'aucun facteur. Chaque usager doit aller déposer ses plis à l'unique bureau de poste, y retirer son courrier éventuel.

Arrive le 13 juillet. Bien que la RPC ne soit plus liée à la France, notre fête nationale n'y passe point inaperçue. Les Français résidents se réunissent à la Marmite autour de plusieurs buffets, en compagnie d'amis congolais. Des jeunes filles ont orné leur chevelure de rubans tricolores, un bleu-blanc-rouge sur l'oreille droite et un vert-jaune-rouge sur l'oreille gauche. Le champagne coule à flots, de même que le whisky-Perrier. Des musiciens tapent sur leurs balafons, leurs cymbales, leurs tam-tams, secouent leurs grelots, pincent leurs violes à sept cordes. Le tout accompagné de chœurs incompréhensibles et de cris :

— Vive la France ! Vive le Congo libre !

À la tombée de la nuit, une fille s'est accrochée à moi. Sans souci de mon âge, de mes cheveux gris. Entre mes bras, elle frétille comme une ablette, ondule de son joli postérieur, frotte contre moi son antérieur. Nous pratiquons ainsi à plusieurs reprises le frotti-frotta. Quand je parle de la quitter pour aller dormir, elle veut absolument m'accompagner :

— Sinon, vous allez vous perdre au milieu de la nuit.

Lait-Caillé ne possède point d'éclairage nocturne. Comment refuser une proposition si obligeante ? Nous avons marché dans les ténèbres, nous tenant par la main. J'ai demandé :

— Comment t'appelles-tu ?

— Clémence. Mais vous pouvez me dire Clémie.

— Quel joli prénom !

— Et vous ?

— Romain. Tu peux me dire Romy. Tu peux aussi me tutoyer.

— Oh non ! Je vous respecte trop !

— On peut tutoyer et respecter en même temps. « Je dis tu à ceux que j'aime », dit Jacques Prévert. Un poète de chez nous.

Elle secoue la tête. Je n'ai pu la convaincre. Nous avons atteint l'évêché. Tout y dormait, excepté la fenêtre de monseigneur. Clémie n'a pas voulu que je tourne les boutons électriques. À chacun son style. Mon lit était prévu pour une seule personne, ce qui nous a obligés à nous tenir très près l'un de l'autre. Nos corps se sont tutoyés et ont célébré ensemble la fête nationale française. Clémie avait des seins pointus, presque coniques, comme les anciens pains de sucre. J'avais pris la précaution de chercher à tâtons et d'employer le *Protec-Plus* fourni par la sagesse du grand vicaire.

Tout à coup, je me suis aperçu que Clémence sautait du lit et se rhabillait.

— Où vas-tu ? Il n'est pas jour !

— Il faut que je parte. Ma mère serait inquiète si elle ne me voyait pas revenir avant l'aube.

— Est-ce que nous nous reverrons ?

— Peut-être. Comme il plaira à Dieu.

Elle s'est envolée, pas plus bruyante qu'une pipistrelle, me laissant son parfum de menthe fraîche. Les Congolaises mettent de la menthe partout. Je passai une excellente nuit.

Le lendemain matin après le café au lait, je tombai par hasard sur la personne de monseigneur Tibarouli.

— Hep ! me cria-t-il en levant sa main de bûcheron. J'ai à vous parler.

Il m'entraîna dans un réduit qu'il appelait chapelle, meublé d'un crucifix et d'un agenouilloir. Par-dessus son vêtement profane, il enfila une aube, puis s'assit en face de moi.

— Je vous ai vu hier en compagnie de la jeune Clémence et je crois devoir vous entendre en confession. Est-ce que je me trompe ?

Je secouai la tête pour avouer.

— Agenouillez-vous… Faites le signe de croix… Récitez le « Je confesse à Dieu le Père Tout-Puissant. »

— Je l'ai oublié.

— Bon. Répétez après moi. Je confesse à Dieu le Père Tout-Puissant, Créateur du ciel et de la terre…

— Je confesse à Dieu le Père Tout-Puissant, Créateur du ciel et de la terre…

— … à la bienheureuse Marie toujours vierge…

— … à la bienheureuse Marie toujours vierge…

— … à saint Michel archange, à saint Jean-Baptiste…

— … à saint Michel archange, à saint Jean-Baptiste…

Et ainsi de suite, appelant tous les saints du paradis à entendre ma confession. Jusqu'à :

— Que le Père Tout-Puissant me fasse miséricorde. Qu'Il me pardonne mes péchés et me conduise à la vie éternelle. Amen.

— Que le Père Tout-Puissant me fasse miséricorde. Qu'Il me pardonne mes péchés et me conduise à la vie éternelle. Amen.

— À présent, exposez-moi vos péchés. Je vous écoute.

Je lui en servis quelques-uns, de gourmandise, de paresse, de colère, d'envie.

— Il en manque un. Un très gros.

— Oui, mon père, j'ai péché avec Clémence.

— Combien de fois ?

— Une seule… vu mon âge.

— Était-elle consentante ?

— Il m'a semblé.

— À mon avis, ce n'est pas le plus gros de tous. Il ne dépasse guère celui de gourmandise. Le plus grave est le péché d'orgueil. L'avez-vous commis ?

— Je ne crois pas, mon père.

— Avez-vous fait, au moins, usage du *Protec-Plus* ?

— Oui, mon père.

— Récitez douze « Je vous salue ». Je vous donne mon absolution. *Ego absolvo te.*

Il se releva, se dirigea vers la porte, puis revint à moi, me tendant un autre préservatif qu'il avait tiré de la poche de son pantalon.

— Pour remplacer celui que vous avez employé.

Ce même jour, j'aurais dû reprendre mes travaux à l'imprimerie. Mais ce quatorzième jour de juillet tombait un dimanche ; je ne pouvais me dispenser d'entendre la messe célébrée par notre évêque. Elle dura près de trois heures, enrichie de cantiques, de chants congolais, accompagnée de tam-tams et de balafons. Au milieu de tout ce tapage, j'ai reconnu un cantique appris à Beurières sous la férule du curé Tournebize :

Comment peut-on pour un moment d'ivresse
Par le démon se laisser entraîner ?
Que de regrets suivront cette faiblesse !
Je n'ai qu'une âme et je veux la sauver…

Un peu tourmenté par ma nuit mentholée dans les bras de Clémie, je me suis demandé comment le démon avait essayé de me faire perdre mon âme unique. Il lui avait fallu l'aide de la prise de la Bastille et la complaisance du grand vicaire. L'avantage de la religion catholique, c'est qu'on peut commettre tous les péchés du monde, l'éponge de la confession les efface. Et l'on recommence aussitôt après.

Le poète allemand Henri Heine lui ajoute un autre mérite. Il avait abandonné sa religion primitive, le judaïsme, pour le christianisme parce que les églises parisiennes sont plus fraîches en été que les synagogues. Mais ce n'était pas le cas de la cathédrale de N'Kayi : il y faisait aussi chaud que dehors, trente-huit degrés à midi. Il fallait remplacer l'eau des bénitiers tous les deux jours à cause de l'évaporation.

Tout fut en place, les machines vérifiées, huilées, ajustées. La besogne espérée commença. Elle avait besoin de publicité. Des affiches furent placardées, des tracts distribués :

Imprimerie Père Schaeffer
Unité de production du diocèse de N'Kayi
Créée par monseigneur Koulibo
avec l'aide de quelques fonds privés
et d'un emprunt bancaire.
Dès le début, elle peut vous offrir
du travail soigné, rapidement exécuté,
du sur-mesure à des prix démocratiques.

Travaux proposés : en-têtes de lettres, enveloppes,
cartes de visite, quittanciers, carnets de bar,
factures, brochures, livres, affiches,
tracts, fiches médicales, commerciales, scolaires.
Tout ce qu'une imprimerie moderne peut faire,
au service du désenclavement et autres.
Venez nous voir à N'Kayi, à pied, en voiture,
en pirogue, à bicyclette, par avion ou par le train.
Nous vous attendons.

Le bulletin diocésain se fit aussi bulletin de propagande. Son titre, *Kintuadi*, signifiait « Union » ; la première page montrait une main noire et une blanche fraternellement réunies. Un long article me fut consacré ; il racontait mes origines, ma profession, ma vie et mes miracles. Avec ce paragraphe final : *Je ne sais si vous avez assisté à la naissance d'un poulain. À peine né, il se tient sur ses quatre pattes et trottine autour de sa mère. L'imprimerie IPS galope déjà par monts et par vaux, à la recherche de clientèle. Elle afflue déjà, charmée par la beauté de ses caractères, le soigné de sa présentation, la rapidité de l'exécution des commandes. Aidez-nous, nous vous aiderons.*

Dans l'atelier de composition, je redevenais le correcteur que j'avais été à *La Montagne*. Encore ne devais-je pas abuser de mon savoir et n'en communiquer à mes collaborateurs que l'indispensable. Ainsi, je leur expliquai le bon usage des abréviations. Chacune constitue une petite devinette que seul le contexte permet de résoudre. En conséquence, ne pas confondre *M.* qui veut dire Monsieur avec *Mr*, Mister. Monseigneur s'abrège en *Mgr*, Son Éminence en *S. Ém.*, Leurs Éminences en *LL. ÉÉm.*, Son Excellence en *S. Exc.* Le pluriel Messieurs s'imprime *MM.* ; Mesdames : *Mmes* ; Mesdemoiselles : *Mlles*. Ces titres ne s'abrègent pas lorsqu'on s'adresse aux personnes qui les portent ou lorsqu'ils sont suivis du patronyme :

Bon appétit, messieurs,
ô ministres intègres…
Veuillez agréer, madame,
mes hommages respectueux.

J'insistais sur l'emploi de la ponctuation. Elle doit être imprimée dans le même caractère que ce qui la précède. Le point d'interrogation entre parenthèses exprime un doute : *Le papier fut inventé en 105 après Jésus-Christ (?) par le Chinois Tsai-Loun.* Il disparaît après une citation qui termine une proposition interrogative : *Pourquoi ne me disais-je pas : « Il est temps de partir. »*

Sur toutes les épreuves qui m'étaient présentées, je me montrais pointilleux à tel point qu'au-delà du respect, je suscitai un peu d'agacement. Mes heures de travail quotidien accomplies, il m'arrivait de garder quelques garçons pas toujours jeunes pour démêler avec eux les complications infinies de la langue française. Je n'étais plus imprimeur, mais simplement maître d'école. Semeur de substantifs.

Un jour, j'ai même eu l'audace d'entrer dans une école. J'y ai trouvé vingt-cinq garçons frisés comme des moutons. Des moutons auvergnats, car les moutons congolais ne montrent pas de laine. L'instituteur m'a présenté à sa classe :

— Voici monsieur Romain Fougères. Il est venu de France pour nous aider à lire, à écrire, à bien imprimer. Dites tous : « Bienvenue, monsieur Fougères ! »

— Bienvenue, mossié Fouchères !

J'ai écrit mon nom en lettres blanches sur le tableau noir.

— Il va vous expliquer d'où il vient.

J'ai parlé de la France qui a la forme d'une figure à six côtés qu'on appelle un hexagone. La France est un hexagone. Je m'apprêtais à la dessiner au tableau, mais je n'ai pas pu : toute la classe éclatait de rire. Vingt-cinq négrillons se tenaient le ventre, se fendaient la pipe, se tordaient de rire. Pourquoi cette hilarité ? L'instituteur m'expliqua :

— Vous avez dit « hexagone ». Cela ressemble à un mot de chez nous, un mot congolais, *epsavog*, qui veut dire… J'ose à peine…

— Qu'est-ce qu'il veut dire ?

— Il désigne le tas de fumier que les buffles laissent derrière eux. Alors mes élèves croient que la France ressemble à un tas de fumier. Pardonnez ce malentendu.

Je me contentai de présenter l'Auvergne, ses volcans, ses plaines, ses rivières, ses cultures, ses châteaux.

— Qu'est-ce que c'est, les châteaux ?

J'en dessinai un, tant bien que mal, ses murailles, ses tours, ses fenêtres, son donjon, ses fossés. Pour mieux me faire comprendre, je racontai *La Belle aux cheveux d'or*, une histoire que je tenais de ma grand-mère Léonie. Elle était dans ses meilleurs jours une conteuse remarquable.

— Un méchant seigneur habitait un grand château. Il avait recueilli une petite orpheline merveilleusement belle appelée Dorette parce qu'elle avait des cheveux d'or. Il l'élevait, la gardait prisonnière en attendant qu'elle fût assez grande pour l'épouser. Elle ne l'aimait pas parce qu'il était vieux et laid. Chaque soir, il la peignait de ses mains, personne n'avait le droit de toucher à ses cheveux. Et il les comptait, deux mille, deux mille un, deux mille deux, deux mille trois, de peur qu'un seul ne se perdît. Or un jeune chasseur, passant à cheval au pied du château, remarqua cette ravissante demoiselle à une fenêtre où elle respirait un peu d'air. Après lui avoir parlé, il lui demanda comme une grande faveur de lui jeter un seul de ses cheveux d'or. Elle y consentit. Le jeune chevalier le ramassa, l'enroula autour de son index et la quitta. Le lendemain matin, le méchant seigneur peigna Dorette, compta ses cheveux comme chaque jour. « Il en manque un ! rugit-il. Que cela n'arrive plus ou je t'en punirai très durement ! » Quelques heures plus tard, le jeune chasseur reparut. Il parla de nouveau à la demoiselle, lui demanda un autre cheveu. Malgré la menace du maître, elle le lui accorda. Le jour d'après, le seigneur la peigna. « Il en manque un autre ! Où est-il passé ? – Je ne sais pas. Le vent peut-être l'a emporté. – S'il en manque demain un troisième, je te cognerai comme un tambour ! » Pour la troisième fois, Dorette revit le jeune homme. Au lieu de lui accorder un autre cheveu, elle fit une corde de ses draps et descendit de la fenêtre. Il l'emporta sur son cheval. Le méchant seigneur les poursuivit sur le sien, qui courait plus vite que l'autre. Dorette s'arracha un cheveu, le laissa tomber derrière elle. Or ces cheveux d'or étaient magiques. Dès que celui-ci toucha le sol, il ouvrit un fossé large et profond que le seigneur eut grand peine à franchir. Il y parvint tout de même. De nouveau, il se rapprochait des fugitifs. Dorette s'arracha un autre cheveu : un rideau de feu s'éleva instantanément, que le seigneur ne put traverser. Ainsi, la demoiselle et le jeune chasseur échappèrent à sa poursuite. Plus tard, ils se marièrent, furent heureux et eurent beaucoup d'enfants.

Naturellement, au cours de mon récit, je dus m'interrompre souvent pour expliquer les mots que mes petits Congolais ne connaissaient pas.

— Avez-vous aimé cette histoire ? demanda le maître d'école. Alors dites : « Merci, monsieur Fougères ! »

— Merci, mossié Fouchères ! Merci, mossié Fouchères !

J'allais prendre congé lorsqu'un de ces adorables petits négrillons me posa une question étrange :

— Mossié Fouchères, pourquoi ti as des cheveux dans le nez ?

— Des cheveux dans le nez ? Tu veux dire : des poils ?

— Pourquoi ti as des poils dans le nez ?

— Je ne sais pas bien pourquoi. Ils ont poussé tout seuls. Vous en aurez aussi quand vous serez vieux. Les miens ne sont pas magiques comme les cheveux de Dorette.

Rires et applaudissements.

4

Comme beaucoup de Congolais, je me promenais souvent le buste nu pour mieux supporter la température. Je m'aperçus un jour qu'à la hauteur du nombril, m'était venue une tumeur grosse comme une demi-noix. Accompagnée de démangeaisons insupportables. Dès lors, je passai une partie de mon temps à me gratter le ventre. J'en parlai à monseigneur. Il chaussa ses lunettes, se pencha sur l'enflure, pour dire enfin :

— Je ne suis pas médecin. Mais je crois pouvoir affirmer que vous avez été piqué par un moucheron appelé la simulie. Une sale bête qui nous inocule une maladie répandue en Afrique noire sous le nom compliqué d'onchocercose, qui veut dire « queue tordue », parce que la simulie a ce signe particulier.

— Diable ! Oh pardon, monseigneur !

— À force d'être grattée, la peau des enflures devient plus épaisse, assez comparable à une peau de lézard. Le plus grave de cette maladie, c'est que les nodules sont remplis de larves, dites filaires, qui se développent et se répandent dans tout le corps. Elles attaquent même les yeux et provoquent la cécité.

Je me rappelai avoir vu dans les rues de N'Kayi de nombreux aveugles s'aider d'une canne blanche. Souvent adossés à un mur, un gobelet à la main, ils suppliaient les passants :

— Ayez pitié d'un pauvre aveugle. Dieu vous le rendra.

D'autres marchaient une main sur l'épaule d'un enfant. La population éprouvait à leur égard un respect mêlé de terreur : elle croyait que Dieu les avait punis parce qu'ils avaient voulu regarder le soleil, image du souverain Créateur. Chrétiens en surface par l'enseignement des prêtres et des moines, les vieux Congolais n'avaient pas abandonné le fond de leurs anciennes croyances que les philosophes appellent animisme. Ils pensaient qu'un peu d'âme existe dans toutes les créatures, hommes, animaux, plantes ; et même dans certains phénomènes : le jour, la nuit, la lumière, les tempêtes. Et quoi de plus animé en effet, de plus vivant que le soleil, sans qui rien ne vivrait à la surface de la terre ; que le soleil image de la Vie éternelle que les chrétiens, les juifs, les musulmans appellent Dieu ? C'est pourquoi la Vie éternelle frappe de cécité ceux qui prétendent la regarder lorsqu'ils ont encore des pieds qui remuent.

Je demandai à monseigneur de quelle façon je pouvais me débarrasser de l'onchocercose.

— Les Congolais utilisent une certaine feuille, parfois efficace dans les commencements. Mais mieux vaut vous faire enlever ces nodules par un médecin ou un infirmier. Allez au dispensaire. On vous soignera. On vous donnera les médicaments appropriés. N'attendez pas.

Au dispensaire, une infirmière, sœur Elisa, originaire du Bourbonnais, me fit cette proposition :

— Vos nodules ne sont pas très gros. Je peux les extirper au scalpel sous anesthésie locale. Ou bien les traiter par le feu.

— Par le feu ? De quelle façon ?

— Je me sers d'un thermocautère formé de deux lames métalliques qu'un courant électrique fait rougir. Vous éprouverez une petite sensation de brûlure, supportable. Cette méthode est plus sûre que la première. Que choisissez-vous ? Réfléchissez.

— Je choisis la seconde. Je penserai aux souffrances du Christ sur la croix.

— Je vois que vous êtes un bon chrétien.

— Monseigneur Tibarouli me confesse de temps en temps.

L'opération fut fixée au surlendemain. Tout se passa normalement. Après avoir pris mon pouls et ma tension artérielle, sœur Elisa enduisit mes nodules d'une crème de cocaïne anesthésiante. Elle me pria de fermer les yeux. Je perçus une série de grésillements. Une odeur de chairs brûlées se répandit, assez semblable à celle que produisent les chipolatas sur le gril.

— Est-ce douloureux ?

— Non, ma sœur, c'est un plaisir.

— Ce ne sera pas très long.

En effet, bientôt mon martyre s'arrêta. L'infirmière recouvrit mes bubons de pansements cicatrisants.

— Revenez dans une semaine me montrer le résultat. Et ne vous promenez plus le torse ni les jambes nus.

— Merci, ma sœur. Combien vous dois-je ?

— L'imprimerie prend à sa charge tous vos soins.

La semaine suivante, une petite rechute fut traitée de la même façon. Voilà comment sœur Elisa réussit à me débarrasser de l'onchocercose à queue tordue.

Quelques jours plus tard, alors que je me promenais le long du Niari, je vis, assis sur un rocher, un vieil homme étrangement occupé. Armé d'un bâtonnet, il grattouillait dans une plaie de sa jambe gauche.

J'essayai d'entrer en conversation ; mais nous nous comprenions mal. Je pus distinguer seulement que sa plaie était un gros nodule éclaté et qu'il en retirait des sortes de vermicelles, longs, quelquefois de cinquante centimètres, qu'il rejetait ensuite dans le fleuve. Je compris qu'il souffrait d'onchocercose, que ses filaires propageraient la maladie aux poissons, puis aux pêcheurs. Ne pouvant expliquer tout cela au vieil homme, je lui répétai plusieurs fois le mot « docteur », montrant du pouce la direction du dispensaire.

— Docteur ! Docteur ! Docteur !

En même temps, je lui tendais la main. Il finit par se lever, par la saisir. Nous nous dirigeâmes à petits pas vers le dispensaire. Je le confiai à sœur Elisa.

Un de mes imprimeurs, Augustin, vint à perdre sa mère. Décédée dans son village de Balair, à dix kilomètres de N'Kayi, d'on ne sait quelle maladie qui l'empêchait de respirer. La mort et les obsèques d'un parent sont en Afrique noire une cérémonie longue et compliquée. Tous les travailleurs de l'IPS y participèrent. Le décès avait été annoncé par des tam-tams, des sons de cloches, des coups de fusil. Pendant cinq jours, la dépouille de Noémie reçut la visite de tout le village. Chaque personne, parente, voisine ou étrangère, en vêtements sombres, se répandait sur elle en remerciements :

— Merci, chère Noémie, pour les soins que j'ai reçus de toi quand j'étais enfant.

— Merci, chère Noémie, pour les allumettes que tu nous as fabriquées.

— Merci, chère Noémie, pour les lettres que tu écrivais à ma place, puisque moi je ne sais pas écrire.

— Merci, chère Noémie, pour le bon pain que tu nous faisais manger chaque jour.

— Merci, chère maman, d'avoir guéri ma blessure quand un chien m'a mordu.

— Merci, chère maman Noémie, pour les fessées que tu m'administrais quand je les avais méritées…

Comme chez les chrétiens, la mort ne prend que l'enveloppe charnelle, tandis que l'âme ne meurt pas. Mais elle ne va point s'installer dans un séjour de délices ou de châtiments éternels. En attendant la résurrection, elle continue d'errer autour des vivants, les favorisant, les conseillant ou les contrariant. Ils doivent capter cette force invisible et, par la danse, la canaliser à leur profit.

Noémie, dans son cercueil, avait été mise en terre provisoirement, sous une mince couche. Autour d'elle, des hommes, la figure recouverte d'un masque, dansaient, ou chantaient, ou récitaient des litanies. Cette première partie de la cérémonie funèbre devait durer quarante-cinq jours. Chaque soir, nous rentrions en camion Toyota, excepté deux d'entre nous qui devaient toute la nuit veiller le tumulus. Quand vint mon tour, moi qui ne connaissais la défunte ni d'Ève ni d'Adam, j'occupai ces heures nocturnes à songer à mes propres défunts. À ma mère qui avait perdu tout son sang en me donnant la vie. À grand-mère Léonie qui l'avait remplacée à sa façon, souvent à coups de battoir, mais toujours avec affection. À mon père décédé d'une crise cardiaque, enterré au cimetière de Royat, à qui j'apportais des fleurs plusieurs fois dans l'année.

Pendant quarante-cinq jours, l'imprimerie fut en demi-chômage, nous rattrapions la nuit le temps perdu le jour. La famille de Noémie s'imposa une sorte de ramadan, mangeant peu, buvant peu, pratiquant l'abstinence sexuelle. Après le quarante-cinquième jour, la défunte fut déterrée, transportée en grand tam-tam au cimetière de Belair. Un caveau de pierre l'y attendait, surmonté d'une croix chrétienne. Alors fut proclamée la fin du deuil. Les parents manifestaient leur joie de savoir que l'âme de Noémie avait rejoint l'âme de ses ancêtres et que tous veillaient sur la famille d'Augustin. Des invitations imprimées avaient été adressées. Nous arrivâmes vêtus de nos meilleurs habits, cravatés, fleuris, maquillés. Devant la case familiale, se donnait un festin. Une bassine pleine d'eau permit à chacun de se laver les mains. Rite du *Lavabo manus meas*. La journée et la nuit suivante se passèrent à manger, à boire, à danser, à chanter, à festiner, à glorifier l'âme de Noémie.

L'IPS reçut un employé supplémentaire. Il s'agissait d'un jeune Lyonnais objecteur de conscience. Refusant de porter les armes, il acceptait de servir civilement, en qualité de coopérant, vingt mois au lieu de dix.

— Je m'appelle Charles Legrand, me révéla-t-il. Surtout, ne m'appelez jamais Legrand Charles. Mais si vous voulez, appelez-moi Charlot.

Il couchait comme moi à l'évêché, dans une chambre contiguë. À Lyon, il avait quelque peu pratiqué le métier d'imprimeur. Ses compétences étaient limitées. Mais il acceptait les corvées les plus basses qui m'étaient imposées autrefois à Mont-Louis. Les imprimeurs congolais se montraient flattés d'avoir des leçons à donner à un Blanc, notamment en matière de reliure. Ils lui confiaient l'encollage, la rognure, le cartonnage à l'anglaise. Il y prit tellement goût qu'il se promit, lorsqu'il rentrerait en France, de se faire relieur professionnel.

En attendant, Charlot profitait bien de ses vingt ans. Pour le protéger d'éventuelles imprudences, je l'avais précautionné de deux *Protect-Plus*, pris sur ma provision. Il se laissait inviter par diverses associations de Lait-Caillé. À l'église, le curé l'employait dans sa chorale car il possédait une voix étonnante : de baryton en registre normal et de soprano en voix de fausset. Dans cette dernière fonction, on aurait pu le prendre pour un castrat. Lorsque ce chœur d'animistes christianisés entonnait *Magnificat anima mea Dominum Et exultavit spiritus meus in Deo salvatori meo*, sa voix aiguë coiffait le bourdon des autres, de même que la Callas coiffe l'accompagnement de l'orchestre lorsqu'elle chante *Casta diva.* Ses cordes vocales toutefois souffraient d'une certaine fragilité et ne lui permettaient pas de vibrer plus de trente minutes. Sa carrière à venir était donc bien dans la reliure, pas dans l'opéra.

Naturellement, il aimait à se trémousser tandis que les musiciens grattaient leurs guitares, soufflaient dans des cornes de buffle, secouaient des boîtes de conserve demi-pleines de sable, tapaient sur leurs tambours en chantant :

— *Lalo makambo, Lobi makambo, Ka lembi hé hé*… Aujourd'hui on a des problèmes, Demain on en aura d'autres, J'en suis fatigué hé hé…

Dans une salle de bal, selon le récit qu'il m'en fit, il fut accroché par deux femmes en même temps, aussi exubérantes l'une que l'autre, qui l'invitèrent à leur offrir un whisky. Lorsqu'ils eurent trinqué tous les trois, elles lui révélèrent qu'elles étaient sœurs, Colombe et

Tourterelle. À une table réservée, ils mangèrent des papayes et des mangues. Ils se mêlèrent en désordre à la foule des danseurs. Soudain, Colombe informa Tourterelle qu'elle avait la migraine, qu'elle rentrait à la maison.

— Toi, tiens un peu compagnie à ce monsieur. Amusez-vous bien.

Elle s'éloigna, les laissant seuls. Ils gambillèrent longtemps, selon la recommandation de Colombe.

— N'avez-vous pas trop chaud ? demanda enfin Tourterelle.

— On se croirait dans le four d'un boulanger.

— Allons dehors respirer un peu.

L'air extérieur n'était pas beaucoup plus frais que le confiné. Ils se promenèrent au clair d'une lune ronde comme un potiron. Ayant une certaine idée dans la tête, Charles Legrand tenait la fille par la main, la tirait vers la campagne environnante.

— Où m'emmenez-vous ?

— Je cherche une cachette confortable. Quand on s'aime, il faut se cacher.

— Vous m'aimez donc ?

— Pardi !

— C'est venu très vite !

— Nous appelons cela le coup de foudre. Pas vous ?

— Si, si, un peu. Beaucoup.

Ils atteignirent un champ de cannes à sucre. Hautes de plus de deux mètres. Les écartant de ses coudes, Legrand Charles s'y ouvrit un couloir. Puis il brisa plusieurs tiges, les étendit sur le sol, en fit une sorte de matelas. Sur lequel ils se prouvèrent leurs sentiments.

Le lendemain, Charlot me raconta tous ces détails, concluant :

— Les filles de ce pays sont très amoureuses, surtout dans les champs de canne à sucre.

Le récit de Charlot m'amène à considérer les diverses significations de notre verbe « aimer ». Le français le met à toutes les sauces : « J'aime la musique de Beethoven. J'aime le fromage d'Ambert. J'aime ma femme. J'aime mes enfants. J'aime les paysages du Cantal. » Et voilà mon Charlot qui prétend aimer sa Tourterelle dans les cannes à sucre. Ayant consulté mon dictionnaire latin, j'y trouve trois traductions de notre verbe passe-partout : *amare, libere, diligere*. L'anglais en a deux : *to love* et *to like*. Deux l'italien : *amare* et *voler bene*. Trois l'espagnol : *amar, desear, querer*. Mais chez nous, toujours la même : « J'aime Mozart. J'aime la tarte aux framboises. Je t'aime follement. »

En conséquence, je me demande s'il ne serait pas bon que le français se forge un vocable qui conviendrait uniquement à l'amour complet, du cœur et des sens. Y ayant réfléchi, je propose un terme inventé par le populo, qui conviendrait à ce double emploi : « en pincer pour ». Rodrigue en pince pour Chimène. Chimène en pince pour Rodrigue. Impossible de dire « J'en pince pour Mozart, j'en pince pour le camembert ». Il faudra que je soumette mon choix à l'Académie française.

5

Notre imprimerie manquait de clientèle. On me demanda de m'en faire le commis voyageur. Muni d'un attaché-case rempli d'échantillons, je pris le train jusqu'à Pointe-Noire. C'était un train mixte de marchandises et de passagers. Les voitures ne suffisant point à les contenir, les voyageurs s'accrochaient aux marchepieds, s'asseyaient sur les toitures. À chaque arrêt, ils en descendaient pour se dégourdir les jambes, en profitaient pour danser, chanter, battre des mains. Il fallait plusieurs coups de trompette au chef de gare pour les ramener :

— Mécanicien, attends-moi ! Attends-nous !

Le train enfin repartait en lâchant de longs sifflets. À partir de Loubomo, nous nous sommes enfoncés dans la forêt vierge de Mayombé. Si épaisse, si haute, qu'elle formait voûte au-dessus du convoi et que nous roulions dans un tunnel végétal.

À M'bouti, nous avons été arrêtés par une tornade. Un tourbillon parti du sol montait à l'assaut du ciel. Suivi d'un déluge dont les voyageurs se protégeaient en se fourrant sous les wagons. Après une demi-heure, la pluie a brusquement cessé, le tourbillon s'est éloigné vers le nord. Les clandestins sont ressortis de leurs abris, trempés comme des rats. Ils se sont déshabillés, ont tordu leurs vêtements, sont remontés quasi nus sur les voitures.

Pointe-Noire est le débouché principal de la RPC sur l'océan. De là, partent les grumes équatoriales, le pétrole extrait par les compagnies françaises ou américaines. Par là, arrivent les importations de voitures japonaises, de mobilier suédois, de whisky écossais, de coca-cola brésilien, de ciments français. C'est une ville magnifique, riche de beaux immeubles. Sa voie principale, l'avenue Charles-de-Gaulle, a quelque chose de nos Champs-Élysées. Sa gare ferroviaire a été copiée sur celle de Deauville. La côte est peuplée de villages de pêcheurs alternant avec de luxueuses villas blanches. On voit au loin les plates-formes pétrolières off shore. À Louango, une simple pierre rappelle que deux millions d'esclaves ont été embarqués ici pour les Amériques.

Recommandé par une lettre de monseigneur Koulibo, j'allais frapper de porte en porte, étalant un échantillonnage de ce que nous savions faire. Je réussis à intéresser plusieurs entreprises, à obtenir des commandes importantes. Mes déplacements à travers la ville se faisaient en taxis bleu et blanc. À la différence des taxis de France, ceux-là ne roulaient pas au taximètre. Avant de prendre place dans la voiture, il fallait débattre du prix avec le chauffeur. La plupart pratiquaient le prix « à la course » pourvu qu'elle ne s'étendît point au-delà de la ville : en moyenne « cinq cents francs CFA le jour, huit cents la nuit ». Je logeais dans un hôtel de bonne classe. Ma fenêtre donnait sur la mer. Plus d'une fois, en fin de jour et de journée, j'allai m'y laver de mes sueurs.

Hors mes activités commerciales, j'eus aussi l'occasion d'offrir mes connaissances techniques à l'imprimerie Saint-Paul. Tout bien considéré, mon séjour dans cette ville importante (la seconde du pays après Brazza) se serait bien déroulé sans une certaine molaire que j'avais fait soigner à Chamalières et dont le plombage se brisa un jour que je voulus, stupidement, casser une noisette entre mes dents. Les jardins de Pointe-Noire sont riches de toutes sortes de palmiers dont l'un produit de grosses noisettes dites arecs. Beaucoup étaient tombées au pied de l'aréquier. J'en ramassai une, par curiosité. Je cherchai une pierre autour de moi, je n'en trouvai point. L'ayant dépouillée de son écorce, je la brisai entre mes dents comme je faisais, enfant, avec nos avelines de Beurières, malgré les recommandations de l'instituteur. J'atteignis l'amande, à laquelle je trouvai une saveur de cachou. Elle me fit l'haleine fraîche. J'aurais dû m'en tenir là. Mais j'en cueillis une seconde. Lorsque je voulus la casser, ma molaire se rompit jusqu'à la racine. Le collet m'en resta seul dans la bouche. Je crachai ces débris dans le jardin, en souvenir de moi, me disant que je pouvais me passer de cette dent sans couronne. L'ébréchure hérissée qui subsistait, toutefois, m'importunait au point que ma langue s'y portait obstinément, maniaquement, comme si elle prétendait la rendre plus supportable en la léchant. Ainsi obéissait-elle à un proverbe auvergnat : *Lo lingo dono torjou ente lo den döu*, la langue bat toujours là où la dent fait mal. Qu'il faut comprendre, naturellement, au sens figuré. La nuit suivante, cet accident m'empêcha de dormir.

Le lendemain, je me mis à la recherche d'un dentiste. J'en trouvai deux rue de la Fraternité, le mari et l'épouse : docteurs Philippe et Françoise Périer, de l'École dentaire de Paris. Dans la salle d'attente, peu de monde, rien que des Blancs. Les Africains jouissent d'une denture exceptionnelle par son brillant et sa solidité. Le tarif des interventions se trouvait visiblement affiché, extraction, détartrage, plombage, couronne acier inoxydable, couronne aurifiée, etc. Selon la tradition, sur un guéridon trônaient des revues dont la plus récente datait de deux mois. Lorsque vint mon tour, je fus reçu par une jolie personne en blouse blanche, une ampoule électrique au milieu du front comme certains mineurs.

— Je suis le docteur Françoise Périer. Mon mari est en congrès à Paris pour quelques jours. Je me tiens donc à votre disposition.

Je pris place sur le fauteuil dentaire, j'expliquai mon cas, les noisettes de l'aréquier, ma molaire découronnée. J'ouvris la bouche, elle alluma sa loupiote frontale, examina le désastre. Pour arriver à cette conclusion :

— Il ne subsiste presque rien de la racine. Deux solutions seulement se présentent : extraire ce qui reste ou construire un bridge.

— Combien de temps demanderait la pose d'un bridge ?

— Quatre ou cinq semaines.

— Impossible. Je dois rentrer dans huit jours à N'Kayi, on m'y attend.

— Il nous faut donc extraire.

J'appréciai ce « nous », il me laissait entendre que je devais collaborer. Je donnai mon accord. Elle m'attacha sous le menton une sorte de bavoir ; puis elle se mit à tripoter son outillage, pinces, daviers, aiguilles, j'en percevais l'inquiétant cliquetis. Elle me fourra dans la bouche de volumineux tampons de gaze.

— Maintenant, je pratique l'anesthésie. Fermez les yeux.

Ce fut à peine comme une piqûre de guêpe. Puis plus rien. Sauf qu'elle s'affairait, qu'elle travaillait du davier, qu'elle secouait ma mâchoire comme une bouteille qu'on peine à déboucher. Elle fit une pause, essuya ses joues empourprées par l'effort.

— C'est spécial, avoua-t-elle. Vous avez une dent barrée.

— H'est-ce que h'est ?

— Vos racines forment des crochets qui refusent de lâcher l'arcade alvéolaire.

— Et alors ?

— La poigne de mon mari serait préférable à la mienne. Mais il revient dans huit jours.

— Aïe ! Aïe ! Aïe !

— Soyez sans crainte, j'y arriverai quand même, vous n'êtes pas le premier client dans ce cas que je dois traiter.

Elle s'essuya les mains, reprit ses instruments de torture, s'acharna de nouveau sur ma mâchoire. Elle redressa mon fauteuil. À une certaine suffocation que j'éprouvais, je me rendis compte qu'elle avait posé un genou sur ma poitrine et qu'elle tirait, tirait, tirait. Elle finit par lâcher prise, se laissa choir sur une chaise, en gémissant :

— J'y renonce… J'y renonce…

Et moi de supplier :

— Non, non… Vous ne pouvez pas m'abandonner hans het état !

Pas de réponse. Je m'aperçus que sa tête était renversée en arrière par-dessus le dossier de la chaise. Tombée dans les pommes, la petite Françoise de l'École dentaire de Paris ! Je me relevai, lui tapotai les joues, lui mouillai le front, lui soufflai dans la figure. Elle finit par revenir à elle, me regarda avec surprise :

— Où suis-je ?

— Dans votre cabinet dentaire.

— Qu'est-ce qui se passe ?

— Vous avez tourné de l'œil à cause de ma dent barrée. Remettez-vous, s'il vous plaît, remettez-vous.

— Excusez-moi, je suis un peu trop sensible. Heureusement, j'ai le remède.

Elle se redressa, ouvrit la porte d'un placard, sortit un verre et une bouteille de *Daddy long legs*, se versa deux doigts de whisky.

— En voulez-vous un peu ? me proposa-t-elle.

— Ce n'est pas de refus.

Elle rinça le verre, m'en servit trois doigts que je bus après m'être enlevé les tampons de la bouche. Je regagnai le fauteuil, elle m'enfourna d'autres tampons.

— Bon courage.

— Pareillement.

Elle choisit dans sa panoplie un davier énorme qui aurait arraché une dent à un rhinocéros.

— Surtout, me recommanda-t-elle, ne criez pas, ne gémissez pas, je retomberais en syncope.

Derechef, elle s'acharna sur moi, je ne sais combien de minutes. Au bout desquelles, poussant un cri de triomphe, elle brandit de ses pinces ce qui restait de ma molaire.

— Je l'ai eue !

Je me rinçai la bouche, je crachai du sang, elle m'épongea la gencive martyrisée.

— Pendant les repas, mastiquez de l'autre côté. Lavez-vous souvent avec de l'eau salée.

Je la remerciai de son intervention. Elle m'informa que je lui devais, selon le tarif affiché, huit mille francs CFA.

— Vous pouvez aussi me payer en francs français : cent soixante.

— Monseigneur Koulibo me remboursera.

Je fis le chèque et je la saluai en lui baisant la main. Je ne lui demandai aucun salaire pour l'avoir soignée et tirée de sa pâmoison.

6

Revenu à Lait-Caillé, j'eus pour premier soin de rapporter à mon évêque le résultat de mes recherches et les commandes récoltées. Je le trouvai dans son bureau où Dieu figurait dans une reproduction de la *Création de l'homme* telle que l'a peinte Michel-Ange au plafond de la chapelle Sixtine. En tenue laïque, une simple croix sur la poitrine, monseigneur était assis sur un fauteuil ; un chat de couleur sombre, aux yeux dorés, lui chauffait les rotules. Un chat persan à longs poils, dont la queue touffue, interminable, se balançait entre les genoux du prélat. En me parlant, celui-ci promenait sur la bête des mouvements languides et voluptueux. Les paupières clignotantes du félin me prouvèrent que je venais de l'arracher à sa sieste. Rien de commun avec mon cher Caramel hérité de grand-mère Léonie qui mangeait les pommes crues. Avant de présenter mon rapport, je jugeai bon de faire des compliments sur le chat.

— Un cadeau de Sa Sainteté le pape Jean-Paul II, lors d'un séjour que j'ai fait à Rome. Je l'appelle Cyrus, parce que c'est un persan authentique.

Nous eûmes une assez longue conversation autour des chats et des chatteries.

— Celui de ma grand-mère auvergnate lui servait de baromètre. En hiver, s'il se grattait de la patte derrière les oreilles, c'était signe de neige. En été, si ses poils se hérissaient, si ses moustaches dans l'obscurité produisaient des étincelles, cela annonçait un orage prochain.

— Un chat barométrique, convint monseigneur, doit être des plus précieux. Cyrus ne possède pas cette capacité. Toutefois, il en montre une des plus rares : il se glisse sous les meubles, sa queue et sa personne ramassent, dans les coins inaccessibles, les poussières que le balai n'atteint pas. Il en ramène parfois des choses perdues, des timbres-poste, des crayons, des trombones, des billets de banque. Il ne reste plus qu'à le secouer et le brosser dehors. C'est un chat-plumeau.

Monseigneur Koulibo, qui était une encyclopédie vivante, me rappela que les anciens Romains ne connaissaient pas le chat, remplacé chez eux par la belette, *mustela*. Au contraire, les Égyptiens pharaoniques non seulement le connaissaient, mais l'adoraient, le momifiaient, en faisaient une divinité à tête de chat. Pour moi, désireux de ne pas me montrer trop ignorant, je me contentai de citer quelques fables de La Fontaine et deux vers de Baudelaire : *Viens mon beau chat sur mon cœur amoureux... Les chats puissants et doux, orgueil de la maison...*

On en vint aux choses sérieuses. Je présentai les fruits de ma mission à Pointe-Noire. L'évêque m'en fit des compliments et me proposa de partir ailleurs. Vers le nord du pays, vers Madingou, vers Brazza, vers Gamboma, vers Oyo, vers Owando.

— Il vous faut écumer ce territoire que nous appelons la Cuvette. Remonter plus haut encore, jusque chez les Pygmées. Semez à tous vents les alphabets et l'amour de l'imprimerie, sans laquelle un parler ne mérite pas le titre de langue. Seulement un dialecte, un patois comme on dit chez vous, un bruit qui s'envole. Les hommes ont tous la peur de mourir, de ne laisser derrière eux qu'un peu de poussière. Apprenez-leur que le plus simple moyen de ne pas mourir complètement est de s'adonner à l'écriture, manuscrite ou imprimée. Lorsque vous relisez une lettre de votre mère ou de votre père défunts, vous entendez leur voix comme s'ils étaient à côté de vous, vous retrouvez leurs pensées, leurs sentiments, leurs rêves, leurs émotions. Ils ne sont plus décédés, vous mangez leurs mots, ceci est mon corps, ceci est mon sang. La feuille écrite ou la feuille imprimée sont une eucharistie.

Au terme de ces considérations, l'évêque de N'Kayi me demanda si je rapportais un bon souvenir de Pointe-Noire, son lieu de naissance, si tout s'était bien déroulé.

— Assez bon, monseigneur, excepté que j'ai failli me faire arracher un morceau de mâchoire par une dame dentiste peu compétente.

Je lui narrai tous les détails de l'affaire. Il en sourit.

— J'espère que cette dent arrachée n'était pas une dent de sagesse. Avez-vous souffert ?

— Pas mal, monseigneur, pas mal.

— Mettez cela au compte des pénitences que vous devez à vos péchés. Nous sommes tous des pécheurs. Combien cela vous a-t-il coûté ?

Il tint à me rembourser les huit mille francs CFA malgré mes tièdes protestations.

Un artiste peintre nous fit imprimer sur bristol des invitations dont je reproduis ci-dessous le texte :

César Palicoulou vous invite
au vernissage de l'exposition de ses œuvres
au Snack AGIP, rue de la Musique Tambourinée
le 6 août 1985 à partir de 17 heures.
Entrée gratuite. Un portrait vivant sera exécuté
en public par M. César Palicoulou, peintre aquarelliste,
gouacher fusainiste abstrait figuratif.
Certifié de la galerie Mortier
de Paris 75006.
Miniaturiste de la Nouvelle Peinture des
Artistes Associés.
Cartes illustrées pour célébrations, anniversaires,
mariages, naissances, funérailles.
Et aussi toutes peintures au mètre carré.

Je pensai que cet artiste était un amateur, un rêveur, un peintre du dimanche, connu seulement de ses parents, de ses amis, de ses voisins. Par curiosité, je me rendis à son vernissage. J'y rencontrai un homme de belle prestance, vêtu d'un boubou à longues rayures, mais cravaté par-dessous d'une lavallière, de sorte que sa tenue réunissait des éléments africains et des touches montparnassiennes. Une trentaine de personnes avaient accepté l'invite, parmi lesquelles quatre ou cinq Blancs ou Blanches. César était en fait pourvu d'un talent varié et indubitable. Son œuvre allait de la bande dessinée à la fresque fantastique. Elle illustrait le Congo dans ses fleuves, ses forêts, ses populations, ses travaux, ses rites, ses religions, sa vie animale. Une série de cartes postales racontait à l'africaine la naissance du Christ : entourée de Rois mages de race éthiopienne, d'une Vierge zaïroise, d'un saint Joseph likouala. Un Enfant Jésus crépu comme un Mbochi Kouyou. Tous ces personnages avaient cependant la peau claire, excepté Joseph, barbu jusqu'aux yeux.

César Palicoulou présentait ses devoirs aux uns et aux autres, les amenait devant ses œuvres, leur en expliquait le sujet. Il s'arrêta devant moi dont il connaissait le bénévolat au service de l'IPS Je lui exprimai mon admiration et mon étonnement :

— Pourquoi avez-vous donné une peau claire à vos Rois mages et tant de barbe à saint Joseph ?

— Il est barbu comme étaient nos hommes dans les temps anciens. Barbu aussi comme le sont les juifs traditionalistes. Si en plus je lui avais fait la peau foncée, elle se serait confondue avec la barbe, sa tête aurait ressemblé à un bloc de charbon comme vous en brûlez en France dans vos fourneaux. Enfin, chez vous comme chez nous, le noir exprime le deuil, il ne convenait pas à une naissance.

— Puisque nous sommes penchés sur cette histoire de couleurs, pouvez-vous m'expliquer pourquoi votre évêque porte une soutane blanche ? En principe, ce genre de soutane est réservé au pape lui-même. Celle de nos évêques et archevêques est violette.

— Vous touchez là un grave problème : celui de notre épiderme. C'est parce qu'il a la figure noire que monseigneur Koulibo s'habille de blanc. La plupart des Africains n'ont pas de problème avec leur peau. Pour certains, toutefois, surtout s'ils doivent émigrer en Europe, elle est un handicap. Au même titre que nos cheveux crépus. Nous avons des salons de coiffure qui proposent à leurs clientes de les décrêper. Ces dames peignent en rouge leurs lèvres qui sont naturellement foncées. Elles ont honte de leurs origines. On m'a raconté qu'à Paris il existe des pharmaciens qui vendent des produits décolorants, capables de transformer un nègre en homme blanc en quelques jours.

— Vous croyez à ce miracle ?

— Je crois à tous les miracles. Écoutez l'histoire de cette famille de Congolais, le père, la mère, un petit garçon, qui débarquent un matin à Paris et voient des affiches faisant la publicité de ce traitement. « Si on essayait ? dit le mari. – Pourquoi pas ? » répond la femme. Ils vont chez le pharmacien, achètent les pilules. « Prenez-en deux le matin et deux le soir, pendant trois jours. » Ils font la cure. Ils contrôlent son effet en se regardant dans la glace. Après trois jours, les voici d'un blanc parfait. « Et moi ? Et moi ? Et moi ? » réclame leur petit garçon. Et le père de se fâcher et de dire à sa légitime : « Nous sommes blancs depuis à peine quelques heures. Et nous voilà déjà emmerdés par un nègre ! »

Je n'ai ri de cette histoire que parce qu'elle m'était contée par un Noir.

Sur les tables du snack AGIP, des verres attendaient notre soif. Lorsque la foule des visiteurs fut consistante, le patron et un garçon du bar remplirent ces verres d'une boisson jaune et fraîche qui était de la bière de mil, pauvre en alcool et en bulles, mais riche en mousse. Le vernissage devait se terminer par l'exécution publique d'un portrait au fusain. César s'en expliqua :

— Monsieur Romain Fougères est venu ici nous faire profiter de ses compétences d'imprimeur, non pour gagner de l'argent, mais en bénévole. Son action lui rapporte seulement notre reconnaissance et notre amitié. C'est pourquoi je le choisis pour modèle de ce portrait.

Applaudissements. Je remerciai en quelques mots. L'artiste m'assit sur une chaise, me mesura au crayon le nez, les oreilles, le menton et me coucha en quelques minutes sur son papier. Sans m'embellir. Je reconnus mes paupières un peu lourdes, ma calvitie naissante, mes moustaches grises, le compère-loriot que la nature a placé sur ma joue droite et qui me gêne bien quand je dois me raser. Tous les présents applaudirent et soulignèrent la ressemblance. Je n'en fus pas réjoui.

— Emportez cette feuille, me souffla l'artiste. Vous viendrez ensuite chez moi, nous converserons plus longuement. Vous connaîtrez mieux mon œuvre et ferez la connaissance de ma famille. Je ferai un autre portrait de vous bien peigné, plus soigné que celui-ci. Me le promettez-vous ?

— Je vous le promets.

Avant que je ne quitte le snack, il eut le temps de me parler encore :

— Je suis le peintre le plus célèbre non seulement de N'Kayi, mais de tout le Congo-Brazzaville. Aucun autre confrère n'est en mesure comme moi de travailler dans tous les styles, ancien, classique, romantique, cubiste, surréaliste. D'utiliser tous les procédés de mon art, fusain, plume, pinceau, pastel, couteau. Je vous montrerai, je vous montrerai. Dites-moi d'où vous venez, en France.

— J'habite Royat, près de Clermont-Ferrand, en Auvergne.

— *Royal*, ça ne me dit rien. Mais Clermont-Ferrand, je sais qu'on y fabrique des fusils et des bicyclettes.

— Non, ça, c'est une spécialité de Saint-Étienne. Clermont-Ferrand fabrique des pneumatiques pour voitures, pour bicyclettes, pour tracteurs, pour camions, pour tramways, pour avions. Aux usines Michelin.

— Michelin, pardi, je connais bien ! Les meilleurs pneumatiques du monde. Est-ce que cette ville produit aussi ou a produit de grands peintres ?

— Quelques-uns. D'honorables peintres. Mais l'Auvergne est plus riche en hommes et femmes de plume qu'en hommes de pinceau.

Deux semaines plus tard, comme promis, je me rendis dans ce qu'il appelait sa case. Une maison de bois et de tôle ondulée assez vaste dans laquelle logeaient César et sa famille, composée d'une épouse, de cinq garçons et de deux filles. Je dis bien « logeaient », non pas « vivaient », car les Africains, comme j'ai exposé, vivent, mangent, travaillent, dorment en plein air, sauf quand ils doivent s'abriter des orages, fréquents sous les climats équatoriaux. Je fus solennellement présenté en ces termes :

— Monsieur Romain Fougères est un spécialiste des alphabets qui vient ici contrôler nos machines à imprimer. Il arrive de Fermont-Clairant, une ville trois fois plus grande que Brazza, qui produit les fameux pneumatiques Michelin pour bicyclettes, voitures, tracteurs et locomotives. Saluez-le. Dites : « Bienvenue, monsieur Romain Fougères. »

— Bienvenue, mossié Romain Fouchères.

Inversement, j'appris les nom, âge, aptitudes de la mère et des enfants : Augustine, maîtresse des lieux ; Carmin (masculin sans doute de Carmen), vingt-deux mois, la bouche déjà pleine de dents ; Figénie, quatre ans, pileuse de mil ; Jérémias, sept ans, sans spécialité ; Georges, neuf ans, batteur de tam-tam ; Ephraïm, onze ans, mécanicien ; Josué, quatorze ans, apprenti cuisinier ; Shelley, dix-sept ans, actrice de cinéma, à la recherche d'un rôle. Cette dernière, aînée de la progéniture, effectivement remarquable par sa beauté de visage et de formes, par l'éclat de ses yeux et de ses dents, rêvait de tourner dans un film africain, de devenir un jour une Brigitte Bardot congolaise.

Après sa famille, César me présenta ses œuvres picturales. Il alla les chercher dans la case et les suspendit aux branches d'un *Hibiscus tiliaceus* dont on tire des pirogues, qui couvrait de son ombre la terrasse de la maison. L'arbre en fut bientôt parsemé, comme s'il avait produit de lui-même ces aquarelles, ces pastels, ces miniatures, ces cartes postales, ces médaillons. Je suis allé d'un fruit à l'autre, exprimant à leur auteur ma sincère admiration. Et lui de se faire confirmer :

— N'est-ce pas que je suis un grand artiste ? Si j'avais eu un maître reconnu, un Cézanne, un Picasso, je serais à présent milliardaire et apprécié dans le monde entier.

Je n'étais pas loin d'en convenir. Il ajouta que d'ailleurs il n'aspirait pas réellement à la richesse. Sortir de la pauvreté lui suffirait. Pouvoir donner à ses sept enfants une alimentation et une éducation suffisantes. Honorer le noble nom de Palicoulou qu'ils portaient tous.

— En Afrique, ce nom n'est pas inconnu.

Il me récita la liste de certains tableaux qu'il avait vendus ; ils ornaient maintenant des hôtels ou des administrations à Brazzaville, à Pointe-Noire, à N'Kayi. De nombreux passants profitaient de cette exposition arborée pour venir admirer, applaudir et danser.

L'heure venue, Augustine étendit sur le sol des tapis de raphia. Chacun de nous se mit dessus à croupetons. Au milieu de notre groupe, elle disposa un large plat de terre vernissée contenant des morceaux de poulet sur un lit de couscous. Couscous de sorgho relevé au pili-pili, poudre de piment rouge. Le repas africain n'est pas comme les nôtres un spectacle théâtral avec prologue, premier acte, second acte, intervalle, troisième acte, épilogue. Tout s'y passe à la bonne franquette. Chacun se sert sans fourchette ni cuillère dans le plat communautaire, roule au creux de sa paume une boule de couscous et se l'envoie dans la bouche. En fin de parcours, il se lèche les mains.

Je ne rappelai pas à César le portrait de moi « bien peigné » qu'il avait promis. Il semblait d'ailleurs l'avoir oublié lui-même. Néanmoins nous eûmes d'autres entretiens au cours desquels il exposa ce qu'il attendait de mes services :

— Quand vous retournerez à Fermant-Clairon…

— Clermont-Ferrand.

— … à Clermont-Ferrand, je voudrais que vous organisiez des expositions pour me faire connaître. Dans des salons appropriés. Chez monsieur Michelin, peut-être. À *Royal* où vous avez votre domicile. Je voudrais que vous écriviez des articles sur mes œuvres, puisque vous êtes imprimeur. Vous me dites qu'en Auvergne il n'y a pas beaucoup d'hommes ou de femmes de pinceau. On devrait donc m'y accueillir avec intérêt. Pour chaque tableau de moi que vous réussirez à vendre, je vous donnerai trente pour cent de la somme obtenue. J'assurerai à mes frais l'emballage et le transport de mes toiles. Vous ne courez aucun risque. Si vous réussissez à me faire connaître suffisamment, je viendrai m'installer en France. Nous monterons ensemble une galerie comme celle de monsieur Mortier à Paris dans le VIe arrondissement, qui a bien voulu exposer et vendre deux de mes œuvres. Vous m'avez dit qu'à *Royal* on guérit la circulation et le cœur. J'espère pouvoir y suivre moi aussi une ou deux cures comme monseigneur Koulibo, car j'ai des varices aux jambes qui m'importunent.

7

Selon le désir de monseigneur Koulibo, je repris mes pérégrinations dans le centre et le nord de la République afin de dénicher d'autres clients.

— N'hésitez pas à franchir la frontière de la RCA (République centrafricaine). Maintenant que l'infâme Bokassa a perdu son empire, j'ai de bonnes relations avec ses successeurs. Ils vous accueilleront très amicalement.

Et me voilà reparti comme le Juif errant. Voyageant à pied, en train, en voiture, en pirogue. Et même en draisine. Je me trouvais ce jour-là au sud de Brazzaville, entre Mindouli et Kinkala. J'avais, selon la directive de l'évêque, écumé la région sans grand succès et je marchais le long de la voie ferrée, assez rendu. Vint à passer une draisine chargée de quatre cheminots de la compagnie SCFCO. Je lève le bras, la draisine s'arrête, j'explique où je vais, on me prend. On est assez fier, semble-t-il, d'avoir ramassé un *mundélé*. Nous bavardons un peu. Ces ouvriers semblent de bon commerce. La draisine avance dans le plat et dans les côtes grâce à un système de pédales, comme une bicyclette. Dans les descentes, elle court en roue libre. On doit faire en moyenne du vingt à l'heure. Je réclame mon tour de pédalage, on me l'accorde. Nous arriverons à Kinkala à la tombée de la nuit, ma place est retenue à l'hôtel des Songes. Nous disposons d'ailleurs, devant et derrière, d'un système d'éclairage.

— Et si un train demande à passer ?

— Non, pas de convoi jusqu'à demain.

On roule tranquilles. Les cheminots chantent je ne sais quoi, en battant des mains. Tout par un coup, le pilote ralentit, il tourne la manivelle de son avertisseur qui pousse un rugissement. Une charrette à bras, chargée de bûches et de brandes, nous empêche de passer. Des bûches dégringolent. Le charretier les ramasse. Il en fait tomber d'autres, il est vieux et maladroit. Les draisiniers s'impatientent, hurlent, le menacent du poing. Tout à coup, n'en pouvant plus de perdre leur précieux temps, ils sautent à terre. Deux, armés de machettes, se ruent sur l'importun, l'assomment, le découpent en morceaux, en font de la chair à saucisse. Que puis-je pour empêcher cette boucherie ? Leurs lames sanglantes font flac-flac dans le corps du vieillard. Le Congo-Brazzaville, malgré l'enseignement des prêtres et des pasteurs, est un pays de violence. Par tradition, les populations tribales se massacrent entre elles. Avant ma venue, quatre des sept chefs d'État congolais avaient été écartés violemment. L'abbé Fulbert Youlou, renversé en 1963 par trois jours d'insurrection, les « trois glorieuses », s'était réfugié en Espagne. En 1977, le commandant Marien Ngouabi, l'un des fondateurs de la RPC, avait été assassiné. Quelques jours plus tard, ce fut le tour d'Alphonse Massemba-Débat, jugé sommairement, puis exécuté. Telle est la démocratie congolaise. En 1979, le colonel Denis Sassou-Nguesso avait chassé le président Yhombi-

Opango et pris sa place. C'est sous son autorité que j'étais venu semer mes alphabets. Il avait réussi à passer pour un homme d'ouverture proche de l'Europe, tout en gardant des liens étroits avec Cuba et Moscou. Dans les kiosques à journaux, la *Pravda* voisinait avec *La Semaine africaine* théoriquement indépendante du pouvoir. Je l'ai lue plusieurs fois. Ses informations allaient du sport aux événements du monde entier, en passant par l'agriculture, un courrier régional, des pages consacrées à la langue française. Dernière trace de notre colonialisme, puisque l'Afrique noire a recouvré son identité, qui est très forte et qu'elle conservera toujours, quelle que soit la puissance des pays capitalistes ou socialistes.

Dans ma draisine, je ne me sentais pas très rassuré. Le cadavre écrabouillé du charretier restait sur les rails, à la merci des vautours, ses seuls croque-morts. Mes compagnons de voyage riaient du bon tour qu'ils lui avaient joué. Je ne comprenais pas leurs paroles, mais je voyais leur hilarité imperturbable. J'arrivai cependant intact à Kinkala. À l'hôtel des Songes, on me recommanda de bien mettre, avant de m'endormir, la barre de bois qui devait renforcer la porte et les volets. J'appris qu'une équipe de gardiens tournerait toute la nuit autour de l'établissement, armée non pas de pistolets-mitrailleurs qui font du bruit et risqueraient de déranger la clientèle, mais d'arcs et de flèches silencieux.

Mes plus beaux voyages se sont faits sur le fleuve Congo-Zaïre. En pirogues. Aussi large par endroits que l'Amazone. Avec des chutes aussi imposantes que celles du Niagara, qui nous obligeaient à mettre pied à terre, à porter la barque sur nos têtes, à la remettre à l'eau après les chutes. Elle était parfois pourvue d'un moteur à hélice ; d'autres fois, elle progressait à l'huile de coude. Nous prenions garde de ne pas nous heurter aux îles flottantes, chargées de végétations, peuplées de pélicans, d'énormes papillons, de ouistitis traînant leurs queues tachetées pareilles à de longues parenthèses. C'était l'époque où l'on cherchait encore, sans le trouver, le bateau de Philippe de Dieuleveult, un explorateur peu expérimenté disparu dans les eaux du fleuve. Ou peut-être assassiné.

J'ai vu des archipels sidéraux ! et des îles
Dont les cieux délirants sont ouverts au vogueur :
— Est-ce en ces nuits sans fonds que tu dors et t'exiles,
Million d'oiseaux d'or, ô future Vigueur[1] ?

On m'a raconté l'histoire des hommes-caïmans qui vivent dans les eaux comme des crocodiles. Ils en sortent de loin en loin pour happer des individus qui se sont mal comportés à l'égard des esprits. Ils entraînent leur proie au fond du fleuve. Ils lui accordent le droit de respirer, de parler, de vivre. Ils la traduisent ensuite devant un tribunal :

— Il nous a été rapporté que tu as souillé le fleuve de tes déjections.

— Non, je ne l'ai pas souillé. Je peux même dire que j'ai fait le contraire en nettoyant ses rives de vilains débris.

— Prouve-le.

S'il ne peut le prouver, les hommes-caïmans mangent l'accusé sans autre forme de procès. Il paraît que la chair humaine a sensiblement le même goût que la chair du cochon. Tout homme a d'ailleurs dans son cœur un cochon qui sommeille. Je n'ai pas de renseignement

1. Arthur Rimbaud, *Le Bateau ivre*.

sur la chair de la femme. Sans doute est-ce ainsi que Philippe de Dieuleveult a été consommé.

Encore un animal qui se plaît à nous dévorer : la panthère. Son nom veut dire « fleur de lotus ». C'est un gros chat terriblement féroce qui pénètre dans les maisons s'il trouve une porte ouverte. Un jour que je circulais dans un 4 x 4 Toyota, une panthère noire nous a barré la route, feulant et découvrant ses dents terrifiantes. Heureusement, notre voiture était munie d'un Klaxon qui chantait un air emprunté au *Pont de la rivière Kwaï* : « Hello ! Le soleil brille, brille, brille ! » Goûtant peu ce genre de musique, le fauve s'est écarté.

Les gendarmes congolais ne sont pas toujours plus accueillants que la fleur de lotus. Ce matin-là, levé de bonne heure pour profiter de la fraîcheur matutinale, je me promenais en tenue légère sur la rive de l'Oubangui, entre Dougou et Imfonde. Je me suis amusé à jeter des galets dans le fleuve pour produire des ricochets. Voici que, descendus d'une Peugeot rafistolée, surgissent deux militaires au képi jaune, à la vareuse verte, aux culottes rouges, les couleurs de la RPC. Un brigadier et un simple gendarme.

— *M'boté* ! me saluent-ils.

— Bonjour.

— Qui es-tu ? Que fais-tu ici ?

— Je suis un imprimeur bénévole, venu de France. Je cherche de la clientèle pour l'imprimerie IPS de N'Kayi.

— Montre-nous tes papiers.

— Je les ai laissés à l'hôtel, vous voyez que je n'ai pas de veste. Voulez-vous que j'aille les chercher ?

— Je ne te crois pas, dit le brigadier. Tu es un vagabond. Un parasite.

— Je suis envoyé par monseigneur Koulibo, l'évêque de N'Kayi.

— Si tu n'es pas un vagabond, tu dois avoir dans tes poches au moins une somme égale à cent francs CFA. Montre-nous ces cent francs.

— Je n'ai pas pris mon porte-monnaie.

— Ton compte est bon. On t'embarque.

Déjà, le brigadier m'avait mis une main sur l'épaule, me poussant vers la Peugeot déglinguée. C'est alors que le simple gendarme lui chuchota quelques mots en dialecte congolais. Ils consentirent à faire un détour jusqu'à mon hôtel. Le patron me dédouana du soupçon de vagabondage.

— Monsieur Fougères est un bienfaiteur de notre République.

— Je vous présente mes dévotions, dit le brigadier. Pardonnez-nous, c'était notre devoir. Par la suite, s'il vous plaît, ne sortez jamais sans avoir au moins cent francs dans votre poche.

Après Changa, on abandonne le fleuve Zaïre pour remonter l'Oubangui, son affluent. On entre alors dans la forêt vierge de la Sangha que domine le mont Nabemba de ses mille mètres. Dans le lac Manamingoge, j'ai assisté à la baignade des éléphants aux larges oreilles qui, de leur trompe, s'administrent des douches réciproques. La Sangha est peuplée de perroquets à queue rouge et de babouins, des singes aux attitudes presque humaines. Ils vivent en tribus, dominés par un chef. Quand celui-ci vient à mourir, les candidats à sa succession se battent entre eux férocement. Un peu sur le modèle des présidents congolais.

Autres habitants de la Sangha : les Pygmées. Des hommes de petite taille et de grosse tête. Ils allument leur feu en frottant des bouts de bois l'un contre l'autre. Chasseurs, pêcheurs, cueilleurs d'herbes et de fruits sauvages, ils s'autorisent toutefois à bûcheronner et à élever des poules. Celles-ci juchent sur les arbres pour échapper aux serpents. J'ai assisté à un de leurs repas. Repas d'anthropophages, ai-je cru un moment, car je les voyais ronger des mains et des bras. En fait, mon guide m'a expliqué qu'il s'agissait d'un gorille qu'ils avaient découpé. Le morceau le plus délicat, la cervelle, était réservé au patriarche. Lorsqu'ils cherchaient à me parler, à cause de leur petite taille, il leur fallait renverser la tête en arrière. Souvent, ils éclataient de rire, ils devaient me trouver très vilain. Peut-être se chuchotaient-ils entre eux :

— Jamais je n'ai vu quelqu'un d'aussi laid !

La rivière Oubangui m'a amené aux portes de Bangui, capitale de la République centrafricaine. Indépendante depuis 1958, c'est un pays de savanes où, à côté de cultures vivrières, on trouve du café, du coton. Le sous-sol produit de l'uranium et des diamants. J'ai visité une autre exposition de sculptures africaines. Ébloui par tant d'art chez une population tenue longtemps pour proche des singes. En Afrique comme en Europe, comme au temps des cavernes, de grands artistes vivent aux côtés de grands criminels, de grands esprits respirent le même air que d'affreux barbares. La race humaine, quelle que soit sa couleur, n'a point changé à travers les millénaires. Composée de Caïns et d'Abels innombrables. Si moins de parricides, de fratricides, d'infanticides, de génocides sont perpétrés aujourd'hui qu'il y a cent mille ans (encore faudrait-il en vérifier exactement le nombre), cela ne tient pas au progrès moral de notre espèce, incapable de changer. Seulement à l'existence de lois, de polices, de juges, de prisons, qui modèrent son dévergondage.

À Bangui, malade de fièvre et de diarrhée, j'ai été recueilli par les spiritains de Saint-Charles qui m'ont soigné une semaine, me bourrant de charbon pilé et d'infusions mystérieuses. Après quoi, j'ai pu reprendre ma chasse à la clientèle, avec plus ou moins de succès.

À l'occasion du 15 août, fête de l'Assomption de la Sainte Vierge, un grand rassemblement occupait le parvis de la cathédrale. J'ai compté environ quatre cents personnes, adultes de tous âges, assises sur des bancs ou à même le sol en attente sous le soleil torride. Il s'agissait d'animistes postulant le baptême chrétien. Entre leurs rangs, passaient des examinateurs, prêtres, diacres, catéchistes, qui posaient à chacun la même question :

— Pourquoi désires-tu le baptême ?

— Je désire le baptême parce que je veux croire en Jésus-Christ et pratiquer sa loi.

— Que dit essentiellement sa loi ?

— Sa loi dit essentiellement : adore un seul Dieu, aime ton prochain comme toi-même.

Réponses pas toujours bien articulées, répétées quatre cents fois, devenues souvent bredouillis. Les examinateurs s'en contentaient. Ils trempaient alors une cuillère dans une gamelle métallique, y puisaient un peu d'eau, la versaient doucement sur le crâne des postulants en prononçant :

— Je te baptise au nom du Père, et du Fils, et du Saint-Esprit.

Les nouveaux baptisés entraient alors dans la cathédrale en attendant la messe, célébrée par un évêque clair d'origine hollandaise.

Après la saison sèche vient la saison mouillée. Le ciel s'emberdouilla très vite. Les cataractes tombèrent sur la RCA et sur la RPC. La température atmosphérique ne descendit guère cependant au-dessous de quarante degrés. On avait l'impression de cuire dans une cocotte-minute. Je prenais quatre douches par jour. Je suis revenu en avion de Bangui à Lait-Caillé, avec ma récolte de commandes. L'IPS a été heureuse de me retrouver. Un festin nous a réunis au restaurant la Marmite, hors la vue de monseigneur Koulibo, ce qui nous a permis de nous abreuver sans modération. Le coopérant Charles Legrand, qui avait quitté l'imprimerie et alignait maintenant des chiffres au bureau de la sécurité sociale, nous a égayés en nous lisant quelques extraits de lettres reçues. *Je vis maternellement avec ma concubine... Quand notre petit garçon a eu douze ans, votre Caisse m'en a coupé la moitié... Monsieur le Directeur, mon mari est mort, dites-moi comment le faire sortir de la Caisse... Au guichet, on m'a fait attendre une heure, toute seule, en file indienne... Mon mari disparu depuis six mois est probablement décédé ; mais l'homme avec qui je vis maintenant refuse de faire quoi que ce soit avant d'en être certain. Pourriez-vous le convoquer pour qu'il change à mon égard ?...* J'avais encore beaucoup d'alphabets à semer.

Je repris mes bonnes relations avec César Palicoulou, le plus grand artiste de la RPC. Je lui demandai ce qu'il entendait par « tous travaux de peinture au mètre carré » :

— Lorsque l'occasion se présente, je me transforme en plâtrier-peintre. Des *mundélés* m'emploient pour repeindre leur cuisine, trois couches de Ripolin. Quand la besogne est terminée, je propose d'ajouter sur les murs des paysages de ma composition. Certains acceptent, d'autres préfèrent des surfaces nues et tristes. Il faut bien vivre. Je ne refuse aucune sorte d'ouvrage.

Je le félicitai de tant de modestie, disant qu'aucun travail ne vaut d'être méprisé, rappelant qu'un de nos plus grands portraitistes de la Renaissance, François Clouet, spécialiste du crayon de couleur, valet de chambre de François Ier, acceptait de peindre des portes et des carrosses. Il oubliait le plus souvent, d'ailleurs, de signer ses portraits.

Lorsque César me recevait chez lui, j'aimais à prendre sur mes genoux sa petite Figénie qui, à quatre ans, savait piler le mil dans une calebasse. Privé par le bénévolat de mes enfants et de mes petits-enfants, je lui chantais des chansons auxquelles elle ne comprenait pas grand-chose, mais qu'elle répétait exactement : « Une souris verte Qui courait dans l'herbe… Nous n'irons plus au bois Les lauriers sont coupés… J'ai z'un pied qui r'mue Et l'autre qui ne va guère… » Je la portais sur mes épaules, elle tirait mon oreille droite sans parler pour me faire tourner à droite, la gauche pour me faire tourner à gauche. Reprenant des exercices que j'avais pratiqués avec mes propres filles, ses petites mains dans les miennes, les jambes écartées, je me transformais en balançoire. Augustine, la maman, considérait avec attendrissement la jolie paire que nous formions. César nous regardait aussi. Un jour, il me fit une incroyable proposition :

— Je vous donne ma fille Figénie. Mon chef-d'œuvre. Connaissez-vous une créature plus charmante ?

— Vous me donnez ? Comment ça, vous me donnez ?

— Quand vous retournerez en France, emportez-la. Je suis sûr qu'elle sera heureuse de vous suivre. Ses yeux s'allument lorsqu'elle vous regarde. Augustine et moi, nous avons trop d'enfants. Il nous en restera encore six. Vous l'élèverez à la française. Vous la mettrez dans de bonnes écoles. Si vous préférez, vous la garderez à votre service, comme bonne à tout faire.

— Cher ami, on ne vend plus ses enfants. Nous ne sommes plus au temps de l'esclavage.

— Je ne vous la vends pas. Je vous la donne. Je suis certain que vous la traiterez bien.

— J'ai moi-même deux grandes filles et quatre petits-enfants. Cette Figénie est un amour, mais elle vous appartient. Si vous avez fait trop de gosses, il fallait vous arrêter au troisième ou au quatrième.

— Ce n'est pas permis par la religion catholique. Nous devons accepter ceux que Dieu nous envoie. En ce qui concerne Figénie, disons, si vous voulez, que je vous la prête. Vous me la rendrez quand elle sera une grande fille. Quand elle saura faire la cuisine française. Quand elle aura obtenu le baccalauréat.

Je restai muet de stupeur. Heureusement, Figénie n'entendait rien de cette conversation, occupée à piler le mil. Sinon, qu'aurait-elle pensé des sentiments de son père ? Je répondis à mon artiste que je réfléchirais à sa proposition, qu'on en reparlerait plus tard. Je repartis en secouant la tête.

8

Ayant prolongé huit fois mon contrat avec AGIR, après deux années de présence en RPC, je commençais à pratiquer le dialecte koutouba qu'on parle de Brazzaville à Pointe-Noire. *Na lembi é é* : je suis fatigué. *Nge ke boté* ? Comment ça va ? *Knala ya mboté* : Bon appétit. Je me sentais de plus en plus proche de ces quadragénaires aveugles ; de ces enfants au nombril proéminent ; de ces femmes qui portaient un moutard dans le dos et un autre sous le tablier. De ces maladies qu'on ne trouve plus chez nous grâce aux antibiotiques : tuberculose, lèpre, onchocercose, gale, typhus, typhoïde, gangrène, teigne, scorbut, choléra. Contre tous ces maux, je n'avais qu'un remède à proposer, mais il donnait accès à tous les autres remèdes : mes alphabets. La reconnaissance qu'on m'exprimait, l'amitié qu'on me témoignait me donnèrent l'idée, après vingt-quatre mois de séjour, de travaux, de voyages, d'accidents (je m'étais démis un genou, je m'aidais d'une canne), de solliciter la nationalité congolaise. Sans renoncer à mes nationalités précédentes, française, auvergnate, beuriéroise, royadère. Par l'intermédiaire de monseigneur Koulibo, je présentai ma demande officielle. Après examen de mon cas et des services que j'avais rendus, me parvint une réponse négative : je ne pouvais obtenir satisfaction qu'après cinq années passées sur le sol de la République populaire congolaise. J'étais loin du compte. Récemment, j'ai appris que Richard Bohringer, comédien, romancier, conteur d'histoires, a obtenu la nationalité sénégalaise après une simple tournée africaine de quelques semaines. Il ne faut pas comparer le cas d'un amuseur extrêmement médiatisé avec celui d'un modeste semeur d'alphabets. Aucune télévision, aucune radio n'était jamais venue constater mes prouesses.

Dans ses lettres, d'ailleurs, ma femme s'impatientait de ma si longue absence. « Est-ce que tu comptes sacrifier ta famille naturelle au profit de je ne sais quelles familles d'adoption ? Après ces deux années d'absence, tes petits-enfants t'ont complètement oublié. Ne crains-tu pas que je fasse de même ? Un de nos voisins me dit souvent que j'ai encore de beaux restes. Ma glace me le confirme. Je me teins les cheveux, je porte des jupettes et des souliers à aiguille. Te voilà averti. Toi qui es parti pour rendre très loin aux autres de grands services, ne penses-tu pas que nous en aurions, nous aussi, de grands besoins ?... »

L'absence est le plus grand des maux, nous dit La Fontaine. Après deux ans de responsabilités, de voyages à travers la RPC et les pays voisins, de déraillements, de quasi-noyades, de panthères noires ou tachetées, de serpents venimeux, d'onchocercose, de diarrhées, après avoir consommé des kilos de Savarine contre le paludisme, j'annonçai à monseigneur Koulibo, au personnel de l'IPS, aux écoles que j'avais fréquentées, mon prochain départ. Expliquant que ma femme se teignait les cheveux et portait des jupettes, ce qui était très dangereux pour notre harmonie conjugale.

— Vous pouvez, dis-je, désormais vous passer de moi. J'ai enseigné à mes collaborateurs de l'imprimerie tout ce que je savais. La RPC n'a pas voulu m'accorder la nationalité congolaise. Je dois retourner en France avant que ma famille ne m'oublie complètement.

Tout le monde protestait :

— Nous n'avons pas vu passer ces deux ans. Il faudra revenir avec votre femme et vos petits-enfants.

Je fis des promesses. J'embrassai à travers eux quatre millions de Congolais. Les plus acharnés à me retenir furent César Palicoulou, sa femme Augustine et leurs sept enfants.

— N'oublie pas, me dit l'artiste, que Figénie t'appartient. Si tu le souhaites, je te l'enverrai en colis recommandé. Ou bien je te l'apporterai moi-même à *Royal*.

Il la tenait dans ses bras. Elle me considérait de ses grands yeux innocents, sans bien comprendre sans doute ce que veut dire partir. Soudain, elle se mit à pleurer, à crier aïe ! aïe ! aïe ! non pas de chagrin comme César avait voulu me faire croire, mais parce qu'il lui avait pincé les fesses subrepticement, j'avais pu m'en rendre compte. Je détournai la tête, promettant d'écrire, de téléphoner, d'envoyer des cartes postales.

Le jeudi 23 juillet 1987, je pris le train de la SCFCO avec une valise bourrée de cadeaux : un vase de bois représentant une tête féminine, un collier de dominos en ivoire, un pendentif en forme de serpent, des bagues, un masque, un pommeau de canne servant de tabatière, des dessins de César Palicoulou. Il y eut bien cinquante personnes à la gare pour me crier : « À bientôt ! »

D'après mes calculs, la vitesse du convoi étant estimée à soixante kilomètres-heure, il devait employer moins de trois heures pour parcourir les cent soixante-dix kilomètres qui séparent Lait-Caillé de Brazzaville. Il en employa quatre et demie, pour des raisons africaines. Nous arrivâmes vers les cinq heures, presque à la fin du jour. Je passai la nuit chez les spiritains. Le lendemain vers quinze heures, ils me conduisirent en voiture à Maya-Maya où m'attendait un DC10 de la compagnie Air Afrique. Une énorme baleine blanche par le haut, jaune par le ventre. Sur le flanc, son nom de baptême : *Libreville*. Itinéraire prévu : Brazzaville, Rome, Orly. On examina mon passeport et mon billet, on radiographia et on pesa mes bagages, on m'obligea à déposer ma veste avant le tunnel antiattentatoire, on me la rendit à la sortie. Je gravis la rampe d'accès, cherchai et trouvai mon fauteuil en classe affaires, à côté d'un hublot. Nous devions voyager de nuit, je ne verrais que les étoiles.

Le commandant de bord Edouardo Artizzu nous souhaita la bienvenue en français, en allemand, en anglais, en italien. Vinrent ensuite les manœuvres habituelles, le ronron des réacteurs en taxying, puis leur grondement furibond. La démonstration de la brassière de sauvetage. L'envol. Tout cela m'avait fatigué. Je m'endormis. Je rêvai que les cinq saints Romain, mes protecteurs, voyageaient avec moi. Nous donnant la main, nous chantions et dansions un air que j'avais rapporté d'Annecy :

Amis il faut faire une pause,
J'aperçois l'ombre d'un bouchon.
Buvons à l'aimable Fanchon,
Chantons pour elle quelque chose.

Refrain

Ah ! que son entretien est doux !
Qu'elle a de mérite et de gloire !
Elle aime à rire, elle aime à boire,
Elle aime à chanter comme nous !...

On dit que cette chanson fut inventée par le général Lasalle, à la table du premier consul, le soir de Marengo. Mes saints protecteurs n'en semblaient aucunement gênés. Car j'ai ce privilège exorbitant d'être sous le patronage de cinq béats prénommés Romain. Romain, diacre et martyr, décapité à Césarée en Palestine, fêté le 16 mars. Romain, légionnaire sous le règne de Valérien qui le fit flageller avant de lui trancher la tête, fêté le 9 août. Romain, né dans le Jura, protecteur des faiseurs de pipes de Saint-Claude, fêté le 28 février. Romain, évêque de Rouen, apparenté aux Mérovingiens, fêté le 28 octobre. Romain, prince russe, massacré sur ordre de son frère, fêté le 5 septembre. Ainsi, du printemps à l'automne, ils sont cinq à s'occuper de moi sans que je connaisse le plus efficace. Je m'étonnai de les entendre chanter si bien.

— Tous ceux qui ont servi ont eu leur Fanchon ou leur Madelon, me répondirent-ils.

— Vous avez donc été militaires ?

— Tous soldats du Christ.

— Dans quelle arme ?

— Dans les zouaves de Césarée, me répondit le premier.

— Dans les transports et les communications, fit le second.

— Dans la légion des fumeurs de pipes, fit le troisième.

— Dans la marine, fit le quatrième.

— Dans l'infanterie, fit le cinquième.

Soudain, sans m'avertir, ils ont disparu et sont rentrés dans les coulisses des Béatitudes éternelles. Une sonnerie venait de me réveiller. Suivie d'un second appel du commandant Artizzu :

— Il est 4 heures GMT, 6 en France, 5 heures en Italie. Notre avion va faire escale à Fiumicino, aéroport de Rome. Notre escale durera quarante minutes. Attachez vos ceintures et avalez votre salive. Nous descendons.

Le jour était revenu. Par le hublot, je distinguai au loin le fourmillement d'une grande ville, plus près, le scintillement de la mer. Le DC10 rebondit sur la terre ferme, puis roula, puis freina, puis s'immobilisa. L'escalier d'évacuation vint embrasser notre carlingue. La porte s'ouvrit. Les voyageurs pour Rome commencèrent à sortir, salués par le personnel en grande tenue, hôtesses, stewards, cuisiniers, pilotes. Restèrent ceux qui, comme moi, allaient vers Paris. D'autres passagers montèrent et occupèrent les places libérées. Nous voilà repartis.

Une *prima colazione* nous fut distribuée sur un plateau : café au lait, jus d'orange, brioche. De quoi tenir jusqu'à Orly où nous devions atterrir à 10 heures GMT. À travers mon hublot, je ne distinguais qu'une côte lointaine et l'argent de la mer Méditerranée... *Lététon petit navire*... Venue de la queue de l'appareil, un homme se lève. Il monte sans doute aux toilettes. Pas du tout. D'une voix tonitruante qui couvre le grondement des réacteurs, il se présente en français :

— Je suis Hussein Ali Mohamed Hariri. Je prends en otages cet avion, son équipage, ses passagers. Je le détourne vers Beyrouth. Pourquoi ? Parce que j'exige la libération de tous mes frères arabes détenus en Israël, ainsi que celle de toutes les victimes du sionisme. En particulier, de mes frères Mohamed et Abbas Hamadé actuellement détenus dans une prison de Francfort. Je n'éprouve aucune animosité envers les Africains, je ne leur veux aucun mal. Je déteste seulement les Français qui soutiennent Israël. Que personne donc ne bouge ici, sinon je tire. Ou je fais exploser l'appareil.

Barbu comme tous les purs islamistes, vêtu à l'européenne, il ouvre sa veste, montre les pains de TNT attachés à sa ceinture en prononçant *Allah akbar*. Puis il se dirige vers la porte du cockpit, frappe des deux poings en criant :

— Je suis un envoyé d'Allah. J'exige que vous alliez vous poser à Beyrouth où je dois recevoir des instructions.

— Impossible, lui répond le pilote derrière la porte. Je n'ai pas assez de kérosène pour atteindre Beyrouth. À la rigueur, Genève Cointrin.

— D'accord. Mais uniquement pour le carburant. Vous faites le plein, on dépose les passagers non français – les Français, je les garde – et en route pour Beyrouth.

De ma place, je n'entendais que des bribes de ce marchandage. « À moi, mes saints patrons ! Faites quelque chose ! » En allemand, les pilotes ont informé les autorités genevoises de ce qui se passe. Hariri ordonne que chaque passager lui remette son passeport ou sa carte d'identité par l'intermédiaire d'un steward. Se promenant de long en large, il examine ces documents, marque à la craie d'une croix blanche les fauteuils des maudits Français. Il a une discussion avec un passager, l'oblige à se lever, à s'asseoir au premier rang de la première classe.

Le DC10 se pose à Cointrin, se range sur le tarmac réservé aux gros-porteurs, emplacement 18.

— Je vous donne dix minutes pour faire le plein.

— Mais il me faut plus d'une heure ! lui répond le commandant.

Un camion-citerne avance très, très lentement vers l'avion. Pour parcourir cette courte distance, il met quarante minutes, les Suisses cherchent à gagner du temps. Ils sont allés chercher un représentant de l'Organisation de la libération de la Palestine à Genève.

Soudain, un coup de feu éclate. Le passager réticent du premier rang s'affaisse et saigne. Hariri crie des injures en français et en arabe, expliquant à qui veut l'entendre que la poudre est le seul langage que comprennent les Français. Il se promène dans l'allée qui sépare les fauteuils, son Beretta toujours à la main. Il ouvre une porte pour donner de l'air, mais personne ne doit sortir.

Arrive un quidam à lunettes, bien peigné, bien rasé, bien cravaté. Genre diplomate. Le pirate braque sur lui son pistolet et demande :

— Qui es-tu ?

— Nabib Ramlaoui, représentant de l'OLP. Bonjour, mon frère. Et toi, qui es-tu ?

— Hussein Ali Mohamed Hariri.

— Que la paix soit avec toi, mon frère. Quelle est ta profession ?

— Je suis marchand d'armes à Beyrouth.

— On a entendu un coup de feu dans cet avion. Est-ce toi qui as tiré ?

— Oui, c'est moi, pour que les autres Français obéissent à ma volonté.

— Pourquoi, mon frère, as-tu détourné cet appareil d'Air Afrique ?

— Je n'en veux pas spécialement à Air Afrique. Je veux la libération de tous mes frères arabes prisonniers du sionisme. Je veux que l'avion me transporte à Beyrouth où je dois recevoir des instructions.

Pendant cette conversation, de nombreux passagers, profitant de la porte ouverte, ont sauté dans le vide. En conséquence, il se produit une grande confusion dans l'appareil. Hariri tire un second coup de feu qui atteint un steward au ventre. Hurlement du terroriste :

— Sortez le corps du Français. Son cadavre n'est peut-être pas complètement mort.

Il l'est bel et bien. Pendant qu'on se penche sur lui, cinq stewards ont l'audace de se jeter sur le pirate, de le désarmer, de lui arracher sa ceinture, de l'immobiliser. Il n'a pas véritablement une mentalité de kamikaze, il discute, il se justifie, il combat pour une juste cause, il demande pardon s'il a fait du mal à des innocents. Tout le monde lui tape dessus maintenant qu'on ne le craint plus. Les forces de sécurité arrivent à temps pour nous l'arracher. Les toboggans sont déclenchés, les passagers peuvent calmement évacuer l'avion. Cet incident de parcours a duré de 8 h 30 GMT à 12 h 52.

Un repas suisse nous est offert, andouille froide parfumée à la coriandre, navarin de mouton, salade au fromage, meringue en forme de chalet, fendant sec. À 16 h GMT, le DC10, rafraîchi, balayé, épousseté, est prêt à recevoir les voyageurs pour Orly. Chacun regagne sa place, éberlué d'être vivant. On arrive à 17 h 30. Je passe une nuit à l'hôtel. Je téléphone à Jocy pour l'avertir qu'il m'est arrivé des tas de choses. Le lendemain, je prends gare de Lyon le train de 8 h 03. Pendant tout le trajet, un imitateur professionnel payé par la SNCF pour amuser la clientèle nous récite les monologues de Fernand Raynaud, décédé depuis plus de dix ans, mais inoubliable. À 11 h 30, j'arrive à Fernand-Clairon.

TROISIÈME PARTIE

1

À la gare, seule Jocelyne m'attendait. Elle me considéra de la tête aux pieds :

— À part la moustache un peu plus riche en sel qu'en poivre, l'ensemble est bien conservé. Et moi ?

— Tu es inaltérable, comme Vercingétorix sur son dada.

— Menteur !

— N'est pas belle celle qui est belle ; est belle celle qu'on aime, dit un proverbe congolais.

— Les Congolais ont beaucoup de sagesse.

— Je ne te vois pas en jupette.

— Ce n'était qu'une vaine menace.

— Comment va la famille ? Pourquoi n'est-elle pas venue ?

— Nos filles préparent pour ce soir un grand repas en l'honneur du retour du père prodigue. Tu seras comblé. Nous sommes encore seuls pour trois heures.

À la tour des Cheix, nous avons donc trouvé l'appartement inoccupé. La chose la plus urgente était de nous coucher dans le lit conjugal encore tiède et parfumé de lavande. J'avais cinquante-neuf ans, Jocy cinquante-trois. Nous nous sommes prouvé que nos sentiments n'avaient pas vieilli.

Plus tard, l'institutrice Lucile en grandes vacances et Valentine la cuisinière sont arrivées avec maris, progénitures et des paniers de nourritures. Embrassades générales.

— Qui c'est ? demandaient mes petits-enfants qui m'avaient oublié.

— C'est papy Romain. Le papa de maman.

Il n'y eut pas de veau gras, mais les aliments les plus somptueux : foie gras, poularde de Bresse, nougettes des Charentes, fromages de partout, je ne me rappelle plus la suite. Nous avons mangé, bu, chanté, joué du piano, dansé, applaudi, jusqu'au milieu de la nuit. La fête terminée, chacun a regagné son plumard. Pour la première fois depuis deux ans, je me suis couché sans moustiquaire, avant de tomber dans un profond sommeil auquel n'ont point participé mes anges gardiens. J'en suis sorti avant le jour, réveillé par des grondements lointains. J'ai pensé à une tornade possible. Près de moi, Jocelyne ronflotait paisiblement. « Allons, me dis-je, tu n'es plus au Congo. Ce sera tout au plus un orage. » Après un long moment d'inutile attente, n'entendant pleuvoir aucune averse, j'ai compris que ces gargouillis provenaient de mon ventre en surcharge. Ils portent le nom savant de borborygmes.

Royat aussi avait peu changé. Le paradis se trouvait toujours sur son balcon. Une fontaine – œuvre de Jean Chauchard – construite au carrefour de l'avenue Jean-Jaurès et du boulevard Barrieu coulait entourée de nymphes ; l'une d'elles tourne un peu trop la tête en arrière, on a l'impression qu'elle a les seins dans le dos. Plusieurs grands hôtels, qui ne fonctionnaient que la moitié de l'année, s'étaient vendus en appartements. La foi thermale, comme la foi catholique, perd de sa clientèle. Heureusement, le puy de Dôme ne changeait pas de profil. Sauf qu'on avait planté à son sommet un relais de télévision qui le hausse bien de quatre-vingts mètres, marqué de graduations rouges ; elles le font ressembler de loin à un thermomètre médical. Les Puydômois ont été longs à accepter cette incongruité, un thermomètre médical sur un nez, ce n'est point par là qu'on mesure sa température ! Autour de lui, on voyait toujours avec des jumelles voltiger des mites blanches, bleues ou rouges, des parapentes qui ont succédé aux deltaplanes.

Chamalières avait démoli ses moulins, ses vieilles maisons et construit des immeubles vertigineux. Le grand séminaire s'était vidé de ses séminaristes, alors qu'il produisait jadis une centaine de jeunes prêtres chaque année. Les candidats à la carrière ecclésiastique doivent aller maintenant se former à Lyon, au séminaire Saint-Irénée.

Clermont avait changé comme un enfant qui grandit. Il s'était associé aux bourgs environnants pour former une communauté de communes qui s'étend de Saint-Genès-Champanelle à Châteaugay, de Royat à Pont-du-Château. Elle lance des tentacules dans toutes les directions, vers Romagnat, vers Riom, vers Cournon. Celui-ci va prochainement devenir un de ses quartiers. *Cur non ?* Pourquoi pas ? comme disait César lorsqu'il y planta ses tentes. Cournon reçoit en septembre la foire-exposition qui se tenait, à l'époque de mes dix ans, à Clermont, place des Salins. Elle avait assez de superficie pour recevoir Barnum ou Pinder Circus avec leurs ménageries et leurs roulottes. Pour recevoir aussi la foire du 9 mai qui envahissait les trottoirs et les boulevards jusqu'à Jaude. On y dansait sur le parquet-salon, on y cassait des pipes, on montait vers le ciel sur la Grande Roue. Dans le vacarme des carabines, des pétards, des limonaires. Dans l'encens sucré des pralines, de la guimauve et de la barbe à papa. On y gagnait des décorations de strass, des nougats, des assiettes, des horoscopes, des poupées qui ferment les yeux quand on les couche. Entre deux fêtes, les Salins rendaient de multiples services : aux pompiers en exercice, aux régiments de passage. Les auto-écoles y enseignaient les manœuvres du volant sans risques, excepté pour les arbustes qu'on essayait d'y faire pousser. Les édiles nous ont enlevé cette place et cette fête. Cette occasion de rire ensemble, de nous connaître, de nous aimer. Au seul profit de la bagnole et de quelques joueurs de pétanque mal convaincus qui se relaient dans cet espace réduit, les jours de soleil, pour laisser croire qu'ils s'amusent. La bagnole détermine à présent notre vie de tous les jours, notre avenir, nos relations internationales, la paix ou la guerre. Nous ne vivons plus en démocratie, mais en autocratie. Que serait Clermont sans ses pneus, donc sans les bagnoles ? Comment nos ancêtres ont-ils pu, pendant des siècles, vivre heureux sans pétrole ? Dans cette communauté riche autrefois de troupeaux, de vignes, de cultures, la vache est devenue presque introuvable, sauf à l'INRA (Institut national de la recherche agronomique) de Theix. La vigne est en voie de disparition, les cultures ont cédé la place aux lotissements, aux parkings, aux constructions industrielles ou commerciales, aux ZUP, aux ZAP, aux ZIP, aux ZOP, mystérieuses initiales dont la signification m'échappe. Les petits commerces disparaissent, au profit des supermarchés, comme à Brazzaville. Tout change, disait grand-mère Léonie, même les oranges. Les mœurs aussi ont changé. Lorsque j'ai épousé Jocelyne, elle était aussi vierge que Jeanne d'Arc, m'a-t-il semblé. Les filles s'efforçaient alors d'arriver pucelles au mariage, même si quelques-unes échouaient dans cette difficile entreprise. Parfois, la virginité était leur seule dot. De nos jours, ce capital est absolument dévalué, sauf dans les pays musulmans. Le mariage lui-même n'intéresse plus personne, excepté les curés, lorsqu'ils déposent leur soutane.

Ayant embrassé les membres vivants de ma famille, je me rendis au cimetière de Royat pour saluer mon père. Avec un pot d'hortensia bleu dont j'aime les grappes en forme de boules qui devaient rappeler au destinataire son goût pour la pétanque. Il adorait, près de l'église Saint-Léger, affronter ses amis pour des parties interminables qui s'achevaient à la lueur des réverbères. Tous se donnaient un peu l'air marseillais et usaient d'un vocabulaire emprunté :

— Oh ! Collègue ! Tu tires ou tu fais semblant ? Tâche moyen de pas t'estramasser !

— Arrête un peu ! Tu m'estransines !

Ils avaient appris ce vocabulaire avec un professeur venu de Miramas pour soigner ses artères. Les boules claquaient sec et luisaient au soleil. Leur rondeur était conçue exactement pour tenir dans la main, pareille à celle des beaux exemples de la nature, le melon, la mangue, la tête d'un enfant, le sein d'une femme.

J'arrivai donc devant la tombe de Théophile Fougères. Bien que l'incinération fût devenue une mode inspirée par l'écologie, il l'avait refusée et dormait dans la bonne terre auvergnate afin, disait-il, de lui rendre un peu des sucs dont elle l'avait nourri pendant soixante-huit ans. Je creusai dedans un trou avec mes mains nues, j'y enfonçai le pot de terre cuite qui contenait l'hortensia bleu. J'adressai quelques mots d'affection à Théo :

— Tu vois que je ne t'oublie pas, toi à qui je dois tout ce que je suis. Non seulement ma chair et mes os, mais ma passion pour l'imprimerie.

J'entendis sa réponse, filtrée par l'hortensia :

— Sans doute, j'ai contribué à te donner le goût des lettres de plomb. Mais je ne t'ai pas laissé d'autre héritage. Avec de bonnes études, tu aurais pu devenir ingénieur, député, dentiste, souffleur de verre. La nature a été ton premier professeur.

J'aurais voulu l'interroger sur la vie éternelle et la vision de Dieu, telles que nous les enseignait à Beurières l'abbé Tournebize. Mais je n'entendis plus sa voix. Cette question est le plus hermétique des mystères que nous propose l'Église. Après toutefois le mystère des finances pontificales. Je redescendis du cimetière plein de perplexités.

Nous ne pouvions voir que de loin en loin notre fille Valentine, la cuisinière, installée à Vichy. Elle avait épousé un Normand qui portait l'étrange nom de Blandamour. Ce qui, après tout, valait mieux que blanc d'œuf ou blanc de poulet. À une telle enseigne, le restaurant mettait en appétit, les clients ne manquaient point. En revanche, nous rencontrions plus facilement Lucile, l'institutrice, en poste double avec son instituteur de mari à Saint-Éloy-les-Mines ; eux s'installaient chez nous pendant un mois d'été, avec leur petite Marion que j'abrégeais en Marionnette. Je la ficelais sur le porte-bagages de ma bécane et nous allions ensemble découvrir la chaîne des Puys. Nous en redescendions chargés de bombes volcaniques et de branches de myrtilles. Marion racontait au reste de la famille ce que nous avions vu, ce que nous avions fait :

— Nous sommes descendus dans un cratère. Il était encore tout chaud.

Je ne pouvais négliger ma femme, essayant de me faire pardonner mes deux années d'absence. Un soir, je l'emmenai au théâtre afin d'entendre *Caligula*, une pièce d'Albert Camus, donnée à la Maison des Congrès et de la Culture. Au restaurant le Bougnat, rue des Chaussetiers, nous nous sommes régalés au préalable d'une somptueuse truffade. Ainsi lestés, nous entrons à la Maison des Congrès. On nous place au premier rang du balcon. Nous pouvions nous accouder à la rambarde veloutée. Lorsque les lumières se sont éteintes, me sentant un peu ballonné par les nourritures du Bougnat, j'ai jugé commode de me donner quelque aise dans l'obscurité en ouvrant la fermeture Éclair de ma braguette. Du *Caligula* de Camus, je ne garde aucun souvenir excepté cette définition : « Gouverner, c'est voler. Encore faut-il y mettre les bonnes manières. » Est-ce que les choses ont changé depuis les Romains ?

Tout va bien jusqu'à l'entracte. À ma droite, je vois venir alors vers moi un couple qui a sans doute à faire aux lavabos. Comme ils m'atteignent, la lumière étant revenue, je me rappelle soudain le bâillement de ma braguette. D'un geste brusque, je ramène vers le haut le curseur de la fermeture. Coinçant du même coup la jupe flottante de la dame. Rien n'est plus difficile que d'ouvrir une fermeture Éclair lorsqu'elle est coincée. Malgré mes efforts frénétiques, je n'y arrivais point. Et la dame de récriminer :

— Si vous déchirez ma jupe, vous me paierez la réparation.

— N'en doutez point, madame, n'en doutez point.

Et le mari, par-derrière, d'entamer une scène de jalousie :

— Veux-tu me dire, s'il te plaît, ce que fait ta jupe dans la braguette de ce monsieur ?

Je réussis finalement à la dégager. Le couple s'éloigna sans me dire merci. Je n'ai jamais reçu de facture de réparation. L'ingratitude de certaines personnes est révoltante.

Deux années s'écoulent sans événements notables. François Mitterrand et le chancelier Helmut Kohl scellent l'amitié franco-allemande en se donnant la main devant l'ossuaire de Verdun. Israël et la Palestine continuent de joyeusement s'étriper. Alors commence le millésime 1989 dont les deux derniers chiffres sonnent dans l'histoire comme un chant de cloches pour annoncer l'avènement d'une ère nouvelle. Je me permets, pour mémoire, de rappeler quelques dates confirmatoires :

489 – Théodoric, chef des Ostrogoths, conquiert l'Italie.

789 – Roland, neveu de Charlemagne, sonne du cor à Roncevaux.

987 (989-2) – Hugues Capet se fait proclamer roi.

1099 (1089+10) – Prise de Jérusalem par les croisés.

1492 (1489+3) – Christophe Colomb découvre l'Amérique.

1589 – L'ambassadeur Jean Nicot fait découvrir son herbe aux Français.

1689 – Claude Faure invente la pipe en racine de bruyère.

1789 – Début de la Révolution française.

1889 – Naissance d'Adolf Hitler en Autriche. Un Français, Robert Alix, installé aux États-Unis, invente le chewing-gum.

Toutes ces années en 89 laissaient prévoir pour 1989 des événements prodigieux. Ils n'y manquèrent pas. En mai-juin, la Chine fut secouée par un mouvement d'étudiants qui, réclamant la liberté de penser, de parler, d'écrire, crurent qu'un régime né de la violence pouvait se réformer par la douceur. Ils dressèrent à Pékin une statue en polystyrène de la Liberté, copiée sur celle de New York. Sur la place Tiananmen, grâce à la télévision, le monde entier vit avec stupeur et admiration un jeune homme, armé de sa seule innocence, arrêter les bras en croix une colonne de blindés. Mais, ensuite, le printemps de Pékin fut noyé dans un fleuve de sang. « Nous avons maté l'émeute contre-révolutionnaire ! » proclama le gouvernement chinois.

Le 14 juillet, pour honorer le bicentenaire de la prise de la Bastille, la cantatrice américaine Jessie Norman, drapée dans une robe bleu-blanc-rouge, chanta magnifiquement *La Marseillaise* dans les rues de Paris. Avec la même intention, une locomotive en bois grandeur nature descendit les Champs-Elysées.

En août, la Pologne, la Hongrie, la Tchécoslovaquie sortirent du communisme despotique. L'URSS se prépara à en faire autant.

En octobre, Erich Honecker, président de la RDA, donna sa démission. Le mur de Berlin qui séparait les deux Allemagnes fut démoli et distribué en petits morceaux à titre de souvenirs.

En décembre, le dictateur rouge de la Roumanie Nicolae Ceausescu et sa femme Elena furent arrêtés et fusillés.

Tous les rêveurs, dont je suis, s'imaginèrent qu'une ère de bonheur universel allait envelopper le monde ; ils se préparèrent à en remercier Dieu qui, pour une fois, faisait preuve de sa célèbre bonté enseignée dans les catéchismes. Elle atteignit les Fougères puisque Jocy et moi-même fûmes enrichis de deux nouveaux petits-enfants, une fille, Mylène, chez l'institutrice et un garçon, Victorien, chez la cuisinière. Ivres d'allégresse, tous les peuples se mirent à danser la lambada, venue du Brésil. Les Belges seuls hésitèrent à participer à la fête, divisés comme d'habitude en deux clans, parce que deux Belges, un Flamand et un Wallon, se disputaient l'honneur d'avoir inventé la frite à section hexagonale qui retient moins d'huile que la rectangulaire.

Je commençais à me demander ce que j'allais faire de tant de bonheur lorsque, en 1992, AGIR abcd me proposa une nouvelle mission : aller semer des alphabets dans la Roumanie libérée. J'en reparlerai. Mon retour d'Afrique avait fait grand bruit dans Royat, Chamalières, Clermont-Ferrand et les environs. *La Montagne* m'avait consacré des reportages et des photos qui firent connaître jusqu'à Paris ma binette et ma spécialité. Pour tout dire, je devins une vedette. Invité dans les écoles, je racontais ma vie et mes exploits. Et, pour ce faire, je me présentais dans le boubou traditionnel des Congolais. Je détaillais comment on travaille, on dort, on mange dans les pays africains.

— Les Congolais ne savent pas marcher : ils dansent. Ils ne savent pas parler : ils chantent. Ils ne téléphonent pas : ils se communiquent les nouvelles par les sons du tam-tam.

Les élèves n'en croyaient ni leurs yeux ni leurs oreilles.

Lait-Caillé ne m'oubliait pas. Je recevais souvent des lettres m'invitant à y revenir, l'imprimerie Père Schaeffer avait de la peine à se passer de moi. César Palicoulou était mon correspondant le plus assidu. Il m'informa qu'il venait de fonder une association de peintres et artistes, le DFCA : Département Fournitures de Correspondances Artistiques, service miniaturiste de la Nouvelle Peinture des Artistes Associés. Un employé de l'IPS me révéla qu'en fait César était le seul membre de cette prétendue association. Quelques semaines plus tard, il m'envoya une lettre étonnante dont je respecte ci-dessous la syntaxe et l'orthographe :

N'Kayi le 18-3-1992

Très cher et Monsieur Romain Fougères,

C'est avec grand plaisir que je venais de recevoir votre réponse du 25 janvier. Je n'ai jamais cessé de penser à toi jusqu'à la fin de ma vie. Je tiens toujours sur mes jambes malgré les douleurs de ma colonne vertébrale qui me fait mal pendant plusieurs années. Une maladie qu'on est jamais arriver à soigner. Mais plus tard, si vous voulez bien, je viendrai chez vous prendre les eaux de Royal qui guérissent tout. Je t'aime beaucoup toi et ta bonne petite famille je leur souhaite tous longue vie. En vérité, la paix est chez nous, rien à signaler, nous vivons main dans la main, tu peux revenir tranquille, nous t'attendons quand tu voudras. Ici, le Blanc, le mundélé, est l'homme le plus respecté, le plus aimé, c'est lui qui nous fournit du travail. Depuis que notre République existe jamais il ne s'est produit la moindre menace contre le mundélé.

Tu sais cher ami que je suis parmi les trois meilleurs artistes de mon pays. Je peins les abstraits, la vie coloniale, la besogne des agriculteurs, paysages, natures mortes, couchers de soleil, clairs de lune, etc. Je voudrais que tu sois pour moi un associé, que chaque tableau de moi que tu vendrais on ferait moitié-moitié. Mon ami, fais-moi venir chez toi pour au moins deux mois pour les expositions. Cela te fera beaucoup d'argent. En récompense, je te donnerai ma fille très belle. Ci-joint sa photo. Elle s'appelle Palicoulou Shelley. J'attends ta suite impatiemment. Ne m'oublie pas. Je t'aime toujours à bientôt.

Ton ami César Palicoulou de tous les temps. P. S. Ma fille t'aime beaucoup, elle t'écrira aussi. Elle ne doit pas faire problème pour vous. J'irai à l'ambassade de France à Brazzaville, je m'arrangerai pour la mettre au nom de Fougères. Merci du grand respect que je vous dois.

Effectivement, la lettre était accompagnée d'une photo en couleurs montrant une ravissante jeune fille dont le sourire un peu coquin, les yeux à peine mandorlés, les bras grassouillets rappelaient le charme de Joséphine Baker. Son âge ? De dix-huit à vingt ans. Je ne me vis pas enfermer dans notre modeste cage royadère un oiseau de cette envergure. En fait, après la cadette, César me proposait sa fille aînée comme un paiement des services futurs que je lui rendrais. Son marché extravagant n'eut aucune suite. La mission en Roumanie justifia mon non-retour à N'Kayi.

En 1992, AGIR abcd me proposa donc de transporter et d'installer à Craiova, la seconde ville roumaine (300 000 habitants), située près de la rivière Jiu, affluent du Danube, une presse typographique et une machine offset Marinoni à deux couleurs, offertes par monsieur Jue, imprimeur au Chambon-Feugerolles (Loire), ainsi qu'une photocomposeuse, cadeau de monsieur Ramirez, imprimeur à Saint-Étienne. Après la chute du régime communiste, la Roumanie essayait de retrouver ses esprits. La nouvelle imprimerie servirait à publier la revue *Ramuri* (Rameaux), organe des intellectuels libérés, parmi lesquels Gheorghe Tudor, directeur du théâtre national de Craiova, le poète Marin Sorescu, le philosophe Marius Ghica, la graphiste Alina Rosca.

Afin de préparer mon séjour, je m'intéressai à la langue roumaine, qui dérive essentiellement du latin comme le français, avec de nombreuses insertions slaves. Au temps de Ceausescu, le russe et le français étaient dans les écoles deux langues étrangères obligatoires ; l'une et l'autre risquaient maintenant de perdre de leur influence au profit de l'anglais. Signe particulier du roumain, les articles *ul*, *i*, *a*, *le* se suffixent au substantif : *vagonul*, le wagon ; *buletinul*, le bulletin. C'est une langue chargée d'accents, graves, circonflexes, en croissant de lune, de points, de cédilles. Pour bien faire, je me procurai un guide de conversation. Il me proposait les situations les plus hilarantes :

En voyage. Pouvez-vous réparer ma voiture ? *Putete repara sa-mi masina* ? L'accélérateur est bloqué… Le différentiel est cassé… Les pistons sont grippés… La pédale d'embrayage ne fonctionne plus… Le silencieux fait trop de bruit… J'ai des ratés dans l'allumage.

Au marché. Avez-vous des cerises à vendre ?… Avez-vous du parmesan ? Et du roquefort ? Et du gruyère ? J'aime beaucoup les fromages roumains.

Chez le médecin. Je souffre d'une diarrhée infernale… Mon pouls est agité. Mes oreilles bourdonnent. Dois-je garder le lit ?… Je sens que je suis à l'agonie. Prendriez-vous aussi le soin de mes obsèques ?

Toutes les catastrophes possibles étaient prévues. Je faillis renoncer au voyage.

Avant de partir, je remontai au cimetière de Royat pour dire au revoir, à bientôt à mon paternel. Sa tombe se trouvait dans la partie haute du terrain ; il avait de ce point une vue magnifique sur Clermont et sur la chaîne des Puys. Pour remplacer l'hortensia bleu que la canicule avait dû maltraiter, j'apportais un pot de roses artificielles, peu sensibles aux intempéries. Arrivé devant la résidence de Théophile Fougères, je cherchai le pot d'hortensia, sans le trouver. Une plaque émaillée apportée par mes filles, *À notre cher grand-père que nous n'oublierons jamais. Lucile Valentine*, avait également disparu. Me promenant dans les allées, je rencontrai une vieille femme qui suffoquait d'indignation :

— On a volé le crucifix de mon défunt !

— Et mon pot d'hortensia ! Et la plaque de mes filles !

— C'est un peu fort ! On vient dérober ces souvenirs sur nos tombes. Et pour quoi faire ?

— Sans doute pour les revendre ailleurs. En effaçant les noms.

Je venais de découvrir une profession nouvelle : celle de dépouilleur de tombes. Les cadeaux mortuaires, chargés de sentiments personnels, n'ont de valeur que pour celui qui donne et pour celui qui reçoit. Privés de ces sentiments, ils ne signifient rien. Je déposai néanmoins mes roses artificielles, et je descendis me plaindre à la mairie.

— Vous n'êtes pas le premier. Nous avons établi une surveillance.

— Je suppose que le coupable n'opère que la nuit. On peut entrer dans le cimetière à toute heure.

— S'il le faut, nous installerons une caméra. Nous vous tiendrons au courant de notre enquête.

Je rentrai chez moi, expliquer à Jocy cet étrange forfait. Au cours d'autres visites, je rencontrai des personnes victimes elles aussi de ces voleries.

— Pour moi, supposait l'une, ce sont des romanichels. Ces gens-là ne vivent que de rapines.

— Pour moi, prétendait l'autre, c'est un marchand d'articles funéraires. Il les restaure et les refile aux veuves éplorées que le chagrin aveugle.

— Pour moi, dit une troisième, il s'agit d'un protestant. Les huguenots ne mettent jamais d'ornements sur leurs tombes. Ils considèrent que les pots et les fleurs sont une forme de fétichisme.

Fétichisme ? Je connaissais. Dans les cimetières congolais, les sépultures étaient couvertes de statuettes, de masques, de pièges qui prétendaient capturer l'esprit du défunt. Bien qu'ils y soient opposés, les prêtres et les pasteurs tolèrent ces pratiques.

Les policiers municipaux royadères eurent enfin le dessus. Un avis publié dans la presse invita les victimes à se rendre à la mairie afin d'identifier et de récupérer les objets de ces larcins. Parmi une exposition de plaques, de vases, de crucifix, d'ex-voto étalés sur une table, je reconnus mon pot d'hortensia et la plaque de mes filles. Je demandai qui était le voleur.

— Une voleuse. Une vieille femme octogénaire. Elle nous a expliqué en pleurant qu'elle avait cette manie de collectionner les fleurs et les plaques dans le seul but de transformer son appartement en cimetière. « À présent, nous a-t-elle dit, mettez-moi en prison. J'ai trois fils, six petits-enfants, quatre arrière-petits-enfants. Jamais personne ne vient me voir. En prison, je serai moins seule que chez moi. » Déposez-vous une plainte ?

— Bien sûr que non. L'avez-vous arrêtée ?

— Nous l'avons laissée chez elle sous la surveillance d'une assistante sociale.

On me donna son nom et son adresse. Quelques jours plus tard, chargés d'un bouquet d'œillets, d'une bouteille de Pulco et d'une tarte aux pommes préparée par Jocy, nous sommes montés au domicile de madame Georgette N…, rue de la Pépinière. Lorsque nous avons sonné, elle a crié derrière sa porte :

— Oui, je suis Georgette N… Vous venez m'arrêter ?

— Non pas, madame. Nous venons vous rendre visite avec une tarte aux pommes et une bouteille de Pulco. Nous sommes monsieur et madame Fougères. Nous habitons au douzième étage de la tour des Cheix.

— Vous voulez que je tire la chevillette ?... Laissez-moi réfléchir.

— Prenez votre temps.

Elle a fini par nous ouvrir. Nous avons vu une petite vieille blanche de cheveux et de visage, excepté les lèvres qu'elle avait pris la peine de teindre pour mieux nous recevoir. Elle nous a introduits dans sa cuisine, nous a présenté des chaises de paille, précisant :

— C'est moi qui les ai empaillées. Je suis rempailleuse de chaises, quand j'en trouve.

Je crus reconnaître en elle ma grand-mère Léonie. Elle nous a montré une photo de Camille, son pauvre mari, mort depuis quinze ans.

— Je n'ai jamais su de quoi. Il travaillait à la blanchisserie Trinquard, les hôtels donnaient beaucoup de linge à laver. Maintenant c'est fini, chaque maison a son lave-linge. Un matin, j'ai trouvé Camille mort à côté de moi, dans notre lit, sans qu'il me dise pourquoi ni comment. Nos enfants sont éparpillés. Mon homme m'a laissé une toute petite pension, qui me permet, avec mes chaises, de ne pas vivre de l'air du temps.

Elle me demanda pardon d'avoir volé mes fleurs et répéta ses regrets de n'avoir pas été emprisonnée.

— Je suis certaine, d'ailleurs, que dans les prisons on trouve parfois du brave monde.

— Oui, les gardiens, les secrétaires, la direction.

— Je parle des prisonniers. Des prisonniers innocents ou enfermés pour pas grand-chose. Tandis que dehors, beaucoup de crapules se promènent en liberté, protégées par de mauvaises lois. Voyez par exemple nos ministres !

— Vous pensez que… ?

— J'en suis certaine.

Nous fûmes très étonnés de trouver chez une vieille rempailleuse de chaises un esprit aussi libertaire.

— Si vous voulez bien me recevoir, dit Jocy, je viendrai de temps en temps vous rendre visite. Mon mari doit partir en voyage. Nous nous tiendrons compagnie.

— Quel plaisir vous me ferez !

2

Premier voyage en Roumanie.

Ancien territoire dominé par la Turquie, cette République doit son existence à la France et à la Russie. À la suite de la guerre de Crimée, le congrès de Paris (1859) autorisa la Valachie et la Moldavie à se séparer de l'Empire ottoman et à former, réunies, un état indépendant. Le drapeau bleu-jaune-rouge fut inspiré par le nôtre.

Trois éléments donnent au pays sa physionomie géographique. Il est carpatique par son relief. Danubien par son réseau hydrographique. Pontique[1] par son littoral et certains traits de son climat.

AGIR mit à ma disposition un camion diesel Peugeot et un chauffeur auxiliaire, Joseph Murier, dit Jojo, de Pérignat-lès-Sarliève. Bénévole retraité de la mécanique comme je l'étais de l'imprimerie. Je le connaissais peu. Pressentant les dangers de toutes sortes que peut-être nous allions courir en Roumanie, je lui demandai si, parfois, il commettait des infidélités conjugales.

1. Référence au Pont-Euxin, ancien nom de la mer Noire.

— Jamais ! s'écria-t-il. Au grand jamais ! La seule chose qui puisse, de loin en loin, m'arriver, c'est de me tromper de femme.

Nous partîmes rassurés.

Le 3 avril 1992, à cinq heures du matin, nous nous mettons en route dans la nuit noire, mais par un temps très favorable. L'autoroute A72 nous conduit à Saint-Étienne et au Chambon-Feugerolles où nous chargeons les machines promises. Conduisant à tour de rôle, nous atteignons les Alpes en fin de journée et couchons à Bourg-Saint-Maurice. Le 4, non sans peine, nous franchissons le col enneigé du Petit-Saint-Bernard, comme, avant nous, avaient fait Hannibal et ses éléphants. Le camion fume du derrière. Nous l'abreuvons d'eau fraîche. Retrouvant mes souvenirs de chasseur alpin, je chantonne :

Si vous avez des tripes,
C'est le moment de vous en servir.

Les Alpes sont magnifiques de blancheur. Un peu avant La Thuile, nous franchissons la frontière italienne. Puis, par Aoste, Ivrea, Vercelli, les belles autoroutes nous conduisent, évitant Milan et Venise, jusqu'à Trieste, où nous couchons à l'albergo Santa Croce. Nous avons de la peine à dormir, dérangés par les bruits de la ville, le chant des cloches, la sirène des bateaux, le Klaxon des voitures. Les Italiens n'ont aucune idée du Code de la route ; ils ne respectent ni les feux rouges, ni les lignes blanches, ni les limitations de vitesse. En revanche, si vous leur demandez votre chemin, ils sont d'une obligeance extrême. Non seulement ils vous l'expliquent par gestes et par paroles, mais ils prennent la peine de vous précéder en disant :

— *Seguitemi*. Suivez-moi.

De là, nous avons traversé la Yougoslavie qui existait encore, étroitement surveillés par la police. En Hongrie, à Obst, nous avons bu du tokay dans un avion bimoteur transformé en bar.

Après Ursac, voici enfin la frontière roumaine. Nous sommes dans les Alpes de Transylvanie, prolongement des Carpates, que nous traversons en même temps que le Danube, pas bleu du tout en ce printemps mouillé. Il porte ici le nom de Dunarea, est encombré d'îles flottantes comme le Congo-Zaïre, peuplées d'oiseaux aquatiques, foulques, spatules, aigrettes, hérons. Les falaises rocheuses qui le dominent et en resserrent le cours sont les Portes de Fer. Mais bientôt, il atteint la plaine de Valachie où il s'étale parmi des colonies de pélicans. Avant d'aller, par un immense delta marécageux, se jeter dans la mer Noire, qui n'est pas noire non plus, malgré la masse de limon qu'elle reçoit. Comme toutes les mers du monde, elle prend la couleur du ciel qu'elle reflète.

Nous avons quitté le fleuve à Drobeta. Les routes dites « européennes » sont en bon état, parcourues par des camions, des voitures, des chars de foin ou de paille. Sur les bâtiments publics, flottent les drapeaux tricolores, avec un grand trou dans le jaune à la place des anciennes armoiries communistes. Dans la traversée des villages et aux carrefours, les routes sont bordées d'innombrables bicoques où l'on vend de tout : fleurs, fruits, légumes, vins, miels, beignets au fromage, chaussures, flûtes de Pan. Ailleurs, ce sont des troupeaux d'oies blanches qui allongent le cou pour observer la circulation. Elles pâturent l'herbe des fossés sans surveillance. Il leur arrive même de traverser la route en groupe pour aller voir ce qui se passe de l'autre côté. Aucune voiture ne les écrase.

À Strehaia, nous avons suivi le cours du Jiu, affluent rive gauche du Danube ; il nous a conduits à Craiova, où nous sommes arrivés après cinq jours de voyage. La République socialiste roumaine s'est débarrassée du communisme, mais il est encore bien visible. Dans l'architecture soviétique des bâtiments officiels. Dans la raideur de la police héritée de la Securitate. Aux plafonds des hôtels et restaurants, des caméras dissimulées vous suivent jusque dans les chiottes. Il nous a été dit que dans les ex-palais de Ceausescu les robinets des salles de bains sont toujours en or massif. La plupart des fonctionnaires d'autorité sont d'anciens apparatchiks formés à Moscou. Les conversations portent rarement sur la politique passée, présente ou future. C'est le règne du *Nu stiu*, « Je ne sais pas ». Ou du *Mi am uitat*, « J'ai oublié. »

En revanche, je dois reconnaître que l'accueil que les Craioviens, informés de notre venue, nous ont réservé, était digne de la descente des Champs-Elysées par Charles de Gaulle en août 1944. Tout ce monde nous applaudissait, criait « Vive la France ! », nous envoyait des baisers. Des femmes nous offraient des bouquets, d'autres sautaient sur nos marchepieds pour nous embrasser. Jojo et moi répondions de notre mieux à cet enthousiasme. Seul le ciel gris se montrait malveillant. Tout à coup, sortant de la foule, deux militaires en armes nous ont arrêtés. Ils ont vérifié notre identité, notre chargement, puis nous ont conduits à l'imprimerie d'État à l'orée de la vieille ville très pittoresque, bâtie sur de petites collines. Les imprimeurs nous ont fait un accueil non moins chaleureux. Parmi eux, des écrivains, des journalistes, des collaborateurs de *Ramuri*.

Tous parlaient le français avec le charmant accent d'Elvire Popesco.

On nous présenta un agrandissement considérable de ladite imprimerie, dont seuls étaient en place les murs, le sol cimenté et la toiture. Nous avons fait le tour de ce chantier, choisissant des emplacements pour les machines que nous apportions. Il s'ensuivit de longues discussions franco-roumaines dans lesquelles je n'eus l'occasion de placer aucune des phrases de mon manuel, *J'ai mal au ventre, j'ai perdu le sommeil*, etc. Quand tout fut décidé, des ouvriers crachèrent dans leurs mains et procédèrent au déchargement de nos machines. Ce n'était pas une mince affaire, chacune pesait au moins deux cents kilos. Il fallut les fixer au sol par des écrous pris dans le béton afin de bien contenir leurs vibrations. Tous ces hommes firent preuve de courage et de compétence. Il fallut aussi régler des problèmes électriques parce que certaines exigeaient du 220 volts, d'autres du 380. Disposer une installation d'eau et des bacs pour le lavage des plaques offset. Commander des meubles où stocker l'encre, le papier, les produits d'entretien. Tous ces travaux se firent sans chauffage, alors qu'il neigeait sur la ville.

— Le chauffage viendra plus tard, promit le chef de chantier. Pour l'instant, c'est le travail qui nous réchauffe.

À l'heure des repas, on nous apportait des gamelles de soupe, des côtes de porc et une sorte de polenta appelée *mamaliga*. Au dessert, du fromage de brebis, *branza de burduf*, enveloppé dans une écorce de sapin. On buvait un vin rouge très léger, aigrelet, qu'en France on appellerait de la piquette. Mais nous étions souvent invités chez l'un ou chez l'autre. Nos hôtes faisaient d'extraordinaires efforts pour nous régaler. Ils nous servaient des confitures aux pétales de rose et du vin rouge de Cotnari parfaitement estimable.

À l'hôtel Minerve où nous étions logés, chacun disposait d'une chambre confortable, avec télévision, mais non chauffée. Le patron auquel nous nous étions plaints nous avait répondu qu'il ne faisait pas encore assez froid pour mettre en route le chauffage. Il nous avait même, pour nous convaincre, cité un proverbe roumain : « Manger au chaud, dormir au froid. »

La disparition de l'abominable régime de Ceausescu n'avait pas ramené la prospérité dans Craiova. Devant les garages, de nombreuses voitures en panne attendaient d'éventuelles réparations ; leurs propriétaires avaient pris la précaution d'enlever les essuie-glaces, les rétroviseurs, parfois même les pneus. Des queues se formaient aux portes des magasins qui promettaient pour bientôt des chaussures, des bas en Nylon, des tubes de pâte dentifrice, du savon, des rouleaux de papier hygiénique. Queues aussi devant les stations-service pour obtenir un peu d'essence, pompée à la main, comme chez nous en 1925. Les trottoirs étaient peuplés de gitans ou gitanes vendeurs de cigarettes à l'unité, de dentelle à la coudée, de fil à la pelote. Qu'on me pardonne ce détail sordide : l'hôtel Minerve lui-même manquait de papier Q. À la place, il fournissait des liasses de papier journal. Comme celui-ci risquait de boucher les conduites d'évacuation, une notice trilingue recommandait à la clientèle de ne pas le jeter dans la cuvette après usage, mais de le déposer dans la poubelle adjacente. Lorsqu'elle était bien pleine, elle devait donner lieu quelque part à un autodafé.

Heureusement, j'avais un guide qui me protégeait des spectacles misérables. Il ne s'appelait pas Nathalie comme celui de Gilbert Bécaud, mais Alina. La graphiste que j'ai nommée ci-dessus. Une jeune femme d'une trentaine d'années, pourvue d'une abondante chevelure sombre, d'un visage ovale, d'un nez court et relevé, de deux yeux de jais, d'un menton pointu. Elle souriait rarement, ne riait jamais, n'écoutait point les sornettes que lui débitaient ses collègues. Toujours plongée dans des pensées profondes qu'elle traduisait au pastel ou à la plume sur des feuilles de papier, au burin sur des feuilles de cuivre. Elle fixait la figure, les mouvements des pêcheurs d'esturgeons, des danseurs tziganes, des vieux fumeurs de narguilé. Parfois, ses compositions mystérieuses, ses entassements populaires déroutaient. D'autres fois, au contraire, ses portraits d'enfants avaient une merveilleuse limpidité. Elle était en train d'illustrer Panaït Istrati, écrivain roumain de langue française, fils d'une paysanne et d'un contrebandier. Elle avait déjà participé à de nombreuses expositions à Craiova, à Bucarest, reçu des récompenses honorifiques.

Par l'âge, elle aurait pu être ma fille et jamais à son égard un sentiment équivoque ne m'effleura. Elle était d'ailleurs fiancée à un ingénieur chimiste, spécialiste des explosifs. Elle m'aidait quotidiennement dans les démarches administratives que je devais affronter. Je fus reçu chez elle, boulevard Maréchal-Antonescu. Ses parents, tous les deux professeurs, me présentèrent quelques personnes qui appartenaient au gratin de la bourgeoisie craïovienne. Une d'elles, madame Mircea Guta (prononcez Goutse), avocate, m'offrit même à cette occasion un vase de verre d'une grande beauté, mi-opaque, mi-translucide, à couches superposées recouvertes de feuillages, inspiré par le verrier français Émile Gallé.

— Une simple imitation, reconnut-elle modestement.

On me fit manger bourgeoisement des tartines d'*icre negre* (de caviar noir), des langoustines d'eau douce à grosses pinces, du canard mariné aux olives, du mille-feuilles garni de compote de pommes ; boire du vin et de la *tuica*, une eau-de-vie de prune servie dans une carafe miniature à long col. Je sortis de cette réunion un peu pompette.

Le lendemain, Alina me présenta des sortes d'excuses :

— Vous allez croire qu'après la chute du communisme la Roumanie est devenue une ploutocratie, un gouvernement par les riches. N'en croyez rien. Mes parents et leurs amis ont simplement fait un grand effort pour vous honorer. Si vous voulez bien, je vous promènerai autour de Craiova. Vous constaterez la misère de notre peuple.

Une fourgonnette mise à notre disposition par l'imprimerie nous emmena dans la campagne environnante… La neige avait fondu et nous permettait ces escapades. Nous avons retrouvé les charrettes de fagots, tirées par un cheval, dont le cocher moustachu était coiffé d'un vaste chapeau ou d'une *caciula*, toque de fourrure. Les églises étaient faites de bois, ou seulement leur clocher. Devant les fermes aux façades bleues, des femmes guenilleuses, entourées de gamins et de volailles, tiraient de l'eau au puits grâce à un balancier. J'avais l'impression que toute la population était composée de ces Roms qu'en France on nomme pudiquement gens du voyage. Mais les nôtres disposent de caravanes tirées par des Mercedes et de paraboles télévisuelles.

Je demandai à mon guide s'il existait des écoles.

— Quelques-unes. Nos instituteurs doivent enseigner avec très peu de livres. Nous essaierons d'en composer à leur usage. Le livre est le meilleur remède contre l'ignorance, la bêtise, le racisme, l'ennui, la solitude, le chagrin. Les enfants, eux, manquent de cartables, de cahiers, de jouets, de chaussures.

J'en vis plusieurs, en effet, qui marchaient pieds nus dans la boue neigeuse. Beaucoup étaient des enfants abandonnés, imposés par le Conducator à des femmes ou des filles qui ne les voulaient pas. Ils vivaient de mendicité, de rapines. Les plus favorisés, enfermés dans des orphelinats, mal nourris, mal soignés, sans amour. Nous pûmes en visiter un près de Filiasi, constater le dénuement de ces gosses, leur détresse. Souvent handicapés du corps ou de l'esprit, oubliés de saint Eutrope, ils ne répondaient pas même aux questions que nous leur posions. Je demandai ce qu'ils deviendraient en grandissant :

— Des voleurs, des assassins. Ils traîneront dans les rues, dans les égouts des villes, dans les prisons. À moins qu'ils ne soient adoptés par des familles en mal d'enfant. Les Français nous demandent volontiers cette sorte de marchandise.

Soudain, Alina interrompait son discours pour regarder un paysan occupé à ferrer son cheval. Elle sortait son bloc de papier Canson, un fusain, crayonnait l'homme et la bête en quelques lignes. D'autres fois, c'était un arbre. Un nuage dans le ciel. Un joueur de flûte de Pan.

À Târgu Jiu, une petite commune rurale située au pied des Carpates, non loin de Habitza, lieu de naissance de Constantin Brancusi, elle me conduisit devant ce qu'elle considérait comme une œuvre maîtresse de cet artiste, un ancien vagabond devenu un des sculpteurs les plus connus, les plus admirés du monde et de ses alentours. Et là se produisit entre Alina et moi-même, pauvre imprimeur, une dissension d'opinions que je ne puis passer sous silence. La seule qu'il y eut jamais entre nous. Car elle adorait ce Constantin comme j'adore Michel-Ange et Rodin, alors que je ne voyais en lui qu'un excellent tailleur de pierre. Dépourvu de sentiment et d'imagination. Très inférieur à mes sculpteurs noirs du Congo-Brazzaville.

Reparlons de Tirgu Jiu. Là se dresse, au centre d'une place circulaire, une colonne métallique verticale composée de seize éléments et demi en forme de losanges. Hauteur approximative : une quarantaine de mètres. Conçue par Brancusi, elle fut édifiée en 1937 par un ingénieur de ses amis, d'après son dessin. Titre de cette merveille : *La Colonne sans fin*. Elle obséda tellement son auteur que, dans son atelier de Paris, 8, impasse Ronsin, et ailleurs, il la reproduisit maintes fois à diverses dimensions. J'ai demandé à mon guide la signification de ce monument. Gênée pour me répondre, elle a mis entre mes mains les ouvrages et les jugements d'un éminent critique d'art dont je reproduis ici quelques lignes. *Ce qui crée la force et l'extraordinaire fascination de la Colonne, c'est sa simplicité, la rigueur et la puissance du jeu des formes simples. Il est évident que Brancusi a utilisé des formes qui, pour lui, étaient déjà bien connues et même très familières. Il ne fut pas tenté par des complications inutiles et nuisibles. Il utilisa son répertoire de la façon la plus magistrale* (Pontus Hulten, éd. Flammarion). Je souligne que cet extrait dithyrambique dit trois fois la même chose : simplicité, simplicité, simplicité. J'ajoute que cette superposition de rhomboïdes avait été commandée par des associations locales afin d'honorer la mémoire des soldats roumains tombés pendant la Première Guerre mondiale, ce qui n'éclaire pas beaucoup sa signification.

Désireuse de changer mes sentiments, Alina me mit sous les yeux les photographies d'autres chefs-d'œuvre de Brancusi. Ainsi, trois blocs de marbre de forme indéfinissable dans lesquels on peut discerner un œuf, ou peut-être un œil sans prunelle, trois fois répété. Titre brancusien : *Trois Pingouins*. Deux autres blocs en forme de bornes hectométriques, collés l'un à l'autre, enlacés par deux ceintures de pierre, coiffés d'une tignasse filamenteuse, autour d'un œil cyclopéen. Titre : *Le Baiser*. Après le losange, l'œuf semble être la forme préférée de Brancusi. Le voici en onyx blanc décapité pour être consommé en mouillettes. Titre : *Torse de jeune fille*. Un autre œuf, entier, couché, en marbre de Carrare : *Le Nouveau-né*. *C'est un grand bonheur et une aventure intellectuelle de tout premier ordre*, s'extasie le même Pontus Hulten, *que de regarder attentivement ces photographies et d'observer comment Brancusi a manipulé la lumière, les matériaux des sculptures, les décors et l'agencement, les volumes et les formes*. Une *Little Girl* en chêne, au musée Guggenheim de New York, évoque pour moi un chausse-pied. *Le Roi des rois*, au même musée, me semble propre à déboucher une bouteille.

Je dois reconnaître cependant qu'une ou deux œuvres du maître me semblent plus acceptables. Ainsi, une *Muse endormie*, toujours en forme d'œuf, tête féminine de bronze, bien qu'elle soit affligée d'un nez, d'une bouche, d'un menton, toutes « complications inutiles et nuisibles ». Dans un *Torse de jeune fille*, on distingue des fesses. Un *Autoportrait*, crayon et aquarelle, me semble ressemblant car il n'y manque ni la barbe de l'auteur, ni ses cheveux.

En un sens, l'attitude de Brancusi à l'égard de la sculpture était double et cela a probablement été pour quelque chose dans la confusion qui règne encore autour de son œuvre. D'une part, il travaillait avec l'idée de l'environnement total, de l'autre avec l'idée de la forme essentielle. Il n'y a évidemment aucune contradiction réelle entre ces deux démarches. Le prétendre, ce serait un peu comme si l'on disait que les substantifs ont plus d'importance que les verbes ou l'inverse. Mais il était tellement plus facile de voir la beauté d'une sculpture isolée, la splendeur d'un bel objet. (Pontus Hulten)

Comprenne qui pourra. Constantin Brancusi faillit donc provoquer une brouille entre Alina Rosca et moi-même. Elle finit par m'accorder que Rodin était aussi un grand sculpteur, quoique encombré de détails inutiles et nuisibles. Pour arriver à cette conclusion :

— L'ombre d'un grand arbre ne doit pas empêcher le berger qui s'est assis dessous de tailler et sculpter une canne à sa convenance.

3

J'eus le privilège insigne de participer comme invité d'honneur à un mariage chez une parente d'Alina. Dans une famille paysanne mais aisée de la Transylvanie méridionale, près de Vida, à mi-chemin entre Craiova et Bucarest. Un de ces dix mille villages que le Conducator, en son « programme de systématisation du territoire », avait condamnés à disparaître. Alina me raconta les préparatifs de la fête selon un scénario traditionnel. Les jeunes garçons amis de la mariée avaient planté devant sa porte un sapin orné de fleurs, de lierre et de panaches. Les jeunes filles avaient cousu et orné le *marame*, le voile de soie grège, diaphane comme les toiles d'araignée, dont elle couvrirait ses épaules. Il n'était pas question ici de robe blanche, symbole de pureté ; elle serait parée d'un corsage et d'une longue jupe brodée de coquelicots. La grande épreuve était la préparation de la chevelure qui exigeait des heures d'un travail minutieux, toute en cadenettes enroulées sur la nuque et les oreilles, l'ensemble coiffé d'un bouquet de dentelles multicolores qui la grandissait d'une coudée. Le marié se parait plus simplement d'une chemise blanche, d'un gilet brodé, de culottes serrées, de bottes à retroussis montant à peine jusqu'au mollet. Autrefois, au temps des Turcs, les hommes enfilaient une dague dans ce revers ; maintenant, le futur n'y cachait plus que de secrets mots d'amour. Aux noces où nous étions de Vasile et de Ioana, chaque homme était coiffé de la toque de fourrure.

Le village entier participait à la fête. Arrivés d'un peu loin, des parents étaient venus à cheval. Leurs montures étaient aussi empanachées, les oreilles et la queue enrubannées de bleu-jaune-rouge. Tout ce monde se rassembla sur le parvis de l'église orthodoxe dont le clocher élevait vers le ciel la croix à trois bras superposés, le plus long au milieu. Les ménétriers grattèrent leurs guitares ou soufflèrent dans leurs flûtes de Pan. C'était pour annoncer les chants de séparation composés par les jeunes filles, qu'Alina me traduisit et dont je pris note :.

Ioana, fleur de nos montagnes,
Tu vas laisser tes chers parents.
Mais dans ce jeu à qui perd gagne,
Tu seras plus riche qu'avant.

Ô belle Ioana, tu soupires
De dormir sous un autre toit.
La nuit n'en sera que plus douce.
Le soleil brillera pour toi.

Chasse les craintes inutiles !
Tout est promis sur parchemin :
Voici, ton cher époux Vasile
Toujours te donnera la main...

Naturellement, le marié, forgeron de son état, avait droit lui aussi à des couplets chantés par les garçons :

Vasile, on t'a vu dans ta forge
Former des socs et des couteaux.
À présent, aidé de Ioana,
Fabrique-nous de beaux marmots.

Sois leur protecteur infaillible,
Conduis-les sur les bons chemins.
Protège-les de tous nuisibles,
Du renard et de l'Ottoman.

Quand les ans t'auront fait podagre,
Goutteux, sans mémoire et sans dents,
Qu'ils soient tes bâtons de vieillesse
Et t'aident à mourir doucement.

Ces couplets étaient tous chantés sur le même air, accompagnés discrètement par les violoneux. Chacun applaudi du groupe entier. Après cette formalité poétique, la noce entra dans l'église où fut procédé à l'alliance de l'homme et de la femme selon le rite orthodoxe. Les lampes de mica resplendissaient. Au-delà de l'iconostase, l'autel se dressait, unique comme le Dieu unique, pareil à une muraille d'or et de feu. Chaque fidèle, un cierge à la main, les lèvres en tremblement perpétuel, s'efforçait de faire le tour des images saintes suspendues aux murs, entourées de croissants de cuivre, de glands, de breloques, et s'agenouillait devant elles. Mais le plus grand nombre d'images était fixé sur l'iconostase qui interdisait aux présents la vue du sanctuaire. La porte principale représentait la scène de l'Annonciation encadrée des quatre évangélistes. Au centre, un panneau figurait le Christ sur son trône, ayant à sa droite la Vierge et à sa gauche saint Jean-Baptiste. Des deux côtés, défilaient les apôtres et d'autres saints : Serge le Convertisseur, Nicolas, le plus vénéré, celui qui doit succéder à Dieu Lui-même lorsqu'Il se sentira trop vieux. Toutes ces icônes considéraient la foule de leurs yeux fixes, inexpressifs, la tête penchée, sous leur carapace d'or, d'argent ou de vermeil.

Au pied d'une colonne, devant un pope debout, un certain nombre de pénitents, parents du marié ou de la mariée, attendaient la confession. Car les églises orthodoxes n'ont ni sièges ni confessionnaux. Pour attester qu'il dirait la vérité, chaque pénitent posait deux doigts sur un gros Évangile que supportait un lutrin. Le dialogue était toujours le même :

— As-tu menti ?

— Mon père, j'ai péché.

— As-tu volé ?

— Mon père, j'ai péché.

— As-tu commis la luxure ?

— Mon père, j'ai péché…

Tous les péchés capitaux étaient évoqués de même, à la queue leu leu. Pour finir, le pope donnait son absolution en couvrant le pécheur avec un pan de son étole. L'homme baisait l'Évangile et s'en allait.

— Au suivant !

Tous les péchés s'évaporaient ainsi, montaient vers les cloches, s'incorporaient à leur bronze. Le jeune couple s'avança vers l'iconostase. À Vasile d'abord, à Ioana ensuite, le pope posa la question traditionnelle :

— Vasile… Ioana, consens-tu à devenir l'époux… l'épouse de Ioana… de Vasile par la sainteté du mariage institué par notre Créateur au commencement du monde et qui t'oblige à la fidélité perpétuelle et au mutuel dévouement ? Réponds : j'y consens.

— J’y consens.

— J’y consens.

— Je vous unis au nom du Père et du Fils et de l’Esprit Saint.

Toute l’assemblée cria à pleine gorge :

— Alléluia ! Alléluia !

Les cloches déclenchèrent leur carillon. Les jeunes filles jetèrent aux époux des poignées de fleurs ou de feuilles. Précédé des hommes à cheval, le cortège se dirigea vers la maison qu’habiterait le nouveau couple, désignée par le sapin. Les parents distribuèrent le vin, tandis que Vasile et Ioana se donnaient grand mal à rompre un *colac*, un énorme gâteau rond, et à manger ses tranches dans la même assiette avec la même cuillère. Alors, tout le monde se jeta dans une danse endiablée, après s’être paré de fleurs et de verdures, symboles de fertilité. Les femmes s’employèrent ensuite par des rites, des chuchotis, des soins secrets à préparer la mariée en vue de sa nuit de noces. À la pointe du jour suivant, elle serait réveillée par une aubade. Elle paraîtrait alors les cheveux rassemblés en un chignon, coiffée d’un fichu, sans autre ornement que sa jeunesse, comme il convient à une femme mariée.

Alina et moi sommes rentrés à Craiova chargés de cadeaux, paniers, besaces, assiettes, gobelets, œufs de céramique.

Cette profusion de richesses, ces gaspillages alimentaires n’effacent pas dans mon souvenir la misère que j’ai constatée dans d’autres campagnes, dans les orphelinats, dans les quartiers populaires de Slatina, de

Pitesti, de Craiova. Après un mois de séjour, Jojo et moi-même songions à regagner l'Auvergne. Heureux de retrouver nos familles. Le cœur serré par l'image de ces milliers d'enfants sans regard, sans autre voix que les pleurs, les gémissements. Merci, sublime Conducator ! Comme je m'entretenais de cette situation avec mon éminent collègue, il eut une inspiration soudaine :

— Il nous faudra revenir.

— Revenir pour quoi faire ?

— Nous rassemblerons tout ce qui manque à ces gosses en train de pourrir dans leurs couches. Avec l'aide de la Croix-Rouge, d'AGIR, de Pharmaciens sans frontières, de la Communauté européenne. Nous remplirons un camion de lait condensé, de biberons, de couches, de barboteuses, de chemises, de culottes, de médicaments, de tout ce qui est indispensable aux gamins. De jouets aussi, de poupées, de mirlitons. Beaucoup de mirlitons. Dans mon enfance, j'en avais toujours deux ou trois à ma disposition. Le mirliton est une merveille. Il te permet de chanter *O Sole mio* sans connaître l'espagnol…

— C'est de l'italien.

— Sans connaître l'italien, de faire de la musique sans partition, sans autre instrument. Nous apporterons tout ça, nous le distribuerons nous-mêmes pour que rien ne s'égare.

— Est-ce que tu comptes servir tous les misérables de Roumanie ?

— Nous choisirons une ou deux communes. Nous ferons beaucoup de bruit autour, dans la presse, à la télé, à la radio, afin que notre exemple soit repris par d'autres.

— Il nous faudra d'abord l'accord de nos familles.

— Nous l'obtiendrons, de gré ou de force.

Les amis roumains à qui nous avons exposé ce projet ont souri, affirmant qu'il avait tout l'air d'une entreprise désespérée.

— Raison de plus pour nous jeter dedans, à corps perdu.

Nous avons embrassé toutes les dames qui nous connaissaient, serré tous les hommes sur notre cœur, dit *La revedere* à tout ce monde qui devait penser : « Ils sont fous, ces Auvergnats ! » Malgré ma résistance, Alina me baisait les mains. En balbutiant :

— Je voudrais… je voudrais… Je n'ose en parler.

— Vous mijotez quelque chose ?

— Oui, une autre espérance insensée. Mon rêve serait de venir en France, de suivre pendant quelques mois les cours dans une école française des beaux-arts, afin d'approfondir mes connaissances. À Craiova, c'est un peu limité. Je m'intéresse particulièrement aux écoles modernes, à Bernard Buffet, à Jean Carzou, à Édouard Mac'Avoy, à Jean Bazaine. C'est un rêve difficile à réaliser, n'est-ce pas ?

Et moi, après m'être mordu la moustache :

— Il faut que je parle à ma femme de votre rêve insensé. À Clermont-Ferrand, tout près de chez moi, existe une école des beaux-arts. Je pourrais vous accueillir chez nous. Je vous écrirai ce qu'en pense Jocy.

Nous sommes revenus par les Portes-de-Fer, Orsova, Lugoj. À Timisoara, nous nous sommes rappelé la lugubre mascarade organisée par les ennemis du régime communiste. Ces cadavres prélevés dans une morgue, menottés de fil de fer, lardés au couteau pour faire croire qu'ils avaient été torturés par la Securitate. Les crimes commis par le Conducator et les siens étaient suffisamment horribles sans qu'il fût nécessaire d'y ajouter. Cinq jours après, nous avons retrouvé nos familles.

Que de choses encore j'eus à raconter ! Mes petits-enfants, devenus grandets, reconnurent sans peine leur papy-pigeon voyageur. Les cadeaux que je rapportais facilitèrent nos retrouvailles. Tout de go, je développai devant Jocy les deux projets qui me trottaient par la tête. Primo, retourner en Roumanie avec un chargement humanitaire. Secundo, ramener une jeune Roumaine, Alina Rosca, dont le rêve était de suivre pendant quelques mois l'enseignement de l'école des beaux-arts de Clermont. Ma femme me posa la question que j'attendais :

— Cette Alina est-elle ta maîtresse ?

— Elle a trente ans, et moi soixante-cinq, sauf erreur.

— Ça ne prouve rien. Au contraire. Quelle est ta réponse à ma question ?

— Négative. Alina est d'ailleurs fiancée à un jeune ingénieur chimiste et n'a pas besoin de moi.

— Tends la main et jure-le sur la tête de nos filles.

— Je le jure.

Pour appuyer mon serment, j'embrassai Jocy sur le front. Puis sur les joues. Puis sur la bouche.

— Arrête ! s'écria-t-elle comme autrefois quand elle était près de céder.

Une ligne de pointillés : ....

Nous sommes convenus des détails. Alina occuperait notre chambre disponible, d'où elle pourrait contempler la Limagne, les monts du Forez, la chaîne des Puys. Elle descendrait chaque matin par l'autobus jusqu'à Jaude, monterait à pied jusqu'à l'école des beaux-arts, emportant un snack, remonterait après les cours. Nous la promènerions à travers l'Auvergne, nous lui présenterions quelques artistes de nos amis, André Siramy, Paul Trilloux, Émile Méry, Louis Dussour. Elle penserait de leurs travaux ce qu'elle voudrait.

Pour ce qui est du chargement humanitaire, Jocy mobilisa toutes ses connaissances. Notre domicile fut bientôt pareil à une fourmilière : de tous côtés montaient des fourmis à jupons, chacune traînant son poids de vêtements, de poupées, de boîtes de conserve, de ballons, de quilles, de flûtes à bec. Pharmaciens sans frontières – une association fondée par un Auvergnat, Jean-Louis Machuron – promit une cargaison de médicaments. La Croix-Rouge fit de même et organisa un jumelage départemental avec l'orphelinat de Slatina. D'autres communes puydômoises, Riom, Châteaugay, Romagnat, Ceyrat, participèrent. Nous fîmes dans les écoles, devant les associations de retraités, les clubs sportifs, vinicoles, gastronomiques, des causeries pour les intéresser à la grande pitié qui règne sur la Roumanie. Mon ami Jojo eut un problème : il ne trouvait pas les mirlitons qu'il désirait. Un article démodé, absent des supermarchés. Nous prîmes sur nous de les confectionner avec des branches de sureau évidé ; on bouche deux extrémités avec un morceau de papier mince, lié au bois par une ficelle fine ; on creuse un trou au milieu du tube ; c'est là-dedans qu'on fredonne *O Sole mio*. Y passant nos jours et nos nuits, nous en fabriquâmes un millier, persuadés qu'une République sans mirlitons ne peut connaître un bonheur durable. Tout cela nous prit six mois de temps et des efforts infinis.

Pendant cette période, je reçus deux lettres curieuses que je me plais à recopier. La première me venait de madame Mircea Guta, avocate, craiovienne, qui m'avait généreusement fait don d'un vase inspiré du verrier Gallé.

Craiova, le 4 janvier 1993

Cher ami,

Je vous présente mes excuses parce que je ne vous ai pas écrit de longtemps, trop occupée par mon travail. Comment allez-vous ? Nous nous portons bien, mon mari et moi-même, malgré l'hiver rigoureux que nous devons subir. Il a fait jusqu'à 20 degrés au-dessous de zéro. Tous les moineaux, tous les pigeons sont morts. Il est vrai que très souvent les pigeons sont capturés par les mendiants, qui les mangent. Alina Rosca nous a informés que vous comptiez revenir en Roumanie au printemps prochain dans une mission humanitaire fort généreuse. Nous vous accueillerons avec toute la chaleur que vous méritez. Je dois vous dire à ce propos que notre voiture Dacia 1300, fabriquée en 1985, est dans un état lamentable. Impossible de trouver les pièces de rechange. Vous nous rendriez un grand service si vous pouviez nous apporter les suivantes :

— deux pistons, diamètre 14 ou 16 ;

— un jeu de segments ;

— un jeu de chemises de cylindre ;

— un vilebrequin et son arbre de transmission ;

— des coussinets pour bielles ;

— deux cardans.

De mon côté, j'aurais besoin de quelques objets courants dans votre pays, introuvables chez nous. En voici la liste :

— trois parapluies pour femme et deux pour enfant ;

— six soutiens-gorge dimension 105 (je m'excuse d'être si volumineuse, moi qui mange si peu), trois blancs, deux beiges et un noir ;

— une paire de souliers cuir pointure 39, de n'importe quelle couleur ;

— une paire de bottes cuir, pointure 39, noires ou marron.

Et encore, si ce n'est pas trop demander, des médicaments :

Aspirine, Voltarène, Oroken. Et des bonbons pour mes petits-enfants.

Cher monsieur Fougères, je vous demande de me fournir si possible tous ces objets à l'état neuf. À mon avis, leur valeur totale ne doit pas dépasser celle du vase Gallé que je vous ai offert. Si elle la dépassait, je vous paierai la différence en dollars ; ou bien je vous donnerai un autre vase du même style. J'attends avec impatience votre réponse et votre venue en espérant que vous nous apporterez ces marchandises. Avec nos remerciements. Au revoir.

Mircea Guta

La seconde lettre me venait du Congo, signée César Palicoulou, un des plus grands artistes de la RPC :

N'Kayi 20 janvier 1993

Cher ami monsieur Romain Fougères,

J'espère que tu vas bien ainsi que ton honorable famille. Nous aimerions bien, moi spécialement, vous revoir à N'Kayi. Il y a un certain temps, je vous ai proposé ma fille aînée Shelley qui vous aime beaucoup, mais vous n'avez pas donné suite à ma proposition. Je comprends que cette venue d'une très belle personne comme elle puisse perturber la vie d'une famille. Aussi, je n'insiste pas. Aujourd'hui, je t'annonce une bonne nouvelle : je viens d'avoir un huitième enfant, sauf erreur. Un petit garçon auquel j'ai donné le double prénom Romain-Fougères, né le 15 janvier de ce mois. J'espère que vous n'y verrez pas d'inconvénient et que vous me donnerez votre accord. Te voici donc le parrain de mon troisième fils. J'espère, je suis sûr qu'il se montrera digne de ce parrainage. La fonction de parrain, d'ailleurs, n'est pas une lourde charge. Elle consiste simplement à envoyer des cadeaux au petit filleul, en argent de préférence. Pas tous les jours. De temps en temps. Pour rappeler le souvenir. Tu as mon adresse, tu peux le faire quand il te plaira.

D'avance, mon troisième fils te remercie infiniment. Moi de même. Ton ami et ton frère pour la vie.

César Palicoulou

Parrain malgré moi d'un petit Congolais dont sans doute je ne verrai jamais le visage sauf en photo, dont je n'entendrai jamais la voix m'appelant *mossié Fouchères*, j'ai quand même accepté ce titre important. Une semaine avant le 15 janvier, j'ai pris l'habitude de lui adresser chaque année un mandat-poste dont le montant est indexé sur le cours du franc CFA. Accompagné d'une belle boîte de pâtes de fruits fabriquées à Clermont-Ferrand, soigneusement enveloppée d'aluminium, en paquet recommandé. Le père ne manque pas, au nom de Romain-Fougères, de m'envoyer en retour des « remerciements sincères et amplifiés ».

Certaines personnes – s'il en est – qui liront ces lignes se demanderont sans doute pourquoi j'ai refusé de recevoir chez moi César Palicoulou et accepté Alina Rosca. Je leur laisse le soin de trouver par elles-mêmes une ou plusieurs réponses à cette grave question. Mon ami retraité Jojo me propose d'offrir un mirliton d'honneur au lecteur ou à la lectrice qui me fournira la plus convaincante.

4

Deuxième voyage en Roumanie.

J'avais fait de mon mieux pour réunir quelques-uns des articles demandés par madame Mircea Guta. Il en manquait beaucoup. Entre autres, j'avais eu de la peine à trouver des pièces mécaniques à l'état neuf. M. Guta devrait se contenter d'organes usagés.

Départ le 22 avril 1993. Nous avions cru au printemps, nous avons trouvé l'automne, le froid, le vent, les giboulées. Les violettes osaient à peine mettre le nez dehors. Nous sommes partis quand même, chargés de vêtements, de jouets et de mirlitons. La météo promettait pour le lendemain un retour du soleil. Il arriva en effet tandis que nous franchissions la frontière hongroise. À travers le pays libéré du communisme, on rencontrait encore des chars et des camions soviétiques qui abandonnaient la partie. Dans le ciel, au-dessus des orges vertes, les alouettes criaient leur plaisir. À Obst, une nouvelle fois, nous avons mangé du bortsch, seul bon souvenir laissé derrière eux par les Russes en retraite.

À Nadlac, voici la frontière roumaine. Au prix d'un petit détour, nous avons pu voir à Resita un fabuleux musée ferroviaire : locomotives de toutes tailles et de tous âges, à hautes ou à basses cheminées, wagons ouverts ou fermés, de bois ou de métal. Dépassant Craiova, nous sommes arrivés à Slatina le 28. Inutile de dire que les cent cinquante enfants de l'orphelinat, pris sous une avalanche de vêtements, de jouets, de mirlitons, n'en crurent ni leurs yeux ni leurs oreilles. Les puéricultrices ont reçu des médicaments dont elles n'avaient jamais entendu parler. Il nous a fallu deux jours pour distribuer toute cette manne.

Le 30, nous sommes retournés à Craiova. Confiant Jojo au directeur de l'imprimerie, j'ai repris contact avec Alina Rosca. Je lui ai fait part de l'accord de Jocy pour assurer pendant trois mois son hébergement et sa nourriture en notre domicile.

— Vous serez un trimestre notre troisième fille. Le directeur de l'école des beaux-arts de Clermont, monsieur Serge Hélias, vous attend.

Elle m'a sauté au cou, en pleurant sur mon épaule. J'ai revu ses parents et son fiancé. Ils m'ont reçu comme si j'avais été Iliescu lui-même, le président de la République. J'ai demandé des nouvelles de Ioana et de Vasile.

— Ils vont bien. Ils attendent un bébé.

Le lendemain, je me présente chez monsieur et madame Guta, muni des marchandises que j'ai pu réunir. Elles remplissent deux caisses.

— Il manque beaucoup de choses, dit-elle avec une grimace lorsque nous en avons ensemble fait l'inventaire.

— Si j'avais dû apporter toute votre commande, il m'eût fallu un camion supplémentaire.

Le mari se montra enchanté des pièces usagées, soulignant que lorsqu'un chirurgien pratique une transplantation cardiaque, il emploie nécessairement un cœur usagé. Mircea fit un peu la fine bouche sur les soutiens-gorge, qu'elle eût préférés en Nylon plutôt qu'en coton ; sur les parapluies de toile noire, aucunement fleuris. C'est alors que, prenant mon courage à deux mains, je sortis de ma poche la facture détaillée de toutes ces fournitures. Elle chaussa ses lunettes cerclées d'or, examina longuement le total, se le fit répéter :

— 1 255 francs, dis-je. Il s'agit naturellement de francs lourds.

— Qu'appelez-vous francs lourds ?

— Les francs inventés par Charles de Gaulle et son ministre des Finances Antoine Pinay.

— Quelle est la différence ?

— Le franc lourd vaut cent francs légers. Ainsi, 1 255 francs lourds correspondent à 125 500 francs anciens. La plupart des Français comptent encore en francs légers, par suite d'une longue habitude. Mais ils doivent rédiger leurs chèques en francs lourds.

— Comme c'est compliqué !

— On nous dit que, dans quelques années, nous aurons probablement une troisième monnaie qui sera valable dans toute l'Europe et concurrencera le dollar. On hésite encore sur le nom de cette monnaie européenne entre l'*écu* et l'*euro*. On choisira probablement la seconde, car la première a une résonance trop française.

— Dites-moi maintenant ce que vaut votre facture en monnaie roumaine, en *lei*. Singulier *leu*, qui se divise en cent *bani*.

— Je ne connais pas la valeur du *leu* par rapport à notre franc.

— Moi non plus. Je vais la demander à notre banque.

Elle décrocha le téléphone, obtint le renseignement désiré : 100 francs français devaient s'échanger contre 1 150 lei. Le montant de ma facture s'élevait donc à 1 255 × 11,50 = 14 432,50 lei.

— Combien dites-vous ?

— 14 432,50 lei. Disons 14 400. C'est une somme importante.

Les yeux de Mircea papillotèrent. Elle considéra son mari. Puis elle eut un sourire pincé :

— Importante, sans doute. Moins, cependant, que la valeur du cadeau que nous vous avons fait. Si nous avions vendu le vase de Gallé, nous en aurions facilement obtenu cinquante ou soixante mille lei.

— Mais c'est un faux !

— C'est un vrai, inspiré par le style de Gallé, mais pas une copie. Exécuté par un de ses élèves. Comparez avec les pièces authentiques du maître verrier qui sont au musée de Nancy, et vous verrez qu'il n'y a pas copie.

Je baissai la tête. Avant de conclure :

— Je vous dois donc entre quarante et cinquante mille lei !

— Non, vous ne nous devez rien du tout. Considérez ce vase pour ce qu'il est : un témoignage de notre amitié et de notre gratitude pour votre action humanitaire en Roumanie.

Elle m'offrit une tasse de thé que j'acceptai pour me desserrer la gorge. Après quoi, je quittai monsieur et madame Guta, confondu par tant de générosité.

De son côté, mon collègue Jojo n'avait point perdu son temps. Il avait séduit une jeune puéricultrice qu'il me présenta comme sa fiancée. Je le savais marié en France, mais je restai devant elle bouche cousue. Lorsque nous quittâmes Slatina après six semaines de séjour, de distributions, d'embrassades, de bénédictions, il lui promit de revenir prochainement, non point en voiture, mais à cheval, avec des éperons d'or, il l'emporterait en selle. Elle fit mine de le croire, il partit en emportant la vision de son sourire mouillé. Le président Ion Iliescu, chef du Front national du salut, se heurtait à une forte opposition des anciens communistes aussi bien que de la droite légèrement fasciste. Il en résultait de grands désordres auxquels nous étions heureux d'échapper.

Nous transportions dans nos bagages deux douzaines de tableaux, parmi lesquels des pastels d'Alina, confiés par des artistes roumains avec la charge d'en faire une exposition à Clermont-Ferrand. Munis de toutes les décharges nécessaires rédigées en roumain, en français, en anglais et en italien. Notre plus précieuse œuvre d'art, naturellement, était Alina elle-même, assise à nos côtés. Ses parents m'avaient recommandé d'avoir grand soin d'elle, aussi fragile et innocente qu'un agneau. La main sur le cœur, je leur promis de la traiter comme ma propre fille.

Le voyage de retour se fit sans incident notable, excepté à Trieste où les douaniers voulurent saisir notre collection d'œuvres d'art. Ils ne consentirent à nous libérer que moyennant un versement de 350 000 lires (1 750 francs) que je pus obtenir dans une banque sur le compte de la Croix-Rouge après trois heures de démarches.

Le 2 juin, à 14 heures, nous avons atteint Royat. Ma femme et mes filles ont pu faire la connaissance d'Alina et de ses dessins.

Le matin de ce mois lumineux, nous révèle Alexandre Vialatte, « le soleil se reflète au fond du puits de l'Aga

Khan en Haute Égypte. On sème de nouveau la spergule, on cueille l'androsace, l'astragale, la gentianelle, le haricot d'Espagne, la gomphrène et la michauxie. Tout fait silence. Le ciel est bleu. Les belles ont la folie en tête, les amoureux ont du soleil au cœur. »

À Royat, sur notre balcon du douzième étage, nous ne cultivions aucune de ces plantes merveilleuses. Jocy se contentait d'un pot de basilic pour parfumer les spaghettis qui, sans assaisonnement, sont aussi insipides que le style de Guy Des Cars. Ne pouvant guider Alina vers le puits de l'Aga Khan, je la conduisis plus modestement, plus auvergnatement, vers l'école des beaux-arts, le plus considérable édifice de la rue Ballainvilliers. Au fond de laquelle se dresse l'obélisque consacré au général Desaix, le vainqueur de Marengo, que les gens du quartier appellent la Pyramide. Il domine une fontaine dont le bac, aujourd'hui rempli de terre et de fleurs, abreuvait jadis les chevaux et les vaches de passage. J'expliquai d'abord le nom de la rue. Bernard de Ballainvilliers fut intendant d'Auvergne de 1758 à sa mort en 1767, survenue au cours d'une épidémie de variole. J'ignore ce qu'il fit d'assez méritoire pour que l'on donnât son nom à une rue clermontoise.

Jusqu'à la fin du XIXe siècle, la bâtisse qui abrite l'école des beaux-arts (en attendant que celle-ci peut-être s'en aille ailleurs) était une halle aux blés où les cultivateurs de la Limagne venaient vendre leurs grains. À l'usage de la jeune Roumaine, j'ajoutai une précision :

— J'ai eu le privilège de voir, avant qu'elle ne fût abattue, la maison de Georges Couthon qui lui faisait vis-à-vis.

— Qui était ce Georges Couthon ?

— Un fanatique, pendant notre grande Révolution, un ami de Robespierre, un persécuteur des prêtres, un démolisseur des clochers, un guillotineur de ses opposants.

— Une sorte de Ceausescu à la française.

— À peu près. La guillotine était installée en permanence devant la halle aux blés, il pouvait la voir fonctionner de son fauteuil roulant, car il était infirme des jambes ; il l'appelait sa « brouette », le faisait avancer avec deux manivelles, tout en caressant un petit chien blanc qui chauffait ses genoux pointus. Chose étrange, sur la façade de sa maison, je l'ai vue de mes yeux, une petite niche abritait une statuette de la Vierge. Après qu'il eut été guillotiné lui-même, l'inventaire de son appartement produisit de surprenantes découvertes : un prie-Dieu, un reliquaire, de nombreuses gravures représentant des scènes de l'histoire sainte ou illustrant les vertus chrétiennes.

— On n'a rien trouvé de comparable chez notre Nicolae.

— Le cœur de l'homme est plein de mystères.

Je présentai Alina Rosca à monsieur Serge Hélias qui la reçut avec beaucoup de civilité. Il organisa une exposition des artistes roumains.

Pendant trois mois, notre famille se trouva donc augmentée d'une autre fille. Ce fut pour tous les Fougères un bonheur chaque jour renouvelé de lui raconter l'Auvergne depuis Vercingétorix jusqu'à Valéry Giscard d'Estaing. Sans oublier Alexandre Vialatte ni Fernand Raynaud. De la promener à travers la France qui n'est guère autre chose que l'Auvergne avec un peu d'herbe autour. Nous lui avons présenté le Berry où les tournesols se balançaient, presque aussi beaux que ceux de Vincent Van Gogh. Nous avons visité

Arpajon-sur-Cère, Le Monastier-sur-Gazeille, Saint-Rémy-sur-Durolle, Saint-Pourçain-sur-Sioule, Moulins-sur-Allier, Saligny-sur-Roudon, Beaulieu-sur-Dordogne, Limoges-sur-Vienne, Saint-Étienne-sur-Furens, Paris-sur-Seine. Elle s'est persuadée que les villes françaises sont toutes pareilles à ces petits bateaux de papier qu'on fait naviguer sur l'eau. Elle a juré qu'elle reviendrait pour connaître la trentaine de départements que nous n'avions pas eu le temps de lui montrer.

Nous avons célébré ensemble le 21 juin, naissance de l'été. Elle devait nous quitter le 2 septembre ; nous l'avons persuadée de rester jusqu'au 22 pour saluer l'arrivée de l'automne, la plus auvergnate des saisons, celle des châtaignes, des noix, des pommes de Comte, des poires fondantes ; celle des vendanges, des cors de chasse, du festival de La Chaise-Dieu, celle des nuits ornées des plus belles étoiles. Alina ne put résister à nos prières et ne prit le train que le 28. Il devait, par un chemin compliqué, raboteux, malaisé, la ramener jusqu'à Craiova où toute la Roumanie l'attendait.

— Je reviendrai, nous avait-elle promis. J'emporte l'Auvergne dans mon cœur.

Elle emportait aussi dans sa valise des tripous du Cantal, des lentilles vertes du Velay, des pastilles de Vichy, du miel des Combrailles, des pâtes de fruits de Clermont, du jus de cassis de Ceyrat. Nous avions eu quelque peine à les hisser toutes deux dans le compartiment de seconde classe. Les Fougères étaient remontés bien tristes à Royat où, pour s'amuser, les vieilles dames collectionnent les ornements funéraires.

5

Me voici loin de la Roumanie. De la langue qu'on y parle, je n'ai retenu qu'un seul mot, pour l'avoir entendu maintes fois : *multumesc*, prononcez *moutsoumesk* : merci. Ma femme Jocelyne, âgée à l'heure où j'écris ces lignes de soixante-dix ans sauf erreur, en a ras le bol de mes bénévolats. Sous prétexte qu'elle souffre de diverses maladies fort désobligeantes, du cœur, des poumons, des artères.

— Je crois, me dit-elle souvent, n'avoir à vivre plus que quelques années. Peut-être quatre, peut-être trois. Je peux mourir demain.

— Moi aussi.

— Ne te moque pas de moi. Tu jouis d'une santé abominable. Au lieu de te consacrer encore à des populations lointaines, songe à rester près de moi. Près de nos filles et de nos petits-enfants. Si tu m'aimes encore un peu, jure-moi que tu ne partiras plus au bout du monde. Je ne suis pas sûre que tu rendes un grand service à ces gens-là. On peut très bien vivre heureux sans savoir lire ni écrire. Nos grands-pères ne le savaient pas. Un vieux proverbe disait même : « Qui ajoute savoir ajoute douloir. »

— Douloir ?

— Douloir veut dire souffrir.

— Tu es trop savante pour moi.

— Ce sont tes imprimeurs congolais ou roumains qui deviennent trop savants. Avant que tu n'arrives, ils ne connaissaient que leur propre misère. Ils s'en contentaient. Maintenant, tu leur déverses sur la tête la richesse des autres, des Français, des Allemands, des Américains. Ils en perdent le sommeil. Ils rêvent de venir chez nous, d'acheter des voitures, de manger à leur faim. Le savoir de nos ancêtres ne dépassait pas les frontières de leur paroisse. Un jour, j'ai eu l'occasion de rencontrer une vieille paysanne, quasi centenaire. Elle vivait tranquille en compagnie de ses enfants et petits-enfants. Heureuse. Ne quittant guère le coin de la cheminée. Par curiosité, je lui ai posé une question imbécile : « Grand-mère, savez-vous le nom de notre président de la République ? » Elle m'a fait une réponse mi-française, mi-patoise : « Je ne m'occupe pas de ces *pauvalens.* » (Je ne m'occupe pas de ces mauvais sujets.)

Jocelyne m'en dit tant que je finis par céder à ses demandes :

— Je jure que je ne partirai plus semer des alphabets.

— Tu le jures sur quoi ?

— Sur ma propre tête.

Et j'ai ouvert en éventail ma main droite sur ma calvitie. Elle a haussé les épaules.

— Il est difficile de te prendre au sérieux. Prends-moi dans tes bras et jure-le-moi à l'oreille comme tu faisais jadis pour me dire que tu m'aimerais toujours.

J'ai fait comme elle disait. Nous sommes restés longtemps embrassés. Noyés dans notre amour. Puis j'ai demandé ce qu'elle préparerait pour le repas de midi.

— Des haricots en salade. C'est ton légume préféré.

— Et comme viande ?

— De l'andouillette.

— Tu es la plus merveilleuse des épouses !

Quelques années ont passé. J'approche des quatre-vingts. Mes filles prétendent que je n'en parais pas plus de soixante-dix-neuf, ça me remonte. Chaque saison, je regarde au pied de notre tour les feuilles des cerisiers rougir, mourir et pleuvoir. Contrairement à ses prévisions, Jocy partage encore mes nuits et mes jours. Simplement, pour que chacun dorme plus à son aise, nous couchons dans des lits jumeaux. On dirait même qu'à présent ma femme se porte mieux que moi. Miracle de la médecine. Deux nouveaux petits-enfants nous sont nés, Félix et Hippolyte. Ils ont, comme leurs frères, sœurs, cousins, cousines, le pouce de chaque pied plus gros que la loi de nature, ce qui prouve notre proche parenté. Je peux donc mourir tranquille, la race des Fougères n'est pas près de s'éteindre. Chaque matin, dans mon quotidien habituel, je saute à la page où paraissent les avis d'obsèques pour voir si je n'y suis pas. Est-ce que, comme disait grand-mère Léonie, le bon Dieu serait en train de m'oublier ?

J'éprouve cependant les douleurs qui conviennent à mon âge, dans les genoux, dans une épaule, quelquefois dans l'échine. De temps en temps, je m'aide d'une canne pour marcher. Néanmoins, je me sens encore valide, bon à quelque chose d'utile. Il m'arrive de sculpter des morceaux de bois ou des pierres, de modeler de l'argile. De tailler des sifflets ou des roues de moulin, devinez pour qui ?

De loin en loin, *La Montagne* me donne des nouvelles des petits Roumains que j'ai voulu sauver à Slatina ou ailleurs. Régulièrement, eux ou leurs frères, on les arrête en France où ils s'adonnent à la prostitution et au vol. Spécialistes des horodateurs dont ils préfèrent le contenu en pièces blanches aux pièces jaunes. Je n'aurais pas dû leur révéler que chez nous les voitures doivent payer pour stationner, alors que chez eux, gratuitement, elles stationnent n'importe où en compagnie des canards.

AGIR ne m'oublie pas, sa dernière lettre me le prouve. Elle me propose une autre mission d'imprimeur bénévole. Où ça ? En Inde, à Pondichéry ! Un ancien comptoir français devenu indien depuis belle lurette, mais dans lequel un certain nombre d'intellectuels entretiennent le souvenir et la culture de l'ex-puissance coloniale. « Nul n'est placé mieux que vous, après vos succès antérieurs au Congo et en Roumanie, pour installer là-bas une imprimerie francophone. On a grand besoin de Romain Fougères à Pondichéry, sur les rives de l'Ariancoupom, riches en cocotiers et bananiers… » Je me sens très flatté de cette haute opinion. Mais j'ai promis à Jocelyne de ne quitter jamais plus les rives de la Tiretaine. Dois-je respecter cet engagement solennel ?

Les Franco-Indiens de Pondichéry, pour la plupart, observent la statue du marquis Dupleix qui orne une de leurs places et se demandent qui est cet étrange individu perruqué. Quelques-uns seulement ont entendu parler de la France. Leur apprendre à pratiquer et imprimer notre langue ne suffirait pas. Il m'appartiendrait de leur révéler que les Français de notre époque ne portent plus perruque ni bas de soie. J'aurais à exposer longuement devant eux l'évolution du costume, de la pensée, des sentiments, des comportements de mes concitoyens. Résumés dans nos devises successives :

Dieu protège la France, au temps de Dupleix ;

Liberté Égalité, au temps de Mirabeau ;

Liberté Égalité Fraternité, au temps de la IIe République, de la IIIe, de la IVe, de la Ve ;

Travail Famille Patrie, au temps de l'État français ;

Liberté Égalité Fraternité Préservatif, au temps de la prochaine VIe.

M'étant bien pesé et considéré, je pense que ce serait trop exiger de moi, misérable semeur d'alphabets. Jusqu'à la fin de mes jours, je me limiterai à confectionner des sifflets, des moulins, des mirlitons pour mes petits-enfants. Et dans un jardin que je loue sur une hauteur de Royat, proche de la Pépinière, je sème à présent des pois, des fèves et des salades comme Candide.

Ceyrat, ce dimanche 31 décembre 2006